生活的年代

THE AGE OF
OUR LIVES

张运涛 / 著

天津出版传媒集团

天津人民出版社

图书在版编目（CIP）数据

我们生活的年代 / 张运涛著 . —天津：天津人民
出版社，2018.5（2025.4 重印）
ISBN 978-7-201-13216-7

Ⅰ.①我… Ⅱ.①张… Ⅲ.①中篇小说 – 小说集 – 中
国 – 当代 Ⅳ.① I247.5

中国版本图书馆 CIP 数据核字（2018）第 073404 号

我们生活的年代

WOMEN SHENGHUO DE NIANDAI

张运涛 著

出　　版	天津人民出版社
出版人	黄　沛
地　　址	天津市和平区西康路 35 号康岳大厦
邮政编码	300051
网　　址	http://www.tjrmcbs.com
电子信箱	tjrmcbs@126.com

责任编辑	张　凯
封面设计	赵廷宏

制片印刷	三河市同力彩印有限公司
经　　销	新华书店
开　　本	660mm×960mm　1/16
印　　张	19
字　　数	251 千字
版次印次	2018 年 5 月第 1 版　2025 年 4 月第 4 次印刷
定　　价	63.80 元

目 录

CONTENTS

水 殇

1

苏丹让小周找条干毛巾来，来人头发湿着，可能是淋了雨。

"我母亲杀了人，我想请您做我们的律师。我母亲路过一个西瓜摊，抄起人家的切瓜刀，捅死了一个老头儿……"

苏丹想起来了，几天前的晚报好像登过这则消息，说是一位五十多岁的妇女，用西瓜刀捅死一年近七旬的男子。

"我不相信我母亲会杀人，她连鸡都不敢杀，敢杀人？她一辈子都小心翼翼、低眉弯腰的，怎么会杀人？听说还捅了十四刀。十四刀？怎么可能呢？"

几乎所有杀人犯的家属都不相信自己的亲人会杀人。

"我母亲人好，您相信一个连猫狗都心疼的人会杀人吗？"

"您母亲贵姓？"苏丹问。

"哦，不好意思，忘了告诉您了。杨，杨小水。我叫李峤汝……"她从包里找出名片，递给苏丹。

峤字挺生僻，苏丹第一次见到。要不是对方自己念出来，苏丹还不知道该怎么发这个音。李峤汝也是郑州的，《教育报》编辑。这报纸苏丹见过，她老公是大学老师，有时候带回来的书啊烟啊就用这报纸裹着。苏丹从桌上拿过自己的名片，作了交换。

"我现在没在报社了，辞了。"李峤汝说。

苏丹很意外。按理说，杨小水已经五十多了，即使保命判无期，出来还能有几天团聚的日子？但李峤汝却为母亲的案子辞了职，这就不像只是让亲朋好友看到自己尽了力那么简单了。

"你有什么怀疑？"苏丹改用了"你"，这样能更快地拉近嫌疑人家属与律师的关系。以后的日子长着呢，老用"您"就见外了，让对方拘束，总好像隔着层什么。

李峤汝说："死者姓许，与我母亲并不认识。我母亲怎么会去杀一个陌生人？"

"你的意思是？"

"即使人真是我母亲杀的，当时她很可能受到了生命威胁，是不是属于正当防卫？"李峤汝说，"我想让你们提早介入，新的诉讼法律师不是可以在侦查阶段就介入吗？"

"是的。"苏丹表扬她，到底是编辑，对法律了解得多。以前，律师只能在起诉阶段才介入。"对了，你怎么知道你母亲不认识受害者？"

"我爹不认识他。我，还有我梁叔都不认识他。"

这是什么逻辑，他们不认识就能代表嫌疑人也不认识？苏丹没有讲出自己的质疑，她等着李峤汝自己解释。

"梁叔是我继父，梁波涛。"李峤汝说，"我母亲离过婚，在我小的时候。我母亲一辈子没有什么朋友，她不喜欢说话。用城里人的话说，就是有点自闭。"

"你有什么要求？"

"我，我……"李峤汝好像没有什么明确的目的，"得先弄清楚，那人是不是真是我母亲杀的。"

"这好办，我会尽快帮你查清楚。"

"还有"，"李峤汝小心翼翼地问，我母亲要真杀了人，能不能保住她一条命？"

"如果真是砍了十四刀，手段确实太残忍了。但如果她不是预谋杀人，或者有合理的杀人动机，保命也不是不可能的。"

"你母亲跟你梁叔关系还好吧？"苏丹其实是想问，有没有情杀的可能。她怕刺激李峤汝，换了种方式。

"好，"李峤汝很笃定，"这么多年，没见到他们争吵过。我母亲那性格，跟谁都不会急。"

"你看的也许是表象。"苏丹说，"既然你母亲性格这么好，当初为什么离婚？我这话可能很冒昧，你想一想有没有道理。离婚的时候，你母亲是在农村还是在城里？"

"农村。"李峤汝其实听人家说过母亲离婚的原因，但她始终不愿相信，"那时候，我好像还不到四岁。"

"哦，也就是说，你母亲离婚的时候是九十年代？"

"不，八十年代初。我今年三十七岁。"

"属龙？"

"属龙。"

"真巧，我也三十七。"苏丹交换性地报出自己的年龄。农村那个时候离婚的更少，杨小水水性杨花？别的原因，都不足以让一对农村夫妻闹离婚啊。这样的疑问当然不能在李峤汝面前表达出来。"被害人家住哪里？"

"那个姓许的老头住在光明小区，椿树巷旁边。老家是新蔡县刘桥乡许庙村。"李峤汝外围工作做得还算仔细。

"你呢，你们住在哪？老家是哪的？"苏丹问。

"我们老家是遂平县文城乡，我母亲和梁叔现在住幸福小区——世纪大道东大街。"

2

杨小水中等个儿，五官并不精致，甚至有点粗糙。唯一的特色就是白，不是那种苍白的白，她白得很自然。身上套着的T恤衫是浅蓝色的，过于宽松，让她显得娇小，遮蔽了性别，也遮蔽了年龄。苏丹怀疑她穿了男人的衣服。好在杨小水很丰满，五十多岁的人了，胸前还撑得鼓胀胀的。这样一来，不漂亮的杨小水就有女人味了。她坐在铁窗后面，一点儿也不抓眼，但又让你觉得有种说不出的特别。

不像其他在押的犯罪嫌疑人，杨小水没有那种凶杀过后回归理智的惊恐。被警察带进律师会见室时，她很淡定，就像从家里出来跟邻居闲聊。

杨小水眼睛看着苏丹，等她发话。

苏丹示意小周将李峤汝的授权委托书递给杨小水，然后详细地讲了律师的职责和杨小水在这个阶段的权利和义务。

"杀人偿命，律师有什么用？"这是苏丹她们等来的杨小水的第一句话。

"您做过教师，应该知道律师有什么用。"

杨小水竟然红了脸。皮肤白的人，可能容易脸红吧。

签好名字，小周收回授权书。

"您看着挺年轻的。"苏丹并没有一上来就问案子。这话并不是奉承，一白遮千丑嘛。

杨小水的话很突兀，"我承认是我杀了那个畜生，用西瓜刀。那畜生要流氓，我为什么不能杀他？"

苏丹说："卖西瓜的摊贩作证说，他没看见许武生要流氓，他看到的是您拿起地上的西瓜刀，扑上去先捅了许武生一刀。这第一刀其实已经致命——包括后面的三刀，都是致命的。等许武生转过身子时，您又补了第二刀、第三刀。许武生倒地，您又及时地扑上去，捅了他第四刀。这时候，您已经用尽了全力。后面的十刀，可能都是在发泄，是一种下意识。是这样吧？"

"忘了。"杨小水低下头说。

就那么恨他？在公安局看到案卷后，苏丹几乎失去了信心，案卷里附着清晰的照片，惨不忍睹啊。受害人身上杂乱地横陈着十四处伤口，或深或浅，被豁开的肉一律向外卷着，像渗着血的唇。前三刀是从上向下去的，力度很大，根本不像是一个老年妇女所为。

杨小水"嗯"了一声。

"之前你们不认识？"苏丹提醒她，"如果你们之前有仇怨，会对您的量刑有帮助。"

"不认识，"杨小水说，"我怎么会认识一个流氓？"

"问题是，谁也没看到许武生对您耍流氓啊？即使他真耍流氓了，拒绝的方式很多啊，走开，大声地求救，报警，都可以，为什么非要捅他十四刀呢？"

"他胁迫我，要我跟他去宾馆。"

凭"胁迫"这个词，就能判断杨小水应该算是个文化人。"您可以不去啊？大庭广众之下，他能怎么着您？"

整个会见期间，杨小水再没提供出什么有价值的新信息。苏丹凭直觉判断，杨小水隐瞒了什么。"您知不知道，您女儿因为您的事已经辞职？"杨小水只有李峤汝这一个孩子，这应该是她的软肋。苏丹想借此打动她，配合律师的工作。

果然，杨小水显得有点失魂落魄。

苏丹等她开口。

看守所的警察在外面来回走动。正是交接班时间，该下班的警察等不及了。

"您再好好想想，还有没有什么要说的。"苏丹努力掩饰着自己的情绪，"我可是您女儿花钱请来帮您的。"

"谢谢您，苏律师。"杨小水从座位上站起来，主动告别，"早点宣判吧，反正早晚都是一个死。我早死几百道了，这几十年，都是多活的。"

小周上前把笔和会见笔录递过去。杨小水并没有细看，翻到最后一页签上自己的名字。这活儿，杨小水这段时间肯定没少做。

李峤汝一直在外面的车里等着。

她没有继承杨小水的优点，不算白，胸也不大，但脸蛋比杨小水耐看，也比杨小水苗条。年轻人的身体嘛，总是紧绷绷的，有朝气，不像杨小水，明显开始下坠，给人一种颓败的态势。

母亲行凶杀人的事实得到了证实，李峤汝面色沉重，很失望。

"冒昧地问一句，你结婚了吗？"苏丹把话题转到李峤汝的生活中。

"结了，又离了。"

"不好意思。"

"没什么。"

"有孩子吗？"

"女儿九岁，一直是我母亲带。"

"哦，我儿子也是我母亲带。咱们这个年龄，谁有时间带孩子啊。"

李峤汝叹口气："这下好了，往后只能我自己带了。"

"峤汝，有个问题我考虑了好久，还是得问。"

"你是律师，想知道什么只管说。"

"如果涉及家庭隐私那就算了，如果不是，你们得配合律师的工作。"苏丹说。

"苏律师，我懂你的意思，你只管问，我不会瞒你的。"

"我临走的时候，你母亲说，这几十年，都是多活的。这话里，是不是还有话啊？"

李峤汝还真没想到，母亲竟然会说出这样的话。梁叔有工资，一个月接近两千。就他们俩，吃不愁穿不愁的，还能有什么苦？李峤汝自认为自己做女儿还算称职，平时经常塞给母亲一些零花钱，过年过节都要给他们买衣服买礼物。她自己离婚后，就更能理解母亲当年带她的不易。当然，她也不吃亏，乐乐的生活费都是母亲和梁叔负担，连学费都没让李峤汝出过。听说梁叔也曾有过两个孩子，发大水给冲没了。梁叔把父爱毫不保留地给了乐乐，比乐乐爸还疼她。

也就是那句话，让苏丹坚信，杨小水有隐衷。苏丹没讲出自己的怀疑，她问李峤汝："你母亲，是不是跟许武生有宿仇？"

"不可能吧？"李峤汝其实也不敢肯定，回答得有些心虚。她给母亲买衣服、买礼物，带母亲去医院看病，生病的时候侍候母亲，却不了解母亲，也从来没有琢磨过母亲心里想着什么。

3

周一，苏丹再次去看守所见杨小水。

"老流氓该死。"杨小水翻来覆去还是那句话。

按照一般人的逻辑，这不应该成为她杀人的理由。好在苏丹已经看过公安局的案卷，警察对杨小水的审问很仔细。杨小水说许武生对她动手动脚，警察紧追不舍，问她怎么动手动脚。记录上写着，这个问题警察连着问了六遍，说明杨小水当时也是不愿回答，像是和警察对峙。警察却揪住这个问题不放，说这一点很关键，决定着许武生是不是真要了流氓。杨小水拗不过，赌气似的回答说，许武生一上来就抱住她，另一只手在她胸前揉摸……看到这儿，苏丹笑了，杨小水这样的嫌疑人就得警察来对付。

苏丹再次拿她女儿攻心。"李峤汝每天堵着我的门，让我想办法。她说，除了乐乐，您是她唯一的亲人。"

苏丹的话起了作用，杨小水目光渐渐呆滞。

小周也屏住呼吸，怕自己微小的举动会打乱苏丹的计划。

一分钟，两分钟，五分钟，十分钟……杨小水缓过神来。"跟俺妮儿说，别忙活了。谁的罪不是自己扛？早死早脱生。"

顿了顿，杨小水又问："这里让听收音机不？让妮儿把俺家里的小收音机捎来。"

苏丹咳嗽了一声，正在考虑如何拒绝呢，小周插话了："您的案子正处于侦查阶段，恐怕不合适。"

回来的路上，小周为苏丹不平。"我们这是救她啊，她怎么就不配合呢？"

"她很清醒，反正不死也是死缓，最低也得关她20年，配合还能放了她？"

"我看，杨小水有事瞒着我们。"

苏丹不语，等着小周继续发表看法。

"女人要是遇到性骚扰就生杀机的话，男人还不杀绝了？"小周为自己的幽默很自得。

4

苏丹想去杨小水老家看看，了解一下她的为人。这个想法与李峤汝一拍即合。出了这事，李峤汝才发现，她对母亲几乎不了解。农村的母女或父子，大多是这样，亲情多，交流少。彼此的了解，除了衣食住行，所剩无几。

家里就李石磨自己，两个儿子和儿媳妇都在南方打工。孙子孙女放假了，老婆带着几个孩子去南方跟他们爹娘见见面。李石磨嘿嘿地自嘲："我这个年龄，出去打工没人要了，就近在我们这里找点活干。工资也不低，一天一百三。技术工，我掌刀。"

苏丹有点走神，她在想象李石磨跟杨小水一起生活的情景。李峤汝以为苏丹无心跟父亲闲聊，赶紧自己支开自己。"爹，我去做饭，你跟苏律师好好聊聊。"有她在，爹放不开。等他们聊完了，她再跟苏丹打听。

房子很宽敞，两层小楼。墙上挂了三个镜框，照片热热闹闹地挤得满满的，但没有杨小水的照片。

李石磨说："儿子的房子。我们老两口还住老房子。老房子在院子的左侧，是两间瓦房。"

"儿子他们在东莞，这小楼平时没人住。"李石磨找话说。

"李叔，刚才峤汝也介绍了，我是她请的律师，是来给你们帮忙的。"苏丹切入正题，"我这次来，是想了解……"苏丹犹豫了一下，很快就找到了合适的称呼，"杨阿姨——了解一下杨阿姨的情况。"到了人家家里，直接叫人家"杨小水"太不礼貌，"犯罪嫌疑人"又太伤人，"杨阿姨"好，既不远也不近。

"好人，妮儿她娘是个好人。"李石磨一边说一边挪了一台台扇对着苏丹。

"好人您为什么还要和她离婚？"

李石磨嘴唇动了动，没说话。

"好人不好人我们说了都不算。李叔，现在杨阿姨作案动机不明，我这个律师没法为她辩护啊。"

"妮儿她娘能不能保住一条命？"李石磨怯怯地问。

"说不好。这就看你们是不是配合了。"

李石磨为难地说："我这一大家子，都看我哩。不过，只要你能保住妮儿她娘一条命，我出钱。一万中不？"

"钱是另外一回事，你得先如实地给我们提供杨阿姨的信息。"

"提供提供，你只管问。"

"李叔，你得记着，我这个律师可不是政府花钱请来的。我是你们的人，是帮你们说话的。"

"嗯，我记着哩。"

"你得说实话，不能藏着掖着。"

"说实话，不藏不掖。"

"那，我问你，在你心里，杨阿姨是个什么样的人？"

李石磨像是努力地想了想，才说："先前她一直在上学，她一个半大妮子，我也不太了解。后来她回到生产队，我们才发现这妮儿不跟人家说闲话，但表情还是挺喜人的。村里人也没往心里去，谁让人家有文化呢。大水一罢我们就结婚了，她还是那样，做活麻利，就是话不多，表情也淡。我心想，经过了这么大的灾，就是再有文化，也轻快不起来。结婚我也没搭啥账，问她要啥——那时候时兴女方要东西——人家任啥都没要，没要布没要衣服，就要了个收音机。收音机买回来，妮儿她娘话更少了。比如她让你上街捎点平绒布回来，一般的女人会絮絮叨叨说好长：你那双鞋，鞋底早纳好了，就剩鞋面了。你不是今儿个去赶集吗？捎半尺平绒布回来。趁现在有空，我抽空做好、上好，不耽误你秋里穿。要是换作妮儿她娘呢，就简单多了——捎半尺平绒回来。最多再加几个字——做鞋面，把用途告诉你……你要说她不喜欢热闹吧，她整天抱着个收音机听。"

苏丹打断他："这些我都知道。我想知道的是，你们当初为什么离婚？"

苏丹的手同时伸进提包里，暗暗打开了录音笔。

5

"咋说呢？妮儿她娘哪都好，偏偏裤腰带松。我心里琢磨着，可能有点文化的女人都骚……你别多想，我是说我们乡下，说妮儿她娘。开始我怕人家知道了，丢人。趁她从学校回来，黑了躲在屋里偷偷地打她。也照死打过，改不了咋办？我真是忍不下去了，杀她的心都有。就离了。"

"男方是大队干部？"

"不是，不是我们杨湾的。"

"他们怎么认识的？"

"谁知道呢。她说她救过他的命，是他的救命恩人。这好事还真做到底了，最后把自己都送给人家摆置了！你没见过那人，一个寡汉条子，比她大二十多岁呢。"

"也不一定就是你说的那样吧？你看到过？"

"还用看到？这事，瞒不了人的。开始我也不信，你说，一个不好吃不好穿的娘儿们，咋会好这事？那人第一次来，妮儿她娘介绍说，人家是来感谢她的，大水时她救过他的命。我心想，人家找上门了，还大包小包的，带着给妮儿吃的东西，咱还不得热情点？我让妮儿她娘去邻居家借了几个鸡蛋，留他喝酒。他是东营大队的，陶庄，离这儿不远。一开始我就纳闷儿，妮儿她娘既然救了他的命，饭桌上那个男人咋就不提救命的事呢？"

"许是都不忍再提呢。"

"我也是这样想。后来，那姓陶的隔不长就到学校去找她——学校老师都嫉妒她，回来跟我讲，人家杨老师可是救了一个有情有义的人，今儿个又来酬谢杨老师了。我心里酸不溜溜的，嘴上还得给她揽把着。"

"兴许真没什么呢。"

"要没啥就好了。第二次是我去送小姨。小姨投河死了，我在那儿住了一宿。回来妮儿问我，咋不给她捎包，还是陶大爷好，一来就给她们买糖吃。我问她们陶大爷啥时候走的，两个妮儿争着说，她们还没穿上衣服呢，陶大爷就走了。妮儿小，不知道说瞎话。"

"这也不能说明什么，兴许人家真是路过，借宿一夜。"

"哪有恁巧的事？呵，他一来不是去学校就是趁我不在家。其实我心里也存着侥幸，直到出了更大的麻烦事。那天文城逢集，我去赶集买肉。妮儿她娘又怀上了，我窜得不得了，想改善一下生活，晚上吃扁食——扁食知道不？饺子！一早出门我就感觉要出事，右眼皮老是跳。挨黑儿了，左等右等还不见妮儿她娘回来，我就预感不好，肯定又麻烦了。学生娃都回来了，妮儿回来了，连老师也回来了，妮儿她娘还在学校做啥？我紧赶慢赶到了学校，吓一跳。天啊，妮儿她娘就躺在地上，桌子下面到处都是血，妮儿她娘的衣服被血浸透了。这辈子我也没见过这么多血，我寻思着，妮儿她娘这次肯定是不中了……"

"怎么了？"

"流了。送到公社，捡了一条命回来。妮儿她娘嘴硬，死活不说原因。还是学校老师告诉我，说那天陶水旺来过。我那个气啊！"

"气什么？"

"还不是那姓陶的惹的祸？"

"跟人家有什么关系？"

"等妮儿她娘缓过来，瞿医生劈头盖脸就骂了我一通，你不知道这个时候不能同房啊？你是想要她的命啊！我没敢争辩，怕当着外人说漏馅了，家丑啊。"

"然后，就离了？"

"离了。不离还能过？妮儿啊，你不知道那两年我过的是啥日子，妮儿她娘没有给过我一个好脸。白天在外面还好，一到晚上回来，她就彻底蔫了——就像那院里的合欢，白天精神晚上就收了。她出院回来，我忍着，一直没敢提离婚的事，想等她身体恢复恢复再说。没想到，满了月之后她自己倒提了出来：'妮儿她爹，拖累你几年了，咱离吧。'说的时候，她也不看我。"

"你就舍得下小汝？"

"舍不下还能咋地？她非要带着，就由了她。"

"那姓陶的，现在呢？"

"早死了。活该，他那样的人。"

"怎么就死了？"

"谁知道。报应呗。有的说是掉水库淹死了，也有的说被车轧死了，反正再也没见过他。"

"哦。他们的事，村里都知道了？"

"没。他们不怕丢人？谁都不知道。"

"在你们这儿，她跟人开玩笑不？"

"很少。人家婆娘话都多，说说笑笑啊，跟一茬的男人戏耍啊，唯独妮儿她娘，跟谁都不说笑。"

"看到人家开玩笑，她烦不？"

"不烦，有时候也跟着笑。咱农村你也知道，都是粗人，笑话一说就到裤裆里去了。妮儿她娘也跟着人家笑，但自己从来不掺和——不跟人家开玩笑，谁也不能拿她开玩笑。"

"你知道许武生不？"

"不知道……你是说那个让妮儿她娘捅死的流氓？"

"嗯。"

"不知道。"

"阿姨去过新蔡吗？"

"没有。后来去没去过，我不知道。"

"你知道她出了这事的时候，怎么想的？"

"没咋想。他要是知道妮儿她娘不跟人开玩笑就死不了。"

"你相信阿姨能做出这样的事？"

"咋不信？惹急了，她可不讲你是谁。"

"哦。你们咋结的婚，还记得不？"

"咋不记得？记得清呢。发大水那年，他爹临死前把她托给我。我家算是杨湾最全的，一个没淹死，一家四口全活过来了——我爹、我娘，还有我和我弟。那时候不像现在，谁有钱谁了不起，那时候是看谁家里人多，人多才了不起。妮儿她娘就剩她自己——她爹不多久就病死了。我们家搭了个棚子，妮儿她娘搬过来，就算结了婚。我记得当时还放了一小挂鞭——好多人连炮都没放。第二年，就添了妮儿。偏偏又不足月，老是病。唉，那几年，也不知道咋过来的。"

"好端端的，她怎么就不当民师了？"

"我也不清楚。有一年民师考试，她没考上。我去大队找人，反正学校缺老师，人家又接着用她。得亏她不当老师了，听说在老梁那学校开小卖部发财了。"

"发财了？"

"也不是发财，挣了点儿小钱吧。"

6

李峤汝接到苏丹的电话，是夜里十二点一刻。

"你母亲平时不太说话？"

"嗯，话不多。这是母亲的优点，也是缺点。"

"你母亲有没有抑郁症的表现？"

"抑郁症？没有啊。乡下人，有什么可抑郁的？"

"不是抑郁。我是想，给你母亲申请司法鉴定。"

"什么司法鉴定？"

苏丹没有急着解释。"公安内部对你母亲这个案子很坚定，认为铁证如山。我想，你要不介意，只有这一个办法可以救她。"

"什么办法，你快说啊？"

"精神病司法鉴定。"

李峤汝意识到这确实是个好办法。"赶紧申请吧，我们同意。只要能救母亲，哪还在乎什么精神病？"挂电话前，李峤汝问她怎么还没睡。

"在游泳呢，还不是被汝河勾起了游泳的念头。不过，没敢下水，太脏，现在正坐在游泳池边给你打电话。对面悬挂的电视机上说一个精神病人杀了自己的父母，这个画面突然提醒了我。"

李峤汝越想越觉得母亲确实有精神问题。母亲不太说话，要按城里人的标准，就是自闭。自闭的人总在心里琢磨事，这还不算抑郁？抑郁，就是精神层面的问题了。

李峤汝精神亢奋，睡不着，她踩着椅子，把柜子顶上母亲的旧信取下来。信装在一个铁皮盒子里，李峤汝以前瞅过几封，里面都是友谊、青春的字眼，矫情得很。反正也没事可做，李峤汝耐着性子把它们读完了。

总共十七封，九封是母亲与驻马店一个女同学的通信，另外八封是一个名叫常江的陌生笔友，通信地址是河北省石家庄市一家罐头厂。起止时间是1982年3月11日和1983年11月24日。

7

从信的内容判断，杨小水与常江的通信远远不止这八封，有些信可能弄丢了。按时间顺序，头两封信简单、客气，就像两个陌生人见面先握手，然后才试探着深入。

常江在信里详细地讲了自己的家庭。他父亲是石家庄第二纺织厂的工人，负责机器维修。但他父亲有一个极其不绅士的习惯，嗜酒。而且，喝多了就打老婆。常江的母亲，因为受不了父亲的虐待，跑了。当时，他最小的弟弟只有6岁。

常江的这次倾诉，获得了母亲的信任。李峤汝从常江后来的信里判断，母亲可能也讲了自己的经历。这明显是一次交换，信任的交换。

有一封信，母亲可能讲到表姐的经历，常江在回信里也称表姐，表示很同情。李峤汝想了很久，没想出母亲的表姐到底是谁。她问梁波涛："知道我娘的表姐现在在哪不？"梁波涛想了想，说："你娘还有个表姐？我怎么没听说过？"

她又打电话问父亲李石磨，父亲的反应与梁波涛如出一辙。

这就怪了，白纸黑字，难道是母亲在骗笔友？为什么要骗笔友呢？从常江的回信看，两个人应该没有见过面。李峤汝算了算，1983年她只有七岁，母亲还没嫁给梁波涛。李峤汝对母亲的疑问越来越多，母亲和表姐到底经历了什么，竟然"震撼"了对方？

李峤汝想先搞清楚母亲的前半生。保住母亲的命重要，了解母亲也一样重要。

8

司法鉴定的结果，杨小水一切正常。苏丹并没有多意外。吃过饭，苏丹给小周打电话，让她跟看守所预约好周一会见的时间。

打完电话，苏丹不好意思地看看姥姥说："忘了告诉你们，我上周去了文城。"

母亲问："专程去的？"

"妈，你都退休了，怎么又喜欢大红大绿的衣服了？"看见母亲身上花得夸张的衣服，苏丹突然想到了杨小水，尽管她们年龄相当，但杨小水绝不会穿这样的衣服。

"这衣服我们不穿谁穿？我一下买回来两套，我和你姥姥每人一套。"母亲站起来，扯着衣襟原地旋转了一圈。"年轻时穿，太俏，怕人家说。现在再不穿，还等什么时候？"

"你去文城做啥？"一直没说话的姥姥突然问，同时调小了电视的声音。

"还能做啥？办案呗。一桩凶杀案。"

"都去哪些地方了？"姥姥不关心苏丹的案子。

"文城卫生院。姥姥不是在那儿工作过吗？"

"有什么好看的，一个破烂医院。"姥姥换了台，一个女歌手正在电视上闭着眼睛唱歌。

苏丹的手机又响，姥姥干脆把电视关了。"当个名律师多不容易啊，饭都吃不安生。"

"谢谢姥姥理解！"苏丹装作没听明白姥姥的揶揄，"唉，那里根本就不是我心目中的农村。那些村庄，怎么说呢？就像一个人穿了件仿制的名牌衣服，一心想着摩登起来，却又洋不洋土不土的，让人贻笑大方。炊烟也没了，新农村倒是起来了，统一规划，统一建设。好是好，总觉得农村不该是这个样子……"

"农村应该是什么样子？"姥姥不满意苏丹这话，"现在哪不在变？人变了，观念变了，什么都变了，就不许农村变？"

"不光这些，还有人，也不太像农民了。"苏丹想起李石磨，这是离她最近的一个农民。

"丹丹，你说，农民应该是什么样子？非得吃不饱穿不暖、满脸深仇大恨的才像农民？"姥姥像是早就准备好了这些话。

9

看着她一脸的平静，苏丹突然对科学产生了怀疑，杨小水真的正常吗？她太像一个正常人了，像得让人都不敢相信。

"阿姨，您真的没什么话要说？"

杨小水微笑。可能觉得还不够，又点了点头。

"案子可能很快就会移交到法院。"苏丹不能明确地告诉她，如果杨小水提供不出新的证据，极有可能的判决就是死刑。"

杨小水连头都不点了。她给了苏丹一个笑容，依然很浅。

"其实，我也算半个遂平人。"苏丹讨好地说。

杨小水的眼睛好像突然亮了一下，旋即又暗了下去。这一点，被苏丹敏锐地捕捉到了。"老乡又怎么样？外面到处都是。"

"我母亲是文城人。"苏丹抓住这条线不放。

"你母亲？"这是杨小水当天吐出的第一个实词。

"你不认识。"苏丹热情地朝下续，"她一直在外面上学，大学毕业后在郑州工作。"

"发大水那年，她在文城？"

"发大水？"苏丹不知道文城什么时候发过大水，她再次提醒杨小水，"下一次我们见面的地点，可能就是法庭了。"

"苏律师，你多大了？"

"三十七。"

"哦，跟我妮儿同一年，属龙。"

"我知道，我是她的委托人。"苏丹意识到自己也说了句废话，赶紧细化了一下，"我比她大几天。"

杨小水像是没听到她刚才的话，依旧接着大水的话题喃喃自语。"文城人，咋不知道发大水呢？"

回郑州的路上，苏丹给母亲打电话："文城发大水你知道不？"

"我怎么不知道？死了好多人。你姥姥也是死里逃生。"

"死了多少人？"

"好几万吧。上边的水库溃坝了，整个汝河两岸全淹了。"

回到郑州天已经晚了，草草吃过饭，苏丹就上网搜文城发大水的信息。因为大水发生在1975年8月，媒体简称为"河南'758'特大洪水"。维基百科的概述让苏丹震惊不已。

1975年8月，中国河南省南部淮河流域受台风尼娜影响造成特大暴雨，导致60多座水库溃坝，近万平方公里受灾，死亡人数则据不同资料从2.6万到24万不等，是目前世界上破坏程度最大的水库溃坝灾难。

天啊，从2.6万到24万不等？看电影《唐山大地震》时，苏丹哭得一塌糊涂。难道，它比唐山大地震还惨烈？苏丹不信，继续搜。如果一切属实的话，这可是遂平继嵖岈山卫星人民公社之后又一件闻名全国的事件。

关于死亡人数，说法不一。1975年8月20日，河南省委初步统计的数字是全省死亡85600人，连同外地在灾区死亡的人数在内，最多不超过10万人。后来又有调查发现，这个数字显然是多了，重新估计的数字是3万多人，最多不超过4万人。而由原水利电力部长钱正英作序的《中国历史大洪水》一书则说是2.6万人，这个数字成为后来一直被沿用的"官方数字"。但大家心里都清楚，那个时代的官方数字几乎是谎言的代名词。媒体在随后的报道中，对死难人员的数字要么装聋作哑，要么语焉不详。2005年5月2日，美国"发现"栏目播出了一个有关"世界十大技术灾难"的电视节目，赫然把"河南'758'特大洪水"排在第一，印度博怕尔化工厂泄毒事件和苏联切尔诺贝利核电站爆炸事件则排在其后。

苏丹把维基百科有关这次洪水概述的链接发到微信上，很快引来很多评论。大多数人感到很惊讶，驻马店有过这事？李峤汝也回复，我也是刚刚知道。嘿，咱俩还真是心有灵犀啊。

"你母亲的话，是不是跟这次洪水有关？"苏丹等不及打字，在微信上直接和李峤汝通话说。

"我母亲的话？哪句啊？"李峤汝问。

"这几十年，她都是多活的。"

"嗯，那样大的水，谁不是死里逃生？"

"你在哪儿？"

"火车站，买票呢。"

"出远门？"

"嗯，石家庄。车票真紧张啊，只能买到四天以后的。"

苏丹想起来了，李峤汝说过她母亲有个笔友在石家庄。

10

两个人再次见面，杨小水还是罩一件宽松衣服，看不到身材。等她坐下，衣服被抻直，身上才有山有水。

"小汝让我问问您，您表姐在哪儿？"

"我哪有表姐？"

苏丹"哦"了一声，"那，你有没有常江的其他联系方式？"

杨小水马上意识到她们看过那些信。"找人家干吗？我们早失去联系了，也可能根本就不在石家庄了。"

"小汝已经到石家庄了。"

"妮儿去找人家了？"杨小水不解，"与人家有什么关系？"

"她说她不了解你。"苏丹引用了李峤汝的原话，"昨天她从石家庄打来电话，说信封上的那个地址早没了。"

"你让她回来，别去烦人家。"话有点硬，杨小水赶紧又解释说，"我最后一次给他写信，被退了回来。可能是搬家了。从那以后，我们就失去联系了。"

"听说，你们是30多年前的笔友？"

"嗯，很早了。"

"表姐呢？苏丹紧追不放。"

"早死了。"杨小水眼睛转向窗外，"车祸。"

"她以前住哪儿？"苏丹问。

"死得早。"杨小水答非所问，"我们村，200多人，只剩下109人。"杨小水的话好像比前几次多了些。

"阿姨，您可能不知道，当时的大雨可是破了全世界陆地降雨的纪录，6小时达到了830.1毫米。这么说吧，那三天下的雨，相当于你们那儿平常两年下的雨。30个县市受灾，1015.5万人受灾。"苏丹背了几个数字。

"我只知道我们被大水淹了，没穿的没吃的，谁还有心打听别的。"杨小水眼睛虚着，像是在说，她上午吃了两个红薯。

"阿姨，您也是死里逃生吧？"

"嗯，死里逃生。"杨小水喃喃地将苏丹的话重复了一遍。

"阿姨，您是怎么逃生的啊？"苏丹不急，你不主动讲，我得主动问。

"我们村里有棵老柿子树，我娘跟我老早都爬了上去。那水，太大了，老远看着跟山一样，一下子就把我们打了下来。我沉到水底，又浮上来，抓到一块小棺材板，就趴在上面，朝下漂。后来，我弃了棺材板爬上一个大草垛。大草垛被冲散，我又跳到一个木排上，才没淹死。"

很平淡啊，苏丹有些失落。

杨小水突然提出一个要求："苏律师，你转告俺妮儿，她要是真对她娘好，就帮娘好好找找碧汝。临死前，我想见见她。"

"碧汝？"苏丹并没有马上把她和李峤汝联系到一起，"碧汝是谁？"

"我还有一个妮儿，叫李碧汝，跟你一样，听说在上海当律师。"

李峤汝的亲姐妹？苏丹很惊讶，怎么一直没听她说过？

苏丹蒙了，她问："您自己的孩子怎么还听说？"

"嗯，我听人家说的。"杨小水没有回应她的惊讶，一脸殷切的表情等着苏丹应承下帮忙找找碧汝的请求。

"中。"苏丹先答应下来。她有太多的疑问，当务之急是问，既是自己的女儿，为什么还要去找？"要是真在上海当律师，我完全可以帮你找到。我有个同学，恰好在上海律师协会工作。"她知道杨小水不会解答她的疑问，只好等着回去问李峤汝。

"谢谢你，苏律师！"杨小水站起来，规规矩矩地向苏丹弯了下腰。苏丹后来才意识到，杨小水那是在给她行礼，给她鞠躬。她明显没有向谁鞠过躬，腰躬得有点生，有点僵，应该是从电视上学来的。

碧汝，李碧汝。在乡下，这可是一个难得的好名字。不像李峤汝和苏丹，前者有些生搬硬凑的别扭，后者又略显俗气。碧汝好，碧是个很好的修饰词，小家碧玉、碧波。汝则既指汝河，又可指代第二人称你或你们。

苏丹给李峤汝打电话："峤汝，你还有个姐姐？"

"没有啊。"

"李碧汝是谁？"

"哦，你说她啊。"李峤汝漫不经心地说，"人家只是曾经跟了我母亲几天。"

"几天？"

"不是，几年吧。具体几年我也不清楚。不知道什么原因，人家送给我母亲养了几年，后来不知道为什么又要了回去。我母亲这十几年一直想和人家搭上亲戚，可人家压根儿就不愿认咱这穷亲戚。去问中间人，人家推说失去联系了。我母亲不死心，就曲曲折折打听来消息，说她好像在上海当律师。"

"怎么不说话了？"李峤汝在那头问。

"你够幸福的了，小时候有人陪着玩。"苏丹的话很跳跃，让李峤汝有点儿摸不着头脑。

"李碧汝要真是律师的话，应该好找。"

那边李峤汝的话兜头泼了苏丹一头冷水。"怎么找？李碧汝是不是律师都难确定，人家要是顺口敷衍我们呢？我母亲老是惦念着人家，我大学毕业她唠叨说，也不知道碧汝考没考上大学；我结婚她也唠叨，也不知道碧汝现在成家没；我生乐乐，她在产房里还不忘念叨，不知道碧汝有没有孩子；就连我离婚，她心里也没忘了那个碧汝，也不知道她过得怎么样了……搁农村，我母亲这叫漫天地里烤火——一面儿热。"

"理解。尽管不是自己的孩子，养了几年还能没个感情？"

"关键是，我母亲不是那种感情。那个碧汝，搞得就像她亲生的一样。有时候，我都吃醋了。"

苏丹想象着电话那头李峤汝酸溜溜的样子，不由得笑了。"别说被别人领走当女儿了，你就是嫁出去你母亲也比念叨碧汝频繁得多。母女嘛，连着心哩。"

"我也知道这个理，就是见不得她那个失魂落魄的样子。"

"可怜天下父母心啊。说正事，你母亲反复说，见李碧汝，是她一大愿望。"苏丹省了几个字，没敢说是她临死之前的愿望。

"我去上海找过，没找到。这事见面再说吧。报告你一个好消息，我找到常江了。"

"常江？常江是谁？"

"上次我不是跟你说过吗？我母亲在石家庄的笔友。"

"哦。"苏丹还以为是什么好消息呢，她对杨小水的笔友可没多少兴趣。"峤汝，你母亲到现在也不太配合我们。这样下去，判决对我们肯定不利。"

"案子到哪一步了？"李峤汝问。

"检察院。很快就会转到法院。"

"不急，我母亲可能有救了。"

"什么意思？"

"那个许武生，'758'时可能骚扰过我母亲。"

"啊？你说什么？"

"我是说，许武生可能是个强奸犯！"

11

李峤汝从石家庄带回来的信，一共14封，苏丹用了一个上午读完了。信里，杨小水首先回答了常江问到的问题：一个女孩为什么叫小水这样过于随便过于平常的名字？杨小水解释说，我们汝河岸边，因为近水，好多小孩生下来就跟水结下了不解之缘。大人给孩子起的名字里多跟水有关，张大水、刘水、陶小水、王水生、陶水旺……这个水字还有一层意思，因为水是贱物，河里、塘里、地里、井里、沟里，到处都是。人叫了水，就不稀罕，好养活。杨小水出生那天，碰巧汝河水又溢了，院子里到处都是水，"小水"就是这样来的。

后来，杨小水的表姐也有了小孩，正好是大水之后第二年，她给两个女儿分别取名李峤汝、李碧汝。杨小水解释说，"峤"字是表姐在字典里找的，指尖而高的山。"碧"不用说，下面有石头。人如山或石头立在那儿，看你大水还能冲得走？这是后话，是杨小水叙述到表姐的两个女儿时才讲到的。类似的还有"李石磨"，都是能镇得住水的意思。

几乎所有的信，都是围绕着那场大水。

六月二十七的下午，女社员们正翻红薯秧子，天突然下起雨来。杨小水信里的日期全是农历，六月二十七是阳历8月4日。小雨，但下得很急，杆子没让放工。当天晚上，村前村后的沟平了，塘满了，河也溢了。头天杆子还在忙着招呼堵水，现在又忙着派人放水，再不放，稻子就淹倒了。"庄稼老汉不怕鬼，就怕秋后一场水。"真不假啊。

七月初一，人都到东头跑水。东头有个高岗，岗上有棵老柿子树。柿子树特别粗壮，几个人都合抱不了，据说是汉代就有了。村里的老年人说，当年刘秀被王莽追杀时就在这老柿子树底下歇息过。这片高岗，也是村里的最高点，古人把这里当作他们祭祀天地的坛。杨小水的爹带着奶奶、娘、两个弟弟还有她都来到高岗上。杆子还开玩笑，说你们看，小水来了，来的是小水可不是大水，大家不要怕！高岗上的人都笑了。

老柿树十几丈高，树下的阴凉比一个晒场还大。一般的小雨，坐在树下湿不了衣裳。晒场知道不？杨小水的叙述很立体，像是怕她的笔友精神不集中，不时会问对方一个问题。然后她自己解释说，晒场就是我们农村打粮食晒粮食的场子，又平又大。这儿也是杨湾人的饭场，一天三顿饭，每顿都有人端着碗来这儿。

杆子就站在老柿树底下安排活儿。老柿树上系了两条拳头粗的绳子，拖得长长的。水真上来了，下面的人死拽着绳子冲不跑。杆子还组织人摽筏子，把附近住户的床抬出来，以备不测。有人笑干部们紧张，说他们六个手指头挠痒，多一道子。这高岗上，啥时候上过水？汝河水几乎每年都满过，害得人每年都惶惶地跑水。跑多了，也不怕了。水稍微大一点，还能捞些从上游冲下来的生瓜梨枣。日子总像凉水一样平淡，社员们反而希望偶尔发场小水，调剂调剂生活。男女老少都带上饼子咸菜，热热闹闹地坐在老柿树底下乱喷。

　　西南方向传来呼呼的啸叫声，杨小水回头一看，妈呀，西南方向的空中立着十几丈高的水头，乌黑如石山，和着呜呜的风声，向这边卷过来。远远地，还可以看到前边庄子的房子像火柴盒一样先后倒下。天啊，肯定是上边水库垮了！杆子可着嗓子吆喝了一句：都抓紧绳子……

　　杨小水被水头卷起来，像是腾云驾雾，又像坐在陡峭的悬崖边上。她说，啥最快？我算是知道了，水头！苏丹查了查资料，当时的水速是每秒六米。换算一下，合每小时近一百三十公里。这个速度，虽比不上现在的动车，但比一般火车要快得多。再说，当时也没有动车，杨小水那个年代的农民，说不定连火车都没坐过。这个时速的水头，当然是她乘坐过的最快的交通工具了。

　　杨小水沿途听得最多的声音就是"呼通""咔嚓"声，"呼通"是房屋倒塌的声音，"咔嚓"是树被水头击断的响声。那些呼救的声音，很少有完整的。水头到了一座房屋前，杨小水清楚地看见屋里亮着的灯，一个小妮子嘴里喊着奶奶朝屋里跑。轰的一声，房屋眨眼不见了，喊声也没了，只留下黑不见底的夜。杨小水被水浪不断地打到水底，喝到肚子发胀，每一次她都以为活不成了，可最后关头，她又浮了上来。就这样浮沉几次之后，杨小水发现了一个麦草垛。麦草垛很大，像是老社员的手艺。她拼尽最后一丝力气爬上去，就再也不想动了。

　　麦草垛虽浮浮沉沉，还算安稳。天快亮的时候，远远看到了楼房。应该是遂平县城了。没想到，杨小水第一次到县城竟然是坐着麦草垛。那些露着房顶的楼房，还有房顶上被困的人，像戏台上的布景一样，在杨小水的眼前一晃而过。

　　天黑之前，杨小水碰到一个撑筏子的，求人家救了她。第二天早晨上岸打听，才知道她已经到了新蔡大王庄。长这么大，杨小水这是第一次离家这么远。

　　水还没消下去，杨小水却坚持要回去。一路上看到的树，树梢上都挂满了水草。第二天进入遂平境内，连树都少见了。大的多伏在地上，小的，连根都拔走了。老鼠都圆滚滚的，像小孩子玩的皮球，也不怕人，在地上缓缓地滚动。铁路线这边的路沟里，是她这辈子见过尸体最多的地方。都摞着，不计其数。附近的树枝上落满了苍蝇，黑压压的，把树都压弯了。

过了县城朝西，根本就不像有过人烟。找不到路标，杨小水就像盲人，一路问着朝前走。高粱大多被水连根拔走了，没拔走的倒伏在地里，看不出成色。立秋三天遍地红，现在正好三天，哪里有红？房子也像没拔走的高粱一样，趴着，房架没了，空留一堆泥土。村庄只剩下名字，空荡荡的，什么也没留下。稍微凹点的洼地或小沟，都被尸体、大树填满。杨小水绕道而行，不敢细看。也不能说是绕道，哪来的道？满眼都是让人心慌的空旷。地都远着，没有树，没有房屋，连鸟雀都少有，一望无际的荒凉。

天擦黑的时候，终于到了文城。黑了好，看不到才心静，也让眼睛睡个觉，休息休息。萤火虫是黑暗中唯一的亮色，不多，三五只，稀稀落落的，在远处诡秘地闪着光。这一场大水，萤火虫怕是也要绝种了吧？以前，离老远就能看到它们在河坝上热热闹闹的景象。萤火虫少了，天上的星星却又亮又稠。奶奶说过，地上的人死了，天上就会多一颗星星。死了这么多人，天上得增加多少颗星星啊？奶奶说这话的时候杨小水还小，没听明白奶奶的意思。她问奶奶，赶明儿你要是死了，也会变成星星？奶奶肯定地回答，会。杨小水还是不明白，奶奶，我咋知道哪颗星星是你变的啊？奶奶说，到时候你自然就知道了。想到这儿，杨小水停下脚步，认真地抬头看了看天。天上没有哪颗星星像奶奶，像爹，像娘，像弟弟，好，说明他们都没死，还活着。

遗憾的是，只有爹活了下来，奶奶、娘、两个弟弟都没有回来。

杨湾生产队总共237人，只活下来109人。10岁以下的孩子没几个活下来的。杆子让人把红薯地里没冲走的红薯拢起来，倒伏在地上的玉米也掰到生产队里。先尽着小孩和妇女吃，余下的再分给青壮劳力。

白天还好过，都忙着生产自救，什么也来不及想。最让人揪心的是晚上，别说没有床铺，就是有也睡不着。一下子死了那么多人，叫这个这个不在，喊那个那个不应，太空了。不能闲下来，一闲下来想念就会乘虚而入。爹怀念娘，娘想爹；小孩怀念爹娘，爹娘想小孩……不知谁先哭起来，惹得庵棚里的人都哭开来，全村的哭声很快又连成一片。说哭声震天有点夸张，震地可是一点儿都不假。但杨湾没有一家办丧事的，没法办。也不是没棺材，没棺材可以去旁边的集市上赊，或者弄张箔也行。问题是，去哪儿找尸体？尸体都被泥糊着脸，用水冲净才能辨认。天一晴就腐烂，味道冲鼻子。再说了，尸体往往都积在沟洼里，一叠叠了十几具，怎么找？

杨湾到底有两个人没能挺过来，趁人不注意时在老柿树上吊死了。

杆子召集剩下的人开会，说大水不讲理，可毛主席在北京记挂着咱们呢，还专门给咱们发来慰问电，咱们得用实际行动来报答毛主席的亲切关怀，大干快上，争取把洪水造成的损失夺回来。下面我宣布条纪律，不准哭。哭声传染，大家都哭起来还咋搞生产自救？咱们是受了大灾，但咱们的思想无论如何不能受灾。杆子还整了几句口号，可能是开会从上边学回来的。"擦干眼泪，掩埋尸体；振作精神，继续革命。""一把铁锨两只手，誓夺小麦大丰收。"……

杨湾在杆子的带领下，很快搭起了几十座一模一样的庵棚。庵棚前的红布早换成红旗了，哗啦啦地飘着。当破犁铧的铃声在晨雾中响起时，一村的男女老少揉揉惺忪的眼睛，拿着碗筷围到高岗上热气腾腾的几口大锅前。杨湾人重新吃起了大锅饭。上边发放的救济物品全都集中到生产队，衣服按人头发放，破了交给缝纫组缝补，头痛发烧有赤脚医生。就连住的，也不分亲疏远近，男的一堆女的一块。杆子说，咱们这可是因祸得福了，提前迈进了共产主义。

杨小水从此跟水结了仇——也不光是水，凡是与水相关的，她都不喜欢。杨小水还特意给常江举了个例子，大水过去几年以后，有一天村里放电影，《大河奔流》。一开始，全场再没有一点声响，荧幕上都是水，揪人心啊。好在那只是片头，接下来船上三个人的命运转移了观众的注意力。电影演到十多分钟，花园口被国民党炸开，水汹涌而出。又过了几分钟，银幕上突然出现水头冲击大树、追赶人群的画面。偏偏风又作势，把银幕又吹得鼓起来，电影上的水就像是立体画面一样，兜头而来。谁家的小孩被吓哭了，接下来几个大人也哭起来，整个场地里的人都开始哭。号啕大哭。那个悲惨啊，连莫名其妙的放映员眼睛也湿了。电影没法再演下去……

12

接下来，杨小水开始讲她表姐。

当然，表姐不是真表姐，其实还是她自己。苏丹估摸着，可能是杨小水不好意思自己讲自己，才虚构了一个"表姐"作外壳。有表姐担着这份虚名，杨小水的讲述显得更肆无忌惮，也把自己写得更深入，更隐私。

表姐在草垛上漂到第二天晚上，看到一个小木排。木排上的男人穿戴整齐，像是早有准备。表姐向他呼救，男人没应声，眼睛却直勾勾地瞅着她。那时候，表姐命都顾不上了，哪里想到自己衣不蔽体？眼看天又要黑了，再这样漂一夜，肯定凶多吉少。表姐无助地哭着恳求对方："叔，您行行好吧，让我上去。我是遂平县文城公社杨湾的，您救我一命，我不会忘记您的大恩大德的。"

男人犹豫了一会儿，才把木排撑到表姐跟前。木排安稳多了，不用担心水浪或障碍物把草垛冲散了。这个时候表姐才感觉到冷，一低头，发现自己身上几乎没有衣服。她赶紧蹲下身子，想借此拂掉贴在她身上的眼睛。其实也没有完全光着，上身还剩一个肚兜。肚兜因为湿透了，紧巴巴地黏在身上，身上高的高低的低，跟没穿衣服一个样。她一屁股坐到木排上，委屈地哭起来，哭自己这副狼狈样，哭家人下落不明——娘一个不会凫水的旱鸭子，能顶得过这么大的水？还有爹和两个弟弟，这会儿都在哪儿呢？想到他们都生死不明，表姐越哭越痛，越痛越哭。与生死搏斗了整整一天，表姐哪顾得上哭？

哭累了，表姐觉得轻松多了。这时候，天已经黑透了，水面也渐渐平静下来。男人不知道从哪儿搞了些麦草，铺在木排上。表姐觉得暖和多了。

男人从水里捞上来一个甜瓜，"妮儿，吃点吧，挡挡饥。"表姐接过来，三两下啃完了。饿了，真饿了，这一天一夜，哪吃过东西啊。肚子里有了底，表姐感激地将眼睛投向男人。黑暗中男人穿戴整齐的样子，让表姐觉得有种说不出的别扭。她想了好久，才想到一个词，道貌岸然。表姐隐隐有点不安。

吃饱了，瞌睡也上来了。再不用担心淹死了，表姐想眯一会儿。从昨天到今天，两天都没合眼了。潜意识里，表姐又警觉着，不敢真睡，自己下身一点遮挡也没有，木排的主人毕竟是个男人。正迷糊着呢，表姐突然感觉木排一侧沉了一下。

男人厉声问，"谁？"

"大哥，救救我吧！我实在是没劲了，再漂一夜，我怕熬不住了。"听声音，跟男人年龄差不了多少。

"不中！这小木排，禁不动三个人。"

"能禁动。大哥，你就行行好吧！"表姐看见水里面有个黑影撑着木排想朝上爬。

"不中，说啥也不能再上人了。"男人脚蹬住黑影的头，一下子把他踩进水里。

不一会儿，黑影又浮出水面。"大哥，我快不中了，救救我吧。"

表姐也替黑影求情，"叔，让他上来吧，救人一命，积大德呢。"

"不中。这个时候，自己的命都保不住了，还顾得上救别人？"

黑影不见了，水面上没声音了。表姐的心也沉了下去，又一个人在她眼前没了。

星星出来了，它们也像被水洗过一道似的，干干净净的，比平时格外光灿。男人坐下来，眼睛在黑暗的掩饰下放肆地盯着表姐。表姐在杨湾不是最漂亮的，但表姐的白却是杨湾出了名的。现在没了衣服，与血管的青色映衬，那瓷白更是耀眼。表姐也知道自己的耀眼，尽量让草掩住下身。藏住了下身藏不了上身，男人的眼睛像不安分的手，专挠她身上露着的肉，左边右边，上边下边……

男人的屁股悄悄朝表姐身边挪了挪，"妮儿，你多大了？"

"十四，叔。"表姐感觉到男人不怀好意，故意朝小里说。

男人说，"妮儿哪像十四啊？看你胸起来了，腰也落了，髋也圆了……"

瞒不了男人，表姐只好装作没听懂他的话。

男人又挪了挪屁股，"妮儿，你看我多大了？"

"叔，您跟我爹差不多吧。"表姐急中生智。

"我还不到三十岁，就是面相老了点。"男人越挪越近，把表姐挤到边上。

表姐紧张起来，心想，这男人，怎么比水还让人害怕。

"妮儿，知道我为啥救你不？"

"叔心好。"表姐说，"您救我，我忘不了您。我要是活下来，以后三大节气我都来看您。"

"看不看都中。我心好，你也得对叔好。"说着，男人的手搭上了表姐的肩膀。

表姐颤声哀求，"叔，您是我的救命恩人啊。从今往后，您就是我亲爹。"

男人顺势接住表姐的手，"妮儿，让亲爹亲亲……"

这个晚上，表姐两次被男人压到身下。她恨天上的星星，它们不怀好意地眨着眼睛，一副幸灾乐祸的样子。

天亮后，先后有两个人扒着木排求救。男人没有再阻拦，任表姐把他们一个一个拉上木排。第二个上岸的人见表姐没穿衣服，身子抖得厉害，就脱下自己的衣服，拧干，让表姐穿上。那是件中山装，厚厚的卡其布料，外挂四个兜。应该是干部装，不知道是水里捞的还是那男人自己的。杨小水穿在身上又胖又长，连下身也罩得严严实实的。

几天后，表姐飘回了杨湾。说飘，是因为表姐恍惚觉得自己已经死了，只剩下鬼魂。

没过多久，杆子就带回来几张布告，说是上面为了维护灾区的秩序，从重从快打击抗洪救灾中的不法之徒，在遂平、汝南、泌阳同时开了宣判会。布告上有几个哄抢国家救灾物资的，有趁水打劫的，有盗用国家财产的……好几个人的名字上都打了红色的大叉，还有两个强奸犯。

晚上吃过饭，表姐又去老柿子树那儿看布告。白天她已经看过一遍了，她想再看一下，看看那两个人中有没有强奸她的那个畜生。布告上写得很简单，犯罪经过几句话就带过去了。有个姓屈的在岸上强奸了一名下乡知识青年，然后又把对方推下水。没想到，在救灾点领取面粉时被知识青年认出来。姓王的有点像，说他在木排上救了一名少女后将其强奸，儿子大义灭亲告发了父亲。她盯着那个名字上的红叉，真解恨啊，应该再画大一些。又一想，不对啊，当时只有那个畜生和她，哪来的儿子？表姐想不明白，也可能是自己当时没注意？

李石磨找人来说亲，出乎姑父的意外，表姐竟然点了头。

表姐答应嫁给李石磨，一是想趁早嫁个人，了了姑父的心愿。她知道，姑父肯定是活不长了。二就是，破罐子破摔。三个呢，图的就是李石磨这一家人人气旺。这么大的水，一家四口愣是一个没伤着。最后一个原因，也最重要，李石磨人厚道。大水来的时候，李石磨和一大帮人正站在西头的粪堆上。草皮堆成的粪堆禁不起水泡，慢慢酥软起来，不时有人掉下去。李石磨仗着水性好，干脆舍弃了粪堆，顺着水势朝下游。看见离他不远的房顶上有几个黑影，李石磨就奋力游过去。在水里泡了半夜，突然上了房顶，李石磨冻得直打哆嗦。为了不招风，他也学房顶上的人，蹲在那儿。等眼睛适应了黑暗，李石磨才发现，房顶上蹲着的几个黑影都是女人。而且，都光着身子。18岁的李石磨哪见过这阵势？转回身又跳入水中。听别人讲这一段时，表姐就觉得李石磨这人心善，是个好人。现在人家上门求婚来了，嫁谁不是嫁？表姐唯一的要求就是给她买一台收音机。

两人结婚的时候，大水已经过去一个多月。那天早晨，表姐就穿着那件侉大侉大的中山装，胳膊底下拎着一个红绸子包袱，走进了新房。新房是一些碎砖头垒起来的小庵棚，外面潦草地贴了个喜字。李石磨在门口放了挂小鞭炮，表姐清扫走门前的树叶草棍，这婚，就算结了。不发大水也奢侈不起来，那个年代，革命化的婚礼都简单。

夜里，月光从关不严的门缝里斜斜地照进来，铺了一床的银白。再难过，新婚之夜也要有所行动的。李石磨这个时候可不怂，上去先抓住了表姐的手。李石磨的手心潮湿，呼气都粗。他把表姐拉进怀里，慌乱地掀表姐的衣服。

表姐缩着身子，既不喊叫也不挣扎，胳膊紧紧地护住上身，身体跟筛糠似的，抖个不停。她觉得周围到处都是人，都在看他们。李石磨被表姐的样子吓住了，悻悻地退回去。

一连几天，表姐都是这样，身体裹得严严实实，等着李石磨先睡下。表姐也知道老这样不是办法，第六天晚上，她硬下心肠，先在屋里脱光衣服，洗干净自己，上床，做好一切准备。等到李石磨摸上来，表姐又情不自禁地抖起来。李石磨忍住，没再乱摸。他压抑着自己，紧紧地抱着表姐，语无伦次地表白起来。"知道不，我老早就喜欢你了。你可能忘了，夏天割麦，你面前少的那几茬就是我偷偷帮你割的。你一个半大妮子，刚下学，看你累得直不起腰，我就替你难受。你傻，还大声嚷嚷，说咋割着割着就少了几茬？都知道我在你旁边，你一嚷整个杨湾还不都知道了？我只有嘿嘿地傻笑。那时候，我不敢想能跟你过成一家人，你有文化……"

李石磨石磨一般的力量没有撬开表姐的身子，几句情话神奇地成了钥匙。表姐的身子软了，软成了一团棉花。

手忙脚乱的李石磨被自己的征服弄得激动不已，一点也没怀疑表姐的处女之身。

没多久，姑父就死了。有人说他是遇到了水鬼，魂被抽走了。

大队学校也开学了。大水淹死了三个老师，表姐补了上去。杆子说，"还是有文化好啊，国家惦着你们哩。上面扒来扒去，大队就剩你小水是刚下学的初中生了。"

也就是到了学校，表姐才发现自己特别喜欢给人讲故事。还是故事好，虽然都是别人的，里面却少不了自己的影子，都能反射现实。

第二年，表姐生下李峤汝。秋里，喜上加喜，遂平全县丰收。有人说，老天爷还算有眼啊，打了咱一耳光又给了个糖吃。

读到这儿，苏丹伸了个懒腰，笑了。天道酬勤啊！

李峤汝是晚上出生的。有点难产，赤脚医生怕自己弄不了，让李石磨去文城卫生院请瞿医生。

　　杆子婶跟在瞿医生后面，怀里还抱着个婴儿。还记得杆子婶不？杨小水信上问常江。杆子老婆，队长老婆——现在是支书老婆了。瞿医生说，上海的一个远房亲戚还没结婚就生了个妮儿，不敢养，想送个好人家。我想来想去，杨老师是个文化人，有知识，送给你们最好，权当你们家添了双胞胎。

　　李石磨不同意，自己都缺吃少穿的，还有心养人家的妮儿？

　　瞿医生许诺说，"我那远房亲戚答应了，给你们300块钱的抚养费，一月外加一袋奶粉。"

　　杆子婶也在一旁帮腔，"一个妮儿是喂两个妮儿也是喂，不就是多张嘴吗？咱杨湾，现在缺啥？缺的是人！再说了，人家瞿医生大老远跑来帮你，你就不能帮帮人家？以后有了救济，我跟你杆子叔说说，多给你们分一点。"

　　表姐早动了心，她在大队当老师年底也就几百斤粮食。300块钱得一个公家人不吃不喝一年攒。表姐心里已经计划好这笔钱的用途，先买两个小猪娃，再把厨屋搭起来。到了过年，猪一卖，家里就缓过劲了……

　　杆子婶发话了，李石磨不好再推辞。天一亮，李家添了双胞胎的消息就传遍了杨湾。坐月子期间，表姐琢磨着给两个妮儿分别起了名，一个叫李峤汝，一个叫李碧汝。

　　表姐真正的苦日子开始于峤汝两岁那年。

　　碧汝背上长蜘蛛疮，表姐抱着她去公社找瞿医生。瞿医生真是个好人，表姐他们什么时候找去，人家都特别热情。那几年，瞿医生没少帮她。

　　从卫生院出来，表姐被一个陌生男人截住。"这是你的妮儿？"

　　表姐一脸迷惑地点点头。

　　"不认得我了？我姓陶，想起来没？"

　　表姐想不起来。

"大水那天，你把我拉上木排。想起来没？"

"想起来了。"表姐记得自己救到木排上的总共是两个人。

"我叫陶水旺。东营大队，陶庄的。要不是你，我可能就没命了。你是我的救命恩人啊。"

"我不救你，还会有人救你的。"说罢，表姐就要走，她不愿扯起那场大水。

"鬼愿意救我！"陶水旺跟着她们母女，说："指望那个姓许的？我早变成灰了。"

表姐这才知道，那个畜生不姓王，姓许。

"你结婚了？妮儿这么大了？"

"嗯，双胞胎，家里还有一个。"

"双胞胎？好，好。几岁了？"

"属龙。两岁多了。"

陶水旺给李碧汝买了两个烧饼，两包饼干，还有一篮子油条。他要去认门，救命之恩，咋能忘哩？

再一封信，杨小水突然就说离了婚的表姐怎么怎么了。苏丹估摸着，时间这么长了，常江可能是弄丢了其中的一封或两封信。还有一种可能是，常江根本就没收到那封讲她离婚的信，或许是在邮寄的过程中遗失了。

遗失的信里，表姐很可能讲了自己为什么离婚。遗憾的是，苏丹没有看到表姐白纸黑字亲自写出来的感受。

杆子婶又一次领着瞿医生踏进了表姐的家。瞿医生那个远门子亲戚在上海做了律师，结婚后竟然不能再生了，他们想要回自己的妮儿。

离了婚的表姐雪上加霜。

与李碧汝分别的那个晚上，表姐听了一夜收音机。最初买收音机，表姐只是寂寞，没个人说话，收音机不断人声。后来，收音机成了表姐最离不开的物件，早晨一睁眼先打开收音机，做饭的时候听，吃饭的时候听，睡觉之前也要听一会儿。除了两个妮儿，那收音机就是表姐的宝贝。

后来的事，不用说，都知道了。表姐嫁给了梁波涛，一直安静地生活到凶杀案发生。

13

从法律上讲，这起强奸案的追诉期确实已经过了，但作为杨小水的犯罪动机提出来，法院会酌情减轻量刑的。现在首要的问题是，得找出证人。证物是不可能找到了，证人还是有希望找到的。

这是苏丹第六次见杨小水。

"阿姨，抱歉，李碧汝没找到。她肯定是改名了，是不是姓李都很难说。"先说李碧汝的事也是苏丹提前计划好的，亲情嘛，是亲近对方的最好方式。

"也是，我老糊涂了。"

苏丹从她的眼睛里看到了失望。这是好事，说明杨小水对她还有期待——期待给她带来好消息。苏丹问："这么想找到她？"

"嗯。养条狗也有感情啊，何况是人。"

"也是。"苏丹适时把话题转到案子上，"阿姨，您是不是瞄了许武生好长时间了？"

杨小水一怔，看了看苏丹。

"我们找到您写给常江的信了。"

杨小水辩解说："都几十年了，他自己要是不说，我怎么知道他就是那个畜生？"

苏丹谨慎地问："第一次见他怎么没动手？"

杨小水沉默了好几分钟，然后才开口。"没想过还能见到那个畜生。大水过后，我再也没想过那天的事。不是不想，是不敢想，害怕。我老是强迫自己忘了，可越强迫记忆反而越深刻，越折磨人。几十年过去了，那事还像发生在昨天。"

"表姐就是您？"

苏丹之所以再次问这个问题，只是想从杨小水嘴里得到确认。明摆着，杨小水没有这样的表姐，有也不可能同时嫁给李石磨，不可能恰好也有过两个小孩，不可能恰好也叫李峤汝、李碧汝。

杨小水头低了一下，像是点头。这个动作幅度很小，不注意的话根本看不出来。

"阿姨，您现在见不到李碧汝，将来会见到的。我们帮您找，但现在您得配合我们。您告诉我，是不是瞄了许武生好长时间了？"

"没有。"杨小水说，"真没有。我是偶然碰上他的。"

"您心里一直很恨他？"

杨小水点头。

"是不是一直想着，见到他一定要杀了他？"

点头后，杨小水又摇头。"不是。"

"那您为什么要杀他？"从杨小水身上，苏丹突然有了好多感慨。这人啊，就像一只筛子，该漏的得漏下去。漏不下去，筛子就失去了它原有的功能，变成容器。容器满了，就要溢出来。

"第一次见他是在菜市场。我没认出他，是他先认出我的。他说，我救过你的命，你忘了？我马上就想到水上的那个晚上，畜生竟然找上门来了。这几十年，我先是躲陶水旺，搞得家不像个家，人不像个人。罪魁祸首是谁？就是眼前这个畜生！千刀万剐他我也不解恨啊！但我嘴上没承认。畜生不知道羞耻，竟然一个劲儿地追着问我老家是哪的。正好碰到小区里的熟人来买菜，跟我打招呼。我不能撒谎，说是文城的。

畜生说对，就是你，口气像是好心人来送我落了的东西。大水那晚，想起来没？不要脸的畜生，那事还用想？我睡着了都忘不了。他应该有70岁了吧？老得根本没法看了。他本来不该死这么快、不该死得这么轻松的，谁让他老了还不要脸呢？真是恬不知耻啊！他自己要是不说，我无论如何也认不出他。畜生竟然缠着我要请我云街边的小饭馆吃饭，我没答应。回来我还幻想，畜生肯定会躲得远远的，不敢再见我。没想到，第二天那个畜生就找上门来了。我从猫眼里看到是他，身子就开始抖，又气又怕，没敢开门。畜生昨天肯定是跟踪我了。在门口等了半上午，畜生才走。我那一整天都魂不守舍，怕他像陶水旺那样缠住我。也就是从那时起，我起的杀心。那几天，我没敢再出门，买菜都是让老梁去。既然想弄死他，就得让他不得好死，死得难受，死得痛不欲生。什么死法最痛苦呢？我知道网上有答案，网上什么都有，不用求人。可我不会上网怎么办？总不能让妮儿帮我查哪种死法最痛苦吧？不行，这事儿不能牵扯任何人。不想，那天下楼的时候那个畜生又来了。他站在我们家楼下的楼道里，趁着没人，上来就动手动脚……"

"我挣脱开，骂他。没见过这么不要脸的人，都快老死了，还说要跟我结婚。我顺手用楼道里的煤球砸他，他一身都是黑煤印，走了。我不怕找不到他，这个畜生肯定还会再来的。"

"杀掉这个畜生并不难，但我不能便宜了他，必须得尽快找到一个最痛苦的死法。没事的时候，我开始到老人多的地方去，把他们朝死的话题上引。正好那天有人说到亲戚得了食道癌，说真是痛苦啊，生生地被饿死了。我哪有本事让那个畜生得食道癌啊？还真巧，有一次收音机里讲到一个人自焚，说自焚可是世界上最痛苦的自我了结。外面烧糊了，人的内脏还好好的，死不了，非得把内脏也烧坏，人才死掉。你想，这个过程得有多痛苦？我受到启发，去加油站买了一小桶汽油回来，准备到时候全浇到那个畜生身上。我想好了，真不行的话，就与他同归于尽。我怕打火机有毛病，一下子买了十个，哪个房间里都能随手找得到。我想象着那个畜生被火烧着的样子，先是恐惧，接着是痛，持续地痛，挣扎颤抖，直到烧成焦炭。我心里那个痛快啊，别提了。这个过程得30分钟吧？我不知道，反正越长越好，越长畜生受的罪越大。也该那畜生走运，那天傍黑他又来了。畜生不知道屋里的汽油正等着他哩，在楼下缠着我领他去认门。认什么门？还不是跟陶水旺那个畜生一样，想上床？我怕在那儿拉拉扯扯被人家看到说闲话，哄他说，改天吧，改天再带你去家里。畜生被色胆迷住了心，坚持要去家里，我只好说了实话，老梁在家里。我心说，要不是老梁在家里，你今天肯定死得很难看。畜生还以为我是吓他，拉着我不走。我只好哄他去公园，说这会儿公园人少，咱去公园坐会儿。路上，一个卖西瓜的喊着让买他的西瓜，说是瓜甜瓤红。见我停下来，那人不由分说就杀了一个瓜给我看。我没看瓜，看的是他手中那把西瓜刀。瓜一沾刀，就分成了两半，没有一点声响，像玩魔术一样。那是把弯刀，像是专门杀西瓜的，比菜刀长，看起来很锋利。便宜这个畜生，不过，这可是个不容错过的好机会。"

"捅十四刀就是为了解恨？"

"嗯。当时，根本没细想，闭着眼睛只管朝他身上捅。怕他不死。要不是旁边有小孩吓得哭起来，可能还不止十四刀。"

"当年他糟蹋您时，是不是有目击证人？"

"没烧死这个畜生，真是太便宜他了。"杨小水茫然地看看她面前的铁栅栏，思绪根本没有跟着苏丹的问话走。

"阿姨，他糟蹋您时有没有旁人看到？"

"都是水，哪有人？"杨小水醒过神来，"你们不是找到信了吗？"

"是啊，找到了。"

"陶水旺可能看到了。信上写着呢。"

"我记得信上说，您救陶水旺是第二天早上啊？"

"头天晚上被那个畜生踩到水里的人就是陶水旺，他没劲游了，怕淹死，搭着木排漂了一夜，第二天早上实在受不了了，才被我拉了上来……"

"他不是死了吗？您信上说，加上陶水旺，您当时救了两个人上去。"

"嗯，两个人。那个人好像姓谢，我也是后来听陶水旺说的。"

14

苏丹给李峤汝打电话，问她还记得杨小水信里写到的目击证人不。"你母亲说，陶水旺和另一个男人可以作证。"李峤汝在那边吞吞吐吐，"我记得信里没有这样的情节啊。"停了一会儿，又没头没脑地说，"你等着，我去找你。"苏丹正要说没必要再跑一趟，重新看看那些信就行了，可李峤汝电话已经挂了。

十分钟后，李峤汝来到律师事务所。她递给苏丹一个信封。"对不起，我藏了一封信，没让你看。"

苏丹接过来，用眼睛问："为什么？"

"我怕人家知道我的身世。"

"你的身世？苏丹心想，不就是父母离了婚，母亲又杀了人吗？知道又怎么样？"

"我的亲生父亲可能不是我爹。"李峤汝眼睛看着头上的天花板，"许武生，可能是他。"

"啊？"苏丹下意识地瞪圆了眼睛。

"信里的事，之前我母亲跟谁都没透露过哪怕一丁点儿——我父亲，我梁叔，包括我都不知道。"李峤汝收回眼睛，神色黯然地看着苏丹。"她怎么能藏这么久呢？"

苏丹开导她："不是藏，这也是一种自我保护。谁愿意把自己赤裸裸地毫无保留地呈现给周围的人？除非这个人不是人，是神。你母亲的笔友常江其实扮演着神父的角色，常江隔着千山万水，在当时的中国几近虚幻。只有在这样的背景下，你母亲才能像一个虔诚的天主教徒那样，把自己灵魂深处的东西全部倾泻而出，以期获得救赎。倘若把常江换成你母亲身边的人，这个人具体得有血有肉，比如你父亲或你梁叔，你母亲还能这样把自己展示出来吗？不可能。那时候的中国，很多笔友的作用就是宗教意义上的神父。"

从石家庄回来时李峤汝就抽掉了这封信，不打算再让任何人看。信不算长，李石磨的猜测都得到了印证。

陶水旺在文城街上遇到表姐之后，跟着去了她杨湾家里表示感谢。见到李石磨，陶水旺自然又是一番感激，他一个大男人，说啥也不能忘了自己的救命恩人。李石磨留他吃饭，他也没太客气。

酒足饭饱，陶水旺找机会去厨屋，趁酒意痞着脸问正洗碗的表姐："这俩孩子，不是小李的吧？"

表姐一惊，"别瞎扯！"

陶水旺说："你别不承认。那天夜里姓许的不让我上木排，我没办法，一直偷偷地攀着你们的木排撑了一夜。"

陶水旺就是被那个畜生蹬到水里的人。怪不得，那天晚上的木排老是晃晃悠悠的，他一直没离开啊。表姐脑子一下子空了，碗落在锅里，咚的一声，摔成了两半。

"天快亮的时候，你们又来了一次。"陶水旺的话越来越放肆。

表姐控制不住，终于呜咽起来。

李石磨从堂屋出来，惊讶地看着厨屋里的两个人。陶水旺急中生智，说："唉，不说过去了。一说，都心酸。"

送走陶水旺，表姐下午没去上工。屋里收音机响着，她没听进去一个音。陶水旺的话她不是没想过，是不愿相信。她心里清楚，妮儿可是提前一个月的早产儿。很可能，就是那个畜生留下的。表姐越想越恐惧，越想越恨那个畜生。要不是他，表姐能过得这样猥琐？表姐本来想着，随着时间的流逝，谁也见不到谁，仇恨也会被油盐酱醋家长里短消磨殆尽的。现在又冒出个罪恶的旁观者陶水旺，表姐受到了提醒，一下午脸都火辣辣的痛。早产那会儿她并没往别处想，农村早产是常有的事，哪像现在的产妇这么金贵。再说了，她还存着侥幸，哪能那么巧，跟那畜生两次就怀上了？陶水旺的一席话，把表姐的侥幸浇灭了。

第二次见面，陶水旺还是大包小包的，直接摸到了表姐的学校里。表姐没办法，只好把他领回家。也是巧，李石磨不在家，生产队派他去城里卖西瓜。表姐突然觉得浑身发冷，好像又回到了那个木排上。大热天，她又加了一件夹衣。陶水旺掩上门，上来拉扯表姐。表姐死死地抱住自己的双肩。陶水旺明知故问，"小李知道真相没？"表姐没吭声，手却松下来。

陶水旺把表姐抱到床上，表姐求他，"以后，不要再来纠缠她了，好不好？你也知道，我这一家人多不容易。"陶水旺急不可耐地说，"好好，不来了。"表姐问，"那个人知道不？他也依着木排等了一夜？"陶水旺说，"你说那个姓谢的？他不是。他是第二天早上漂到木排跟前的。你哭着走下木排时，他还偷偷地问我你咋了。"

托人打听到的情况让表姐更是绝望。陶水旺东营陶庄人不假，这个人名声不好，出了名的好吃懒做，四十多岁了还没娶到媳妇。

第二年，两个人在家里拉拉扯扯时被李石磨发现了。李石磨要打陶水旺，情急之下，陶水旺道出表姐水上被辱一事。更为可恨的是，没过几天，陶水旺为达到与表姐结婚的目的，竟然上门挑拨李石磨，说那两个妮儿也不一定是他李石磨的。尤其是李峤汝，看她那眉眼，太像那个姓许的了。

那天晚上，表姐家的门老早就关上了。这次可不是李石磨要给老婆洗脚。表姐老早就准备好了洗脚水，等着李石磨。

李石磨哪有心洗脚？他试探着问："离婚吧？"

表姐勾着头，不言语。

"不离婚，这日子没法过了。"李石磨说。

表姐还是没言语。

李石磨上床，准备睡觉。表姐跟过来，扑通一声跪到床头前。

李石磨想了一夜，还是决定忍了。不忍还能怎么着？大着嗓子吆喝老婆被人家强奸过？至于那两个妮儿，陶水旺急了瞎说也是有可能的。就一个晚上，能那么巧？最关键的是，表姐又怀孕了。

吃早饭的时候，李石磨说，"过去的就过去了，咱俩好好过，千万别再有啥了。"

表姐使劲地点点头，"妮儿她爹，别不要我。我好好活着，一年也能挣个一二百块钱，比喂一头猪强。"

"你怀着儿子，千万得注意。"李石磨还能说啥？表姐都把自己比作一头猪了。

表姐不停地点头。

表姐知错了，这是她最有诚意的一次忏悔。李石磨看到大颗大颗的泪花从她眼里落下来，砸到她面前的地上。

李石磨彻底原谅了表姐。

陶水旺又去学校纠缠表姐。正是下午放学的时候，老师们看到陶水旺又是一番感叹，还是人家杨老师救人救得值。

人都走尽了，陶水旺手又伸上来，朝表姐身上摸。表姐一边躲着，一边求他，"我怀孕了。"陶水旺以为这又是表姐的借口。以前，表姐大多以身上来了为借口。

陶水旺把表姐掀到桌子上，表姐哭了。"求求你，放过我吧，我真怀孕了。"

陶水旺这个时候已经停不下来了，他欲火中烧，三下五除二褪了表姐的裤子……

李石磨找到学校，陶水旺早吓跑了。表姐浑身是血，瘫在桌子下。办公室的地上像刷了一层漆，红色的漆。表姐甚至能听到血咕咚咕咚朝外流的声音，她等着血上来，淹住她的身子，就当又来一场大水吧。表姐真是没脸活了。

见到李石磨，表姐一下子又精神了。她攥着李石磨的胳膊，低声呻吟，"她爹啊，都怪我不好，连累你了……"

李石磨顾不得多说，抱起她就朝外跑。

这一次，表姐真是要死了，她甚至能感觉到自己的魂像烟一样，正在周围缥缈地游荡。

醒来时，表姐发现自己好像是在卫生院，不像阎王殿。两个妮儿哭着喊娘，李石磨眼睛也红着。瞿医生哄两个妮儿出去，病人不能情绪激动。

人都走了，表姐跟李石磨说："妮儿她爹，我对不住你。"

李石磨没吭声。

一个月后，表姐主动提出离婚。一而再再而三地这样，表姐觉得自己亏欠李石磨太多。

苏丹读完信，看看李峤汝，没有说话。

李峤汝喃喃自语，可能，就因为那次流产我母亲失去了生育能力。

嗯，苏丹找不到李峤汝的思路。

多悲剧啊……

陶水旺也只是猜测。苏丹不知道该怎么安慰李峤汝，她本来还想说，那个时代，农村妇女的活重，早产很正常。但她自己都觉得这样的劝说太苍白。突然冒出来的生父，要是个达官显贵说不定还让她多少有种隐秘的优越感，谁让他是个没有什么修养的农民呢？那么老，而且那么龌龊，被生母杀死——仇恨地杀死，任谁突然被凭空推出一个这样的生父也会感到羞辱。

15

姓谢的打来了电话，据说是别人看了报纸告诉他的。也不是他本人打来的，打电话的其实是小谢。说他爹可以来作证，但有条件。既然我爹能救她娘的命，你们看是不是能给我爹拿一些补助？天这么热，他身体又不好，出去一趟很费劲。李峤汝听说后，心有不悦，我母亲当年救你父亲那笔补助怎么算？但救人要紧，李峤汝只好隐忍着，主动打电话与对方协商。小谢张口就是一万，李峤汝没忍住，你也太狠了吧？我母亲当年救你父亲时可没这么狠！小谢赶紧说，你别急，可以商量嘛。你来我往，最后商定为五千。

苏丹知道情况后，要来小谢的电话。她告诉对方，自己是杨小水的委托人，按程序，你得带着你父亲跟我们先见一面。

见面的地点定在律师事务所。63岁的谢修平比实际年龄更显老，这是乡下人共同的特征。身体还壮实，看不出有什么不便的地方。苏丹握了握他的手，说她代表委托人，谢谢他出来作证。

李峤汝迟到了，晚了十多分钟，堵车。与谢修平见了面，免不了一番客套。

谢修平先讲了自己大水中的经历，说水是半夜里进他们村的。他匆匆忙忙披了件衣服跑出屋，赶紧去喊左邻右舍。李峤汝插话问他当时穿的是什么衣服，她突然想到母亲信里写到的那件外挂着四个兜的中山装。谢修平说，"中山装，那可是我当时最值钱的家当。刚去大队当干部，家里特意为我做的。"李峤汝再没说什么，就冲着对方把那件新做的中山装披到她母亲身上，现在人家提什么条件她也不好意思再反对。天亮后，谢修平接着讲，木排上的女孩——现在知道她就是杨小水，把他拉上去。他上去的时候，木排上除了杨小水还有两个男人。见杨小水衣不蔽体，谢修平才把自己身上的衣服脱给了她。一直到木排靠岸，杨小水都没说啥话，偶尔应和他或陶水旺一声，却始终没和姓许的说一句话。谢修平当时就觉得不太正常，但那种情况下，也顾不上多想。木排靠岸时，杨小水竟然莫名其妙地哭起来。谢修平悄声问陶水旺她咋了，陶水旺看看姓许的，没吭声。姓许的也不说话，撇下我们慌慌张张地跑了。我和陶水旺同路走了一段，才知道原委。本来我们想报告上去的，后来想想，连人家姓其名谁都不知道，去哪儿查实？

送谢氏父子走的时候，苏丹说，"刚才没告知你们，咱们的谈话我已经录了音。我想提醒你们的是，现在我委托人的女儿连工作都丢了，失业在家，生活很不容易。你们刚才也承认了，当年是我的委托人救了谢老先生。现在她有难了，你们不应该伸手施救吗？你们竟然借此机会要挟她，索取什么五千块钱误工补助，我觉得这不是一个有良知的人做的事。"

谢修平垂下头，不好意思再看她们。小谢委屈地说，"天这么热，我们大老远地跑到驻马店，来一趟得转几次车，还耽误手里的活……"

苏丹她们看出来了，所谓的误工费，与谢修平无关，是小谢逼着父亲要的。中山装的事让李峤汝无心讨价还价，她上去握住谢修平的手，"晚辈孝敬老爷子，应该的。这么热的天，辛苦老人家了！"那小谢趁机说，"一千块算了，要不是我爹最近老是这病那病的，我也不开这个口了。"

16

在尼罗河，苏丹接到小周打来的电话。苏丹安排了工作，交代小周提前做好文案的准备工作，杨小水的案子可能下下周就要开庭了。

"杨小水？"姥姥一把拽住她的胳膊，"哪个杨小水？"

"我的委托人啊。"

"姥姥的手没松，她哪里人？"

"小周，先这样了。"苏丹挂上电话，跟姥姥说，"遂平的，怎么了？"

"你上次说回文城就是为她？"

"是啊。她杀了人，她家人请我为她辩护。"

"她老家是不是杨湾的？"

"嗯。"

"今年多大？"

"五十三。"

"她有一个闺女？"

"嗯，李峤汝。姥姥，您认识她们？"

"她怎么就杀人了？"

"苏丹扶姥姥在沙发上坐下。"

听完杨小水杀人的大致经过，姥姥拍了拍苏丹的背。"丹丹，有件事我们一直没跟你讲。"

"什么事？"苏丹故意轻松地说，"难不成你们也杀过人？"

姥姥没接她的茬。"反正也不是什么大不了的事，当年全是我做的主，今天我再做主一次，也不跟你爸你妈商量了，全告诉你吧。"

"到底什么事啊？这么神秘。"

"你小时候，并不是在你父母身边长大的。"

"您是说，我一直跟着您？"苏丹问，"这有什么大惊小怪的？大不了，我又跟李峤汝多了一点共同的地方，也在文城长大。"

"你还真猜对了。"

"文城卫生院？"苏丹有点小骄傲，全让自己猜对了。

"不，杨湾。"

"杨湾？"苏丹不信，信口开河，"难道我就是传说中的李碧汝？"

"嗯。"姥姥竟点了头，"四岁以前你一直叫李碧汝。"

"啊？"苏丹都不敢往下猜了，她猛地从沙发上弹起来。

"你怎么都知道了？"姥姥没想到是苏丹信口猜的，"杨小水都告诉你了？"

"嗯，杨小水说过。"苏丹无心炫耀自己的聪明。

姥姥还是觉得不太可能，又问："她怎么知道你就是当年的李碧汝？"

"她哪知道？你们不是跟人家说，我在上海当律师吗？"

"我们那是怕她来纠缠。"姥姥说，"我们不想认她，是怕麻烦。你妈大学毕业那年，生了你。你妈刚分配，挺着个大肚子怎么报到？那个年代，这可是严重的作风问题。我们就跟你妈的单位请假，谎称她在家里摔断了腿，晚报到了几个月。你妈在文城卫生院躲了几个月，直到生下你。碰巧杨小水也在那几天生了孩子，我去帮着接生，就把你给了她……"

"不对啊，人家请的是瞿医生啊？"苏丹打断姥姥的讲述问。

"哈，你怎么什么都知道啊？"姥姥也奇怪，"翟跟瞿不是差不多吗？很多人都分不清。有次我去县里开会，县里的一个领导给我们颁奖，他把表彰名单上的翟念成了瞿，惹得大家都笑了。这事从县里传到文城，卫生院的同事从此都故意叫我瞿医生。病号不知所以，也跟着瞎喊……"

"你就这样姓了一辈子瞿？"苏丹预感到不妙。怪不得李峤汝当年来找姓瞿的，人家都说不认识。

"那有什么？总不能见人就解释你不姓翟，姓翟？反正姓名也就是个代号。丹丹，你也别难过，把你送给杨小水，我们根本就没想再要回来。别说未婚生孩子，就是未婚同居在那个年代也是一件大事，哪敢让人知道？你妈结婚后，发现自己不能再生了，才又想办法把你要了回来。杨小水多次找人打听你，我们放出话，说你在上海当律师。你也知道，乡下人事儿多，我们当时是怕她以后纠缠不清。上海那么大，他们就是知道你在那儿也找不到，自然就会断了找你的念头。"

苏丹强迫自己努力地回忆，可脑子里一点儿也没有留存她叫李碧汝的那三年多的记忆，她和李峤汝是不是如胶似漆过，杨小水给她们讲过什么样的故事……

爸妈都回来了。

苏丹看出来了，姥姥要开家庭会议。

"我们应该救她。"母亲先表态，"要搁旧时的说法，杨小水就是丹丹奶妈，养母。"

父亲怕苏丹埋怨他们，一个劲儿地道歉："丹丹，我们当年也是没办法。"

"嘁，几十年前的事了，你们现在才想起向我忏悔，是不是有点晚了？"苏丹故意装出一副开玩笑的样子，大大咧咧地跷起二郎腿。

"你受点委屈算什么。"姥姥叹了一声，"我们最对不起的，其实是杨小水。"

17

同龄、同乡、同年大学毕业，四岁以前连母亲都相同。这是苏丹做梦也想不到的。和李峤汝这么多的缘分，全世界也罕见。

躺在浴缸里，苏丹觉得白天的事像是在演电影。突然间，她就成了李碧汝，成了那个被杨小水念叨不已的小女孩。如果她也一直像李峤汝那样在杨湾长大，很难想象她的现在。姥姥重回杨湾，像童话里送来的水晶鞋。苏丹想不起来杨小水是不是给她讲过灰姑娘的故事。那时候她还小，即使讲过，她也记不起来了。在姥姥送回水晶鞋之前，她和李峤汝都是灰姑娘。遗憾的是，水晶鞋只有一双。苏丹不知道自己是不是应该感谢母亲，她要是还能生育的话，还会有水晶鞋吗？

苏丹给父母的建议是，先把李峤汝的女儿乐乐接到家里来，这是当前报答杨小水的最好方法。杨小水现在关在看守所里，孩子马上就要开学了，得有个妥善的地方安置。至于杨小水自己，苏丹说，你们放心，我会尽力的。姥姥说，北环那套房子先尽李峤汝住着，离丹丹近，你们姐妹俩好多走动。我记得丹丹比她大……苏丹抢过来，说大两天，我们比过的。母亲也说好，丹丹多了个妹妹，以后你们相互也好有个照应。

苏丹的房子离老公学校近，离尼罗河也不过十分钟的车程。当初母亲想在尼罗河挑套大的，是想让苏丹跟他们住在一起。苏丹以老公上班不方便为借口拒绝了。住得太近，就没有隐私了。还有一个原因是，尼罗河略显奢侈，苏丹这样的年龄，不合适。苏丹说不上勤俭，但太奢侈也不是她的风格。低调，她一再提醒自己。社会上好多极端案例，都是跟仇富心理有关。自己还年轻，不是享受的时候。

苏丹的父亲是郑州土著，祖辈留下了一处四合院。几年前搞拆迁，开发商问是要钱还是要房。要钱的话人家答应给五百万，要房子的话更好，开发商不缺房子。苏家不缺钱，苏丹的老公在大学里教书，父母刚刚退休，连姥姥都拿着退休工资，于是就要了开发商提供的七套房子。本来是八套，尼罗河是高档小区，一套顶外面两套。物价飞涨，守着七套房子苏家人放心。这不，几年下来，郑州的房价每平方米升了近两千。七套房子算下来，这两年苏家的财产又增加了一百多万。

苏父热心，又加上刚退下来没事做，一门心思要把乐乐入学的事办好，也算是对杨小水的一次补偿。当然，也有安慰苏丹的成分。苏父问来问去，才知道难。李峤汝没有郑州户口，乐乐转到哪个学校都要交高昂的择校费。回来一家人商量后，干脆把李峤汝母女的户口都转到郑州，一劳永逸。郑州的政策是，在这里工作一定时间后，可以持相关单位出具的统筹金缴纳证明，以引进人才的方式把户口迁移到郑州。李峤汝工作过的那家报社提供了当时双方签订的用工合同，但报社没有为她缴纳统筹金。苏父又去找熟人，请客吃饭。快开学了，才把她们母女的户口迁过去。李峤汝很感动，多年都没解决的问题现在被人家不知不觉地解决了。苏丹更意外，父母的愧疚她理解，可如此报恩，是不是过了头？

欢迎李峤汝重新回到郑州的午宴安排在河南饭店。河南饭店现在虽说只剩个虚名，毕竟还挂着河南两个字。愧疚，补偿，总得有个表达的形式，苏丹理解姥姥他们的心理。饭桌上，姥姥不时絮叨出一些苏丹她们根本就没有记忆的往事。苏丹和李峤汝都很配合，两个人头还凑到一起自拍了张照片。李峤汝传到微信上，配的文字是，30多年前的亲姐妹。苏母不甘落后，在下面回复纠正，30多年后也是亲姐妹。

18

下过一场小雨，气温说降就降了。

法院通知，杨小水的案子下周一开庭。

忙到周四下午，一切准备就绪。苏丹让小周安排第二天下午再见杨小水一面，稳定稳定她的情绪，顺便认亲。她很有把握地告诉李峤汝，杨小水判不了死刑，最坏的结果是死缓。

这一次，杨小水没带小周。杨小水离她近了，有些话，她不想当着一个熟人的面说。

杨小水眼睛红着，像是没睡好。"苏律师，告诉小汝，别再费力气了，我活着，跟死有什么区别呢？"

"怎么了，阿姨？"苏丹这一声叫得比往常更真诚，更有内容。她安慰对方，"您放心，我们已经找到那个姓谢的证人了。等法院判决完，你们一家就能见面了。"她还想着，应该和她拍张合影发在微信上，文字也想好了，重逢30多年前的养母。

"去哪儿见？"杨小水问。

"监狱啊！"苏丹说。

"你们找不到她的。"杨小水摇了摇头，她一心还想着那个李峤汝。

苏丹心头一颤，说："阿姨，您是说李峤汝？"苏丹真切地感受到了，杨小水果然像李峤汝说的那样，过于关心李峤汝，而不是自己的亲生女儿。这种时候，这种场合，什么样的亲情能胜过母女之情？来之前，苏丹其实已经做好了宽慰杨小水的准备，告诉她瞿医生是谁，告诉她姥姥和父母的悔意，还有自己对杨小水抚育将近四年的感激……而且，她还准备宣布一个没有跟父母商量的决定，将来，她会和李峤汝一起，把杨小水当母亲来孝敬。

"有件事我必须得说，再不说，我怕没机会了。"杨小水突然说，"我对不起那家人，李峤汝才是他们的妮儿，李碧汝是我的妮儿。"

苏丹一愣，雕塑一样硬挺挺地杵在那里。她没听明白，杨小水的女儿怎么又不是李峤汝了？

"谁不想生下来就是城里人？那是个机会，我不想错过……"

苏丹身上一阵发冷。有一阵子，她听不到杨小水的声音，只看到对方的嘴唇一张一合。

"杆子婶来要妮儿的那晚，我一夜没睡。也是巧了，收音机里那晚放的正好是《狸猫换太子》——苏律师，你也是河南人，《狸猫换太子》该听过吧？"

听那名字，苏丹也能猜出个大概。她隐约感觉到自己的生活要有一个翻天覆地的变化了，这变化太大太快，她有点晕眩了。苏丹闭上眼，无助地摇了摇头。真发微信的话，文字说明恐怕得改为"失散30多年的母女重逢"了。

杨小水没有注意到苏丹表情的变化，开始讲故事。很早以前，皇帝的皇后病死了……

皇帝当然是很早以前的事了，苏丹很不以为然，杨小水就这样夺得了讲故事大赛的特等奖？

姓刘和姓李的两个王妃同时怀孕了，为了当皇后，姓刘的王妃就和太监郭槐勾结到一起，趁那姓李的王妃生产时，用一个剥了皮的狸猫换下她刚生的婴儿，还让宫女弄死婴儿扔到野外。皇帝一看王妃生下一妖物，认为是不祥之兆，就把姓李的王妃打入了冷宫。姓刘的因为生了儿子，自然被立为皇后，儿子也被立为太子，眼见着的荣华富贵。我合计着，咱也可以来个"狸猫换太子"啊。妮儿跟着我们，还不跟我一样，放牛割草伺候土地？要是去了上海可就大不一样，吃商品粮，不用做活儿，还有好衣服穿，有高楼住……反正杆子婶和瞿医生也不知道碧汝和峤汝哪个是我们自己生的，哪个是人家的。碧汝来我们家时听说才出生两天，现在都快四岁了，孩子变化又大，即使当初有印记，他们也分辨不出来了。第二天天没亮，杆子婶领着人家来，我把峤汝给了他们，换下了碧汝……

"我怎么越听越不明白了，"苏丹问，"峤汝现在不是还在你们家吗？"

"苏律师，别急，你听我说完。我当时心虚，怕妮儿她爹知道内情后，藏不住，就把碧汝改过来叫峤汝。她起初也不情愿，好在我已经离婚，家里就我们娘儿俩，没人发现。骨肉分离的滋味真不好过啊，从那以后，我没有一天不想我的妮儿的。冬天，我操心我妮儿穿不暖和；夏天，我怕我妮儿玩水吃坏肚子。我也知道我妮儿在上海比我们穿得暖吃得好，可就是放不下心。只要一闲下来，脑子里想的都是她。我这脑瓜子，想得都快爆炸了。后来，小汝带我去上海找了一次，我才死心。你们让我去做精神病检查还真检查对了，我早知道自己不是个正常人了，老觉得我已经四分五裂了，不完整了。这几十年，我其实一直努力地想把一个四分五裂的身体重新捡回来。可是，怎么对也对不完整啊……"

"唉，"杨小水叹了一声，"还是应了那句老话，不是不报时候未到啊。《狸猫换太子》那戏，刘皇后最后落了什么好？自己的儿子没有成年就病死了，皇帝将贤王的儿子收为养子，后来又立为太子。知道这个孩子是谁吧？"

"就是那个被换成狸猫的李妃的儿子。"不等杨小水自己讲出来，苏丹就猜出了答案。既然是戏，都讲因果回报，这是中国特色。就这样，也算擅长讲故事？

"对，就是李姓王妃的儿子。包青天经过一系列的侦查和审讯，破获了这起惊天大案。最后，刘皇后自杀，李妃与已经继承皇位的皇帝母子团圆。郭槐做事那么隐秘不还是被老包铡了？现在是不兴铡刀啊，要是兴，我不也是那个下场？我不亏，那两个畜生也不亏！"

"两个畜生？"苏丹敏感地问。

"陶水旺不算？陶水旺比那个姓许的还该死，畜生的爪子竟然伸到我妮儿身上了。那天晚上，一直在板桥水库工地上打工的陶水旺喝了酒又来我们家。趁着妮儿出去，陶水旺上来抱我，被我推到一边。板桥水库的大坝又修好了，我心里本来就不高兴。我骂他，一见面就这样，你是猪啊？陶水旺悻悻的，转身出去了。不多久，妮儿回来告诉我，说陶大爷偷看她洗澡，还摸她的胸。那时候，妮儿已经十六岁了，虽然胸前并不大，但也鼓起了两个包。我真生气了，逮住他又狠骂了一通。陶水旺，给我滚！你就是个畜生也该通点人性啊？陶水旺竟然一点儿也不怕，还说，反正又不是你自己的妮儿，你操那么多心干吗？我以为他诈我呢，陶水旺却嬉笑着说，你以为我不知道啊？碧汝背上长过疮，那疮疤怎么又长到峤汝身上了？我还不死心，硬着嘴说，峤汝身上就是没疮疤。陶水旺恬不知耻地说，我刚才看她洗澡的时候，明明有两个疤痕。我本来就心虚，陶水旺这一说，我傻了，没话了。那个时候，我就定了心，早晚要弄死这个畜生！不弄死他，他还会坏我妮儿的。"

"你杀了陶水旺？"苏丹低下身子，不敢相信自己的耳朵。

"打我妮儿的主意，我能让他好活？"杨小水现在都难掩当时的气愤，"陶水旺是堆垃圾，不把他清理出来我心里安生不了。那天我没骗他，身上确实来了。要是好好的，我当时就哄他睡下，趁他睡下后弄死他。我忍着，约他几天后的晚上再来，梁波涛暑假正在县城教师进修学校培训。几天过后，我又冷静下来了，杀了他我也安生不了。我想哄哄他，让他尝尝甜头，别乱说就行了。也该那畜生死，那天下着大雨，他竟然打着手电来了，浑身淋得没有一处干的地方。真是色胆包天啊！不能再等了，这可是个好机会，弄死了他，我再也不用害怕被梁波涛发现了，妮儿的事再也没外人知道了。老天爷也帮我，雨下得那么大，妮儿又早睡了。我任他在我身上癫狂，直到他自己累了。他也是个肉身啊，一点都不经砍，一个大男人，一刀下去竟然连哼都没哼一声。那时候，我觉得死的不是他一个，还有我，我也和他一起死了。我的魂守着他的尸体，守了半夜。"

停了一会儿，杨小水重新仰起头。"我把陶水旺分成几块，埋在院子里。院子里突然起了新土，我怕人起疑，还顺手把院西头的无花果也移了过来。梁波涛回来问起来，我说无花果在西头不得日头，早就想移了。果然，那一年的无花果结得特别多，压得树枝都弯了。从那以后，我再也没有吃过无花果，那都是陶水旺的身体沤成的肥料滋养的啊。

"杀了陶水旺，我还真安生了一段。

"那个小院，我一直没敢卖，买房子紧着用钱我也没卖，现在还在梁波涛的名下，空着。我怕陶水旺到那边也不放过我，每年清明节都会找借口回去看看他。"

会见结束，苏丹的会见笔录很短，只有前面一小部分。她怕杨小水不签字，解释说："小周有事，我记不过来。不过没关系，我同时录了音。"杨小水并没想太多，还像从前一样，看都不看，拿起笔就在最后一页签上了名字。

19

苏丹神色恍惚。凭直觉，她相信杨小水没有说谎。她自己也曾有过怀疑，家里为什么没有她四岁以前的照片？

稳定下来后，她庆幸自己没有带小周去做笔录。会见室虽然有摄像头，但不录音，第三者听不到会见内容。新的《律师法》给了律师充分的自由，可以单独会见嫌疑人。

苏丹想象自己就是李峤汝——不用想，其实就是，连名字都不会变——她不应该恨杨小水吗？原本不需要努力就能有一个大好前途的李峤汝，因为杨小水自鸣得意的"狸猫换太子"，不得不背负屈辱的恶名，此刻正全力洗刷自己。她顶替了苏丹，李峤汝才是最无辜的受害者。童话故事里都是灰姑娘变成了公主，李峤汝的方向则恰好相反，由公主变成了灰姑娘。

重新梳理李峤汝的人生，苏丹想象不出，假如现在她们俩的角色互相调换一下，又会是什么样子。苏丹看过一档电视节目，叫《变形计》，山沟里的"好孩子"和城市里的"坏孩子"角色互换一周。质朴纯真面对世俗功利时的辛酸，放浪不羁屈服于最原始诉求时的感动，每一集都让苏丹一忍再忍，到最后还是没忍住，泪流满面。苏丹和李峤汝的人生何尝不是一种变形？感谢导演杨小水选中了她，让她有机会体验城市文明。不，不是体验，是交换。这交换是几十年或一辈子，而不是短短的一周。而且，双方都不知情。唯一的观众，还是杨小水。城里孩子李峤汝在杨小水眼皮底下替苏丹受苦，她被感动过吗？有过愧疚吗？苏丹肯定，这几十年，杨小水肯定不得安宁，在心里哭过无数次。李峤汝不是城市里的坏孩子，要坏，也是她的亲生父母坏，让她失去了一个城市孩子应有的满足与安稳。

20

苏丹很想再见杨小水一面——单纯的见面，没什么目的。她心里空得慌，想见一个人，一个离她近的人。真是滑稽，律师竟然和她的委托人成了最亲的人，成了母女。母女还不应该见见面，好好地聊一聊？

杨小水一点也不紧张，反倒比以前任何时候都要镇定。门外的黄警官向苏丹点头示意，苏丹连忙出去和他打了声招呼，顺便扔过去两盒烟。

苏丹还是不敢细细端详杨小水，眼睛飘着算是打了招呼。她提醒自己，眼前的这个人不再是李峤汝的母亲，现在是她苏丹的母亲。脑子里却跳出了回光返照这个词，摁都摁不住。苏丹把椅子向后挪了一下，镇定地坐下。这镇定是假装的，屋里弥漫的平静气氛也是假装的。杨小水在苏丹眼睛的余光里依然很精神，脸上像涂了一层蜡，光亮亮的。她不再仅仅是她的律师了，也不再单纯地是个旁观者了。她也没有再叫她阿姨，把母亲叫成阿姨她心理有障碍。她开始讲自己的准备情况，说到证人谢修平，苏丹下意识地用了不确定的语气。谢修平态度不是太明朗，不断地讨价还价。最后的数目与谢修平最初的理想相差甚远，苏丹报了具体数目，也没说明这个数目是经过自己的努力所致。谢修平答应来作证，但律师不能保证，这就像医生让病人家属签字，再简单的手术也不能排除风险。整个过程，苏丹自己都意识到自己就像一个怨妇，唠唠叨叨，细致，反复。

交代完毕，苏丹轻轻地喘了口气。

杨小水没有反应。

冷场了几分钟，也许只有几秒，苏丹已经没有时间意识了。她努力让自己也镇静下来，开始给杨小水讲故事。我有一个朋友，儿子两岁时失踪，辞了职四处寻找，五年未果，只好放弃了。有次她喝多了，向我倾诉，说她其实找到过儿子。在北京，一个天桥上。当时她并没在意，有人拖住她的裤腿行乞她才发现地上有个孩子。她把硬币投向孩子面前的碗里时，习惯性地看了看他耳朵后面。一个月牙形的胎记，好像比原来大了一圈。朋友眼泪当时就出来了，退后一步，想仔细端详一下面前的孩子。那孩子坐在地上，双腿交错向后盘着。一条胳膊在一侧耷拉着，明显是停止发育了，细得跟家里的水管一样。头发蓬乱，脖子里的黑灰像墙上斑驳的老漆。除了那个可怕的胎记，一点儿也没有当年的可爱样。这就是她找了多年的儿子？朋友很快醒悟过来，周围肯定有人控制着这孩子。朋友看过这样的报道，有人专门找一些残疾的孩子，或者健康的孩子，再把他们弄成残疾——看起来很悲惨的那种残疾，靠他们乞讨生活。朋友在附近徘徊，天快黑了，一辆面包车开过来，停在不远的路边。车上下来一个年轻人，快步跑到天桥上，先蹲下来拨弄了几下碗里的纸币，然后一只胳膊夹起孩子，疾步走下来。朋友站在面包车旁边，待那青年走近，朋友把自己兜里所有的现金都掏出来递给他。青年愣怔在那儿，他背上的孩子用另一只手接过朋友手里的钱。面包车里还有三四个那样的孩子。朋友站在那儿，一直到面包车消失……

"怎么不认？"杨小水按捺不住地问。

"怎么认？人都那个样子了，要回来怎么办？把一切打乱重新再来？那得需要多大的勇气啊。朋友也纠结，要不然也不会在那儿徘徊了一下午……"苏丹开始收拾桌上的两页会见笔录。

杨小水签字的时候，苏丹靠近铁栅栏站着。她犹豫了一下，对杨小水说了最后几句话。"您有没有想过，您亲生女儿现在的生活有着您想象不到的富裕与幸福？即使您没杀人，现在你们母女相认，您亲生女儿也可能会失去她原来拥有的一切。最可怜的是李峤汝，真相揭开她可能会得到些补偿，可您耽误了她这么多年，她不恨您？说不定，您会鸡飞蛋打，一个女儿都维持不住……"

21

第二天，苏家知道了自己的女儿当年被杨小水调包的消息，不相信。DNA比对的结果显示，李峤汝与苏父生物学上父女的可能性为99.99%。苏家气愤至极，宣布解除与苏丹的父女关系，将七套房子的户主全部更改为亲生女儿李峤汝，与杨小水家彻底划清界线……

苏丹被梦惊醒。

熬到天亮，想给李峤汝打电话又怕打扰她休息。这会儿离上班时间还早，与杨小水谈话的录音听了一半，苏丹没忍住，还是拨了李峤汝的电话。

手机通着，没人接。

本来还有些犹豫，没人接反而让苏丹拨得更坚定。

进来一条短信。李峤汝发来的。我母亲昨晚撞墙自杀，抢救无效。

苏丹一惊，手机差点儿掉到地上。她想，这肯定又是一个梦。狠劲儿地掐了一下大腿，痛得她直咧嘴。

隔了一会儿，小周也打来电话。法院通知，杨小水自杀，上午的庭审取消。

你喜欢胖子吗

1

"在哪儿下车？"他学她的样子，斜靠在车厢上。

"东莞。"

"我也是。"他轻松起来。

"这车禁止抽烟。"她身体还斜着，但脸已转向车门的方向，故意不看他。

虽然是提醒，但听起来冷冰冰的。他有些尴尬，赶紧掐了烟。

"我，睡不着……"

"睡不着就抽烟？"这反问，快，且逼人。他还没来得及应对，对方又来了一句。"不抽烟会死啊？"她扭头看了他一眼，多少冲淡了话语带来的敌对情绪。

他捕捉到她脸上的表情了，并没有厌恶。

"去玩？"虽然是疑问，但她的主动，似乎证明了她并没有多少恶意。

"你呢？听你口音像是罗山人。"他衣着举止确实不太像农民工。

"打工呗。"她还是不看他。

她没有回答她到底是不是罗山人。他猜，可能是自己的形象让对方不敢和他多聊。他一米七多一点，体重却接近一百八十斤。胖人往往会给人老实忠厚的感觉，但配上黝黑粗糙的皮肤就不同了，比如他自己，陌生人总会误把他当成恶人，敬而远之。其实用不着她回答，她的口音太罗山了。

她的眼睛始终盯着门外。窗外是一闪而过的灌木，再远处有些模糊的黑影，小山，村庄，或者小树林。看不清楚。他趁机肆无忌惮地端详她。女孩很好看，是那种丰腴型的。丰腴可不是胖，是成熟。这是他对女性最高的评价，能被他用上这个词的并不多。女孩胳膊本来就白嫩，又滚圆滚圆的，还有裹在T恤后面的胸，紧绷绷的，火车稍一颠簸它们就颤个不停。罗山姑娘哪儿都像熟得恰到好处的桃子，饱满得汁液就要溢出来。他喜欢成熟的女性——不仅是心理上的，还包括生理上的。罗山的姑娘，信阳的城墙，这是句老话，老得他都不知道后半句的意思。

"火车停了？"她转向他——她还是没有把他当成恶人——他发现她的脸也很匀称。

"停了？"他看看窗外，又看看她，刚才注意力不太集中。窗外的灌木不动了，她的身体也不颤了，他肯定地回答，"嗯，停了。"

外面黑漆漆的，不像是站点。车里更静了，静得他们都有点不好意思说话了。一路上，车里就没有安静过，满车都是孩子，趁着暑假去南方与父母汇合。他躺在上铺上戴着耳机接连看了三部电影——他喜欢看电影，手机里总是备着几部，无聊的时候，或心情不好的时候，打发时间。等孩子们都熬不住了，睡了，安静反倒让他敏感起来。他摘下耳机，下去恣意地伸了个懒腰。空荡荡的车厢过道，像是正等着他去填满。走到两节车厢的连接处，意外发现了她。她的背影很孤单，他才大胆地走过去——也可能是受了刚看过的电影的鼓励。

不远处传来粗重的鼾声，他记得那儿有个大胖子，鼾声应该是出自他吧。胖子鼾声大，老婆经常埋怨他鼾声跟过火车似的，吵得人睡不着觉。每次出门坐卧铺，他都不敢早睡，怕扰民。

"回去看孩子？"他又有勇气了，找话问。

"我像是结过婚的女人？"她再次转过头，像是想让他再仔细看看她。

"对不起。"他知道自己不擅长与人聊天。

"没什么，是该结婚了。"

还没等他回话，她就自顾自地讲了起来。她今年二十六岁，要是不出来打工早就结婚了。大专学的是营销，很虚，基本上算是没专业。现在在一家台资的鞋材厂工作，材料员，每个月三千多块钱，不高，也不算太低。这次回来看母亲，父亲打电话说她病了。回来才知道，骗她的，父亲的意思是让她赶紧和他们中意的男人结婚。他们中意的那个男人很有钱，但她不喜欢，太花。她上高中时就听说他和村里的少妇搅得天昏地暗，那时候他也就二十出头。

她喃喃自语，"有钱怎么的？我不稀罕。不嫁他会死？"最后一句，又像是说给她父母的。

本来他还怀疑她是那种挣大钱的女孩，听她这么一说，又觉得不像了。"我叫小豆。"

她笑了——看来，她还真没把那个有钱人放在心上。

小豆问她笑什么，她说，"你这名字，有意思。"

小豆这才意识到自己的自我介绍没头没脑，也开始跟着笑。

她补充说，"不光这名字，我是说，你没必要跟我说你的名字。我不认识你，才跟你讲我的事儿。"

小豆想解释，这其实是一种交换，你讲你的私生活，我告诉你我的名字。火车这个时候突然动了一下——也是看她身体颤了一下才知道的。扭头看窗外之前，她也没意识到火车又重新启动了。

回到车厢里，他们在空荡荡的走道里兆了一对座位相对坐下。

火车越来越快。窗外的灌木丛随着火车前进的方向伏着身子，像夜里急行军的士兵。

"我也想嫁个有钱人，但我一想到他之前的那些闹心事，就受不了，哪怕他结婚之后再也不花了。"她突然又回到刚才的话题上。

小豆有点儿跟不上她的跳跃。

"不可能。"她又说，更像自言自语。

过了一小会儿，小豆才明白她指的是他结婚之后再也不花了这事。

"爱情的力量难以想象。"讲出这句话，小豆自己都有点心虚。

她喊了一声，像是不屑。"反正，不嫁他又死不了。"

"嗯，死不了。"小豆巴结似地附和。

"小豆有讲究？"她讲话总是这样没头没脑。

"我妈生我时，家里正收黄豆。"小豆在心里琢磨她，讲话比他跳跃还大，人家怎么跟得上？

"就你自己？"她问。

"我上边还有两个姐姐。"小豆有些得意于自己的聪明，换了人，不一定能明白对方问的是什么。"大姐叫小芹，二姐叫小苗。"

她笑，身体又颤动起来。小豆赶紧嘘了一下，一车人都在睡觉呢。

她稳住自己的身体，压低声音，问，"大姐出生时正是芹菜下来的季节？"

"不是。大姐出生那天，碰巧我爸从集上买回一把芹菜……"

"二姐跟什么苗有关？"她有点急不可耐。

"生二姐时，我妈是从沟蒜地里被送到医院的。一地的蒜苗都被踩倒了，我爸心疼得不得了。"

大姐要是当年真嫁给了东阳，日子不比现在好？小豆突然走神了。怎么说东阳手里现在也有上千万吧？一个大沙场，一天二十四小时不停地朝外卖沙，都有点保守。

"你在哪工作？"她轻轻敲了敲他们面前的小桌，把他唤回来。"你像是国家工作人员。"

"哪儿像？"小豆问。

"哪儿都像。"她说。

"群工部。"小豆问，"知道群工部不？"

"不知道。"

"群众工作部。"

她还是茫然地摇了摇头。

"信访局知道不？主要工作就是接受老百姓上访。"

"哦。"

小豆没有读懂对方这个哦字的含义，惊讶，敬畏，赞叹，还是不屑？事实上，他只是借调人员，在群工部整理案卷。群工部没有信访局来得明白，但小豆还是喜欢说群工部——他宁愿费点口舌跟别人解释一番。

手机铃响，她看了看，摁了拒绝接听键。

小豆也下意识地掏出手机。"两点多了？"

"咱睡吧？"她说。

小豆盯着她，坏笑起来。

她也意识到自己话里隐含的暧昧，捂着嘴笑起来。

趁着气氛好，小豆问她要电话号码。对方说，"你说你的，我打过去。"

爬上上铺，小豆在未接电话栏里仔细检查了一遍。没有未接来电。女孩明显在拒绝他，连小丽小娟这样的假名字都懒得编一个给他。他只知道她是罗山女孩——也不一定，她甚至开始怀疑自己对她罗山口音的判断是否准确。不过，他对自己的表现还是相当满意的，这毕竟是他第一次与女孩主动搭讪。

铺太窄，小豆的腿脚不能自由舒展。他没有睡意，火车碾压铁轨时发出的声音像是被话筒放大了。这个罗山女孩让她联想到自己的大姐。小芹嫁人不到一个月，王畈便有传言——小豆那时候坚信是传言——大姐被姐夫家的人脱光了衣服，捆在院里的树上任人参观。不信归不信，小豆挡不住自己的想象，他后来无数次地幻想过那个场景。他没有见过大姐的身体，但那个场景中的所有，小豆在送亲那天都见过。树是刺槐，并不粗。捆大姐的绳子应该就是当院里挂着的那几盘。最细的还是最粗的？长大后他不愿再想，但还是由不得自己。传说是因为大姐一直不愿跟大姐夫做那事……小豆的猜测是，大姐心里只有东阳。用现在的道德标准看，大姐当年其实很坚贞，她在追求自己的幸福。大姐跟东阳好，小豆还是从父母那里听到的。那个冬天，东阳和大姐他们晚上经常偎在厨屋的草堆里打牌，有时候三个人，有时候四个。后来就出事了，有人说大姐的肚子被东阳搞大过。到底有没有搞大，小豆始终不知道。他没有问过，也不敢问。东阳家太穷，是整个王畈最穷的人家——没有之一，东阳的两个哥哥早过了结婚的年龄却还单着。为了阻止这桩爱情，父母让大姐远嫁到岗上——这有点类似于古代犯了错的官员被流放。王畈的地多属园子，种菜，活细碎，但轻闲。姑娘们都不乐意嫁到岗上，岗上地多，又没有机器，夏收秋收累死人。

2

确定来东莞之前，小豆计划的是北方，北京或者青岛——首都和海都是他稀罕的。在豆瓣上看到胖子要在深圳开演唱会，他马上就改了主意。虽然那场演唱会的门票早已售罄，但小豆指望着到时候有人退票——哪怕从票贩子那儿搞一张高价票呢。

胖子是歌迷的昵称，他叫宋冬野，一个民谣歌手。当然，人家的胖跟小豆性质不同，人家还白，看着让人放心，让人欢喜。小豆喜欢民谣，讲的都是普通人的喜怒哀乐，像诗。一年前有朋友向他推荐《董小姐》，配乐简单，就一把吉它，和着它叙事体的歌词，随性、轻盈，小豆一下子就喜欢上了这个胖子。

小豆跟二姐说，他想去看一场演唱会。小苗当然欢迎，小豆还从来没来过东莞。事实上，小豆不喜欢南方。他不清楚别人对南方的定义，反正在他小豆的心目中，南方就像他们家厨房的草堆，是一个暧昧的场所——开放这个表面高大正义的词也遮蔽不了它的阴暗。

火车晚点了两个多小时。还好，正好清晨六点多到站，接站的人不至于起得太早。小苗说，姐的意思是，早晨随便找个地方吃点东西，休息休息，中午她安排。小豆知道躲不开大姐小芹，小苗在这儿还不是靠着她？

富人轻情。他心里对大姐又多了一层隔膜，尽管他不想她来接他。

五年前小苗要来东莞投靠大姐，第一个反对的就是小豆。小苗要是去北京天津上海这样的城市小豆绝不会说什么，关键是去南方，去东莞，关键是东莞有大姐小芹。小豆不知道家里其他人怎么想小芹，反正他觉得她是他的耻辱。那时候小豆还是个中学教师，帮不上小苗——如今虽然到了群工部，照样帮不上她。二姐夫本来是个卡车司机，与人合伙买了辆后八轮，在东阳的沙场拉沙。夜里会车，沙车太重，速度一上来，刹车根本不顶用，推倒了路边的一间小房子。幸运的是，小房子里没住人。小苗和二姐夫都胆小，不敢再挣那要命钱。想来想去，还是出来打工稳当。中国那么大，哪儿不能去，偏偏去东莞，去小芹的城市。小芹是小豆身上的伤疤，他不想谁再来揭他的伤疤。反对无效——小豆讲不出让小苗他们不去东莞的理由。

小豆生来就跟小苗亲。姐弟两隔了三年，不像小芹，跟小豆整整隔了十年。小豆没有错过小苗生活中的每一件大事，相亲，结婚，生孩子，买卡车，甚至小苗的初潮。小芹不一样，他那时太小，还不懂事。等他大了，她又缺席了。小苗十七岁就结婚了，小豆隐约从父母那里听到，他们是怕她重走小芹的路。好在向北并不是花里胡哨的人，小豆和父母一样，生怕她的婚姻有什么让他们难堪的地方。

车子是去年新买的，本田飞度，小巧，精致，配二姐。实话说，小苗没有小芹好看。小芹高挑，丰满，是那种性感霸气的女人。小苗相貌寻常，但也不算难看，再加上身上总是散发着一种旺盛的乡野气息，另有一番风韵。副驾驶座位空着，小苗跟小豆都坐在后排。这是常平，那是横沥，这是大朗，那是寮步……向北平时话就少，手里又掌握着方向盘，一路上二姐一直充当着导游的角色。小豆看不出那些镇子之间的界限，房屋都连在一起，二姐怎么就能分得开？

没见过多高的楼，路上的车也普通。小苗像是看出了小豆的心思，说可别小看了这儿的人，那路边穿着大裤衩摇着扇子的说不定就有千万家产。向北也在一旁附和，东莞不像深圳，人都低调。

车子在一排小楼前停下来。向北说，他下去顺便跟他哥说个事。

小苗介绍说，向北的哥在这儿开车。这里的外资厂接送员工都租车，向北的哥买了两辆商务车，自己开一辆，儿子开一辆，同时租给一家生产三星手机零部件的韩国工厂。

小豆下去抽烟，意外碰到一个熟人。对方姓闵，叫闵利还是闵军强，小豆拿不准。闵同学说，他们村年轻人大多都在这儿开车，他老婆也过来了，在一个电子厂做工。两个儿子，大的上四年级，小的才五岁，上幼儿园。小豆问他，儿子成绩怎么样。闵同学一副无所谓的样子，嘿，还能怎么样？混个初中毕业呗。到时候，给他买辆车，自己奔去吧。

向北的哥出来留他们吃饭。小苗说，下次吧，大姐还在城里等着见豆豆呢。

回到车上，小豆问向北，"刚才那个跟我说话的叫什么啊？"

那不是闵强吗？你认识他？

小豆说是初中同学。"他也是你们闵庄的？"

向北嗯了一声，我们闵庄出来打工的人大多都集中在这儿。

"大多？"小豆问，"有多少？"

"四五十人应该有吧？"向北像是向小苗求证。

小豆奇怪，"约好了一起到这儿来？"

不是，小苗说。"互相拉呗。谁先来了，发现这儿有生意，自己又做不完，就叫亲戚朋友。"

"你那个同学闵强的叔，就是这儿的头。"向北说，"他叔能，在这儿成立了一个车队。有车队出面签合同，厂家更放心。"

"什么车队，是公司好不好？"小苗更正他。

"对，公司。看，没文化多可怕。"向北回头看了他们一眼，自嘲说。"村里其他人看他们都朝这儿跑，也来凑热闹。"

"南方都是这样，家族式的。"小苗说，这样好，声势大，没人敢欺侮。出门不就这样嘛，相互有个依靠。

向北说，"我侄子前天去超市，跟当地人有了点不愉快。正好是下午，这边马上开过去十几辆车。当地人一看那阵势，谁还敢轻举妄动？"

小豆心想，也不见得是好事。这些人自觉在南方站住了脚，在孩子面前就不太看重教育，影响了孩子学习的积极性。小豆前几天才看过一篇文章，说中国社会各阶层有固化的趋势。小豆在教育上待过两年，有感受。穷人的眼界有限，会影响下一代的发展，比如他的同学闵强。

车子钻进一个地下停车场，向北宣布，到了。二姐他们竟然住在酒店，这让小豆有些意外。小苗说，临时住。从屋里的那些摆设看，小苗没说实话。小豆没有较真，能长住酒店，说明二姐他们有这个实力。小苗说，姐让我问你，你是想住酒店还是住她家？小豆当然想住酒店，又怕酒店贵，就问小苗，你这儿多少钱一晚？小苗误解，说费用你不用操心，咱姐出。小苗不知道小豆其实是不想住到小芹家，他怕传染上什么病。对二姐，小豆可不是这样。小苗是自家人，他相信她。

小芹午饭时赶了过来。连个停车的地方都找不到，"怎么选了这么个鬼地方？"

小苗一边招呼老板上菜，一边解释，"豆豆说石锅鱼好，他没吃过，想尝尝。"

小芹没再说什么。昨晚打了一宿麻将，困死了。

小豆见她耷拉着眼皮，果然无精打采。搭了一句话上去，"赢了？"小芹毕竟是他的赞助商，他不能折了她的面子。

"输了一万八。"小芹伸了个懒腰。

好兆头，小苗讨好地说。

兴许是饿了，鱼锅还没掀开盖，小豆就闻到了香气。

小芹用手扇了一下锅里溢出的白汽。"打牌就是这样，输输赢赢。前天晚上，赢了三万多。"

这也是小豆不喜欢大姐的地方。小芹有着大多数无知女人的做作与张扬——这几乎也是街上那种不干净女人的标签。每次看到她们，他总会想到大姐。

小苗舀了一块鱼给小豆，家里好像没有这种做法。

尝了一口，小豆称赞，"不错，真不错。还是吃鱼好，不长肉。"

石锅鱼属湘菜，鲜嫩，爽滑，口感好，在广东很流行。桌上嵌着一个石锅，锅里铺着黄豆芽，藕片，千张等。主菜当然是鱼——草鱼。草鱼切成片，入锅前先用油过一道。

向北给小豆倒了一杯啤酒，小芹自己也倒了满满一杯，陪小豆。

"二姐不喝？"小豆知道小苗的酒量远胜他。

"别让你二姐喝。"小芹说，"她这两天身上来了。"

"豆豆，改天我再陪你。"小苗问，"谁的演唱会啊？"

"宋冬野的。"

"宋冬野？"小芹停下筷子，"没听说过啊。"

"一个很小众的民谣歌手。"小豆心想，除了刘德华，你还知道谁啊？

"在东莞？"小苗问。

"深圳。"小豆说，"恐怕看不到了，听说票已经卖完了。"

"在这儿，只要你有钱，就没有办不成的事。"小芹说，"放心吧，我保你坐个好位置。"

"豆豆，"小苗又问，"打算在这儿住多长？"

小芹放下杯子，责怪小苗，"看看，刚来就要赶人家走。"

小豆讪讪的，"住不长，单位还有一大摊子事哩。"

小芹一挥手，"甭管多长，豆豆没来过，先四处转转。我都计划好了，明天去珠海，后天去深圳，大后天去惠州……你自己有什么安排不？"

"没。"小豆低着头。

"我带豆豆去。"小苗说，"正好，这几天我不能上班。"

什么公司待员工这么好？来例假了就不用上班。小豆没好意思问。

小豆到底没有心疼小芹的钱，住进了酒店。一夜输赢上万的人，哪在乎区区几百块的住店钱？午觉睡到将近五点，离下午约定的晚餐还有一个半小时呢，小豆决定找家书店逛逛。从家里出来时他没带书，东莞那么发达，还不得到处都是书店？

按照网上搜出的地址，小豆到了一家文具书城。很近，离酒店也就几分钟的路。门面很大，招牌挂在二楼，很是耀眼。小豆信步走进去，里面琳琅满目的都是办公用品和儿童玩具。地板上一个大大的红色箭头，"图书在二楼"。上到二楼，满眼又都是学生骑的自行车，哪里有什么图书？小豆不甘心，又朝里面走了几步。果然，角落处摆着两排书架，不过，全是中小学生的教辅资料。小豆很失望，出来的时候又特意看了看那个招牌，文具书城。怎么敢叫书城呢？文具城还差不多。

小豆的形象虽然与文艺青年不沾边，可他确实爱读书，爱看电影。偶尔，还写诗。小豆不喜欢打牌，又不能喝酒，业余时间大多都耗在了读书上。文艺青年这个词如今已经失去了过去的褒奖色彩，甚至新添了被鄙视、不屑或者唾弃的成分。但小豆却是受益者，因为有在市里的日报、晚报上发表的那几首小诗，借调的时候领导说话就有了底气，说小豆是县里新发现的人才，来信访局整理材料才顺理成章。

3

从深圳回来的路上，向北问，"这里好不好？"

"好。"小豆以为他问的是深圳，深圳的绿化让他赞叹。公路两边的树，郁郁葱葱，比内地的城市好多了。车在公路上飞驰，像是置身野外。

"东莞就不好？"小苗问。

小豆想了想，也没想出东莞有什么不好的。

向北又问，"东莞跟深圳比呢？"

"深圳绿化好，小豆脱口而出。不过，这两个城市根本就没什么分界，到处都是房子，到处都是车流，更像是一个城市。"

小苗突兀地问，"豆豆，你来是不是有事？"小芹来这儿十几年，头几年没站住脚，小豆不来还有情可原。后来小芹在东莞有房有车了，接待过一拨又一拨老家来的客人，唯独没接待过小豆。当然，小豆也总是有借口，上学，找工作，孩子小，工作忙……这次竟然不请自来，小苗自然会纳闷。

小豆装着看车外的风景，非得有事儿才来？老在家里憋得慌，出来散散心。

晚上吃饭的时候，小芹也漫不经心地问，"豆豆，你这次来，就是为看那个什么野的演唱会？"

小豆看看小苗，小苗也正看他。那表情，像是在说，不止我自己纳闷吧。

小豆心乱了。瞒不过小芹的，小芹跟他们部长那么熟，怕是他没来之前她就知道了。

"出了点事儿。"小豆看起来也像是漫不经心，眼睛落到面前的碟子里，不看他们。"我在网上发了篇帖子，惹了点麻烦，领导让我出来避两天。"

避两天是小豆反复斟酌之后的用语。事实是，领导通知他，暂停他的工作，等待处理。

小芹意识到麻烦不小，问，"什么帖子？"

要说，其实也算不上什么麻烦。小豆重新抬起头，那老头怪可怜的，我只是给他指了条路……

"什么路啊？还给你指出了麻烦？"坐在小豆旁边的小苗也急了。

那天正好小豆值班，接访的领导是县政协段主席。快十一点了，老王掀开门帘进入了大厅。小豆有些意外，像老王这样的老上访户，一般都是县长书记接访日才来。小豆招呼老王，让他坐下，坐那儿歇会儿。老王说，这次我的事你胖子可管不了，我要见葛书记！小豆腆着脸，见葛书记到他办公室，你到信访局来怎么见啊？老王说，门卫不让进。

像老王这样的老上访户，部里的同事能躲都躲着，尽量不跟他们搭话，谁搭都是自找麻烦。比如这老王，先是没完没了地诉说，然后又哼哼地哭起来，要自己的儿子。都说他神经病，人都在土里沤没了，去哪儿给他弄回来？小豆还记得他第一次见到老王的情景，他一上来就说，村干部害死了他儿子。小豆给他倒了一杯水，让他慢慢说。可能是渴了，老王接过水就喝。小豆拦住他，"烫，您等会儿。"老王放下水杯夸小豆，"我没看错，胖子心善。"——从那以后老王就叫小豆胖子，他记不住小豆的名字。那时候他还不知道宋冬野，不过，人家说他胖子心善，他自然心里畅快。老王接着说，上边领导到他们村检查，支书让老王的儿子去陪客，回去就死了。老王怀疑是有人害他儿子，他儿子酒量大着哩，一斤半也喝不倒他。小豆心想，没人会去害他，肯定是喝过量了。不过，这上边的领导也太胆大了，风声这么紧还敢大吃大喝不说，还喝死了人，这还了得。小豆躲到外面跟孙部长反映，孙部长让小豆别理他，神经病！"他儿子本来就有病，喝点酒死了，政府主持着赔了二十万，还给他们全家都办了低保，他还要儿子，你说是不是神经病？"小豆没觉得老王哪里神经病，人死了是要不回来了，但谁知道老年丧子的痛苦？儿子是死了，把儿子害死的人没责任？小豆对老王充满了同情。

小豆挪了挪段主席前面的桌牌，说，"啥事都找葛书记，他忙得过来？在这儿接访的哪个领导都能解决你的问题，只要你的诉求合理。"段主席看他脸上乌青着，指了指桌子前面的椅子，也让他坐。老王说，"我告我们乡的贺书记，他指使门卫打人。"这可是个新情况，老王竟然不是来要儿子的。小豆递了一份《诉求单》过去，让他填。从今年开始，老百姓来反映情况，必须先填写《诉求单》，下一级管不了再朝上一级反映。段主席说不用，伸手截了过去，放进下面的抽屉里。贺书记升任政协副主席的任命还没过公示期，这份《诉求单》很有可能让他的副处级泡汤。现在各级政府都把维稳工作放在第一位，哪单位的上访、集体上访多了，单位的工作就会全盘否定。

老王啰啰嗦嗦，兜了好大一圈才讲清情况。他上午去乡政府反映问题，门卫说他不务正业，一个老农民，不好好种地，老是到处告状。接着就打了他一顿。小豆想笑，是吧，连门卫都说你不务正业吧？不过，老王说门卫不由分说就上去打他，小豆不相信——来这儿的访民一般都会略去对自己不利的情节。老王肯定是回击对方了，你一个门卫，凭什么说人家不务正业。一来一往，可能就撕打起来。老王已经六七十岁了，打架自然占不了上风。"为什么告书记？"老王说，"要不是书记指使，他敢打人？"这话听起来也偏颇，但其实有内情。据说老王儿子喝死那次，就是贺书记到他们村里摆的宴席。那事儿捂得紧，老王也只是听别人隐约提到。段主席不知原委，"笑话，一个党委书记怎么可能指使门卫打你一个老人？"小豆同情老王，又不能表现得太明显，就在一旁引导他。"老王，门卫打你你告门卫啊，与人家贺书记有什么相关。你找贺书记，让他批评批评门卫就好了。"老王委屈地说，"找了。我让贺书记看我脸上的伤，贺书记说他近视，看不见。"小豆看着段主席，等他说话。没人说话了，老王似乎觉得大家都同情他，越说越激动。"看不见不成瞎子了吗？瞎子还能当书记？我看这样的官得马上免了。"段主席劝他，老王，咱都这个岁数的人了，得豁达一点，别老揪着一件小事儿不放。这话老王不知道政协主席是多大的官儿，他只知道县委书记县长大，说话就有点儿放肆。"你这当官的坐着说话不腰疼，我这还是小事儿？把我打成这样还是小事儿？"小豆赶紧劝他，"老王，这可是咱县政协主席，你好好说，他会给你做主。"一边给段主席的茶杯续满水，顺便也给老王添了满，发现他脸上确实有一片淤青，耳窝里还有一道干了的血迹。

正好，段主席的手机响，他借机到隔壁的办公区了。小豆大声劝老王，"回去吧回去吧，段主席会批评贺书记的。"一边又小声说，"你去法医门诊那儿先取个证据，把伤验一下，拍个照。"

快下班时，老王又来了。接访大厅里还有一个同事，帮忙朝外推老王。领导下班了，你有什么事儿下午再过来。老王站着不走，小豆劝他，"我们也得吃饭啊，下午再过来吧。"老王还是不走，"你们当然能吃能喝了，我早气饱了，还用吃？"小豆要锁门，同事从后面抱住老王朝外走。老王突然哭了，"就知道你们官官相护，不是明显地欺侮人吗？孩子喝死了赔点钱就算了，政府随随便便地打人也算了，啥事儿都这样算了，还有王法不？为啥电视上的官都怎好呢，有一个不好的，最后还被警察抓走了。"

同事松开手，吵他。"你激动什么？又没谁打你骂你！"

小豆让同事先回去。老王这一番数落，让小豆很是心酸，为老王，也为自己的无能为力。他塞给老王二十块钱，让他中午先去喝碗面条。"得吃饭，吃饱了告状才有劲。吃过饭你直接去罗马春天找上面下来的纪检组方组长，葛书记就在那儿陪他。要是有人不让你进，你就说你是方组长的老表，来看看他。"末了，小豆还反复交代，"可别说我让你去找的。"

老王刚走，小豆就后悔了。

老王果然经不住盘问，出卖了小豆。听说葛书记当即打电话让贺书记赶到县城，处理老王的事。贺书记八面玲珑，能量巨大，别说在县城，就是在市里，他也有摆平任何事情的能力。老王哪经得住他的威胁利诱？很快举手缴械，再不提挨打的事。

遭殃的是小豆。"你到底安的什么心？领导受批评你还能有好日子过？"孙部长劈头盖脸地骂了他一通。

贺书记顺利升迁，县政协副主席。贺主席其实并没有慢怠小豆，称兄道弟地请他吃饭不说，还偷偷送了一块天王牌手表给他——小豆应宣传部的约请，专门为贺书记写过一篇人物通讯，发表在市里的日报上。没过几天，老王又来了，直接找小豆，说胖子心善，是个好干部。小豆没应他的话，冷冰冰地问他有什么事儿。老王自己找了个凳子坐下来，说，"还能啥事儿，到你信访局还不是告状？"小豆也没好气地说，"不是都解决了吗？你儿子喝酒喝死了，赔偿你不是同意吗……"老王说，"我没同意。"小豆说，"那上面可是有你的手指印。"老王说，"我没按，是孙子替我按的。"小豆问，这次告谁？老王昂着头，还告贺书记！"好端端一个孩子，就换来一堆纸？我要我儿子。"小豆心想，你这个要求，别说我，葛书记也满足不了。人死了，怎么能复活？他看看老王的左耳，又看看他的右耳——小豆忘了当初他到底是哪个耳朵流过血了。"老王，你耳朵没什么吧？"老王奇怪，"胖子，你咋知道我耳朵有毛病？这段时间我老是耳鸣，是不是老了？"小豆安慰他，跟机器一样，时间长了，多多少少都会有些小问题。不碍事儿，没大毛病就行。

小豆见不得贺主席在大会上一本正经的面孔。那个反差，刺激得他神经跳痛。最让他不安的是，自己还给他写过吹捧文章。晚上跟文友小聚，说到诗人，有文友说，严格说来，只会写诗还不够，有诗性，有情怀，才配得上诗人这个称号。小豆知道文友并不是指他，但心里却愈加惭愧，脑子里的画面老是在老王流血的耳朵和口口声声说自己廉政爱民的贺主席之间闪回。

明哲保身，不是一个诗人的风格。他觉得自己愧对老王胖子心善的评价。

煎熬几天之后，小豆偷偷写了一篇小文章，《这边酒桌喝死村民，那边仕途不误升迁》。这样的文章在本市发不了，日报和晚报都应该在贺主席的势力范围之内。网站上也只出现了一天，第二天就不见了。孙部长开始还替小豆说话，说他刚刚骂过他，不可能再发这样的帖子。列席完常委会出来，孙部长就把小豆叫了过去。小豆没有否认——这是他之后一直引以为骄傲的事，自己终于挺直了一回腰杆。

买完单，小芹拍了拍小豆的肩膀，让小苗带他去酒店十二层玩。

整个十二层就像一个巨大的会议室，里面横七竖八地到处都是小房间。不断有人跟小苗打招呼，叫她苗姐。小豆他们的房间不大，里面有点歌台，酒柜。小豆觉得这应该就是传说中的夜总会。他没敢问，尽量装出一副见过世面的样子。很快，从外面进来一群艳丽的年轻女孩，小苗让小豆挑一个。那情形，就像在菜市场买菜。小豆扫了一眼那些女孩，不好意思挑。小苗指了指中间那个个子高一些的，丽丽是我们的人，就挑她吧。丽丽温顺地坐到小豆身边，手揽住他的胳膊。小苗说，"这是我老家来的领导，可不能怠慢了。"

丽丽劝小豆喝酒，自己先干了。小苗也劝，是洋酒，又不是白酒。小豆第一次和不是自己老婆的女孩子这么近，手脚无措，只好也干了一杯。

小豆是到群工部之后才戒的白酒。报到第一天，部里设宴欢迎他。一个副部长喝高了，站在阴暗的街道旁对着路过的女人叫喊，别走，我日你！小豆当时惊得目瞪口呆，副部长平时那么绅士，没想到喝了酒这么粗鲁。也是巧，碰到两个小混混，一顿饱揍，打得副部长几天都上不了班。小豆当时就站在一旁，既为他羞愧又倍感恐惧。从那以后，他再也不敢碰白酒，尽管他相信自己喝得再醉也讲不出那种低级粗鲁的话。

"迷路的鸽子啊……伪善的人来了又走只顾吃穿……"小豆自觉唱得并不好，但丽丽高兴，不像是装的，小豆不禁得意起来。丽丽趁机嚷，唱得好的干一杯！小豆只好又陪她喝了一杯。

洋酒虽不是白色，但酒劲并不比白酒小。小豆不知道自己什么时候回的房间，早晨醒来的时候，发现旁边躺着一个年轻的女孩。丽丽没有穿衣服，紧贴着他……

起床的时候，他发现地上有两个用过的避孕套。怕小苗他们发现，赶紧去拿钱包，想早点打发走这个丽丽。丽丽没要，苗姐已经付过了。人家也不避小豆，光着身子走进了卫生间。

4

小苗到的时候小豆刚刚洗漱好，今天的行程是广州。看着床上的乱象，小苗坏笑着问，"怎么样，丽丽不错吧？"

小豆的脸变得又红又热。他没想到二姐这么直接，还以为她也会装着一切都没发生呢。

小豆缺少与异性相处的经验，尽管他上面还有两个姐姐。这一点可以追溯到他的童年。王畈那个地方，偏远，落后，孩子们最常玩的游戏就是过家家。过家家不需要什么道具，也不分场地，有人就行。男孩子扮爸爸，女孩子扮妈妈，小一点的扮爸爸妈妈的孩子。每个孩子都希望自己能扮爸爸妈妈，但得等到他们十岁左右才有机会。游戏中，他们极力模仿自己的爸爸妈妈，模仿他们叫孩子回来吃饭时的不耐烦表情，模仿他们吵孩子的用语，甚至模仿他们一起睡觉的姿态……小苗自然也扮过妈妈，但父母禁止他们玩这个游戏。小豆后来才听说，大姐小芹曾经被看到在这样的游戏中让一个男孩子趴在她身上。小苗也因为突破禁令挨过一顿打。小豆隐约记得，他当时只有五六岁，跪在旁边陪着，以示警告。不玩过家家的少年时代还能有什么呢？小豆渐渐养成了独处的习惯。他能双手拿着两块形状像老虎或狮子的石头，让它们互斗一整天；或者趴在院里的地上，一上午一下午地和蚂蚁们玩；或者干脆啥也不干，只是看着天上的白云……就在这样的纠结中，小豆长大了。跟所有的男孩子一样，小豆也有过有劲无处使的青春，把一块小石子从王畈踢到镇上，与男生嘻哈打闹，去一千多公里外的城市见自己崇拜的诗人……但小豆没有可资回忆的爱情。一度，他怀疑自己的性取向有问题。要不是老婆主动追求，还真难说他会不会有家庭。

夜总会是大姐的？小豆岔开二姐的话。他隐约听人说过，小芹在东莞有一家夜总会，一个男人给她的。夜总会是一个复杂暧昧的地方。经过了昨天，小豆体会更深。

"过去是，小苗点头。大姐夫那人其实挺好的。"

小豆刚刚从烟盒里取了一根烟，听到小苗的话，犹豫了一下，没点着。他盯着烟盒发愣，不想碰到小苗的眼睛。

"大姐夫那人其实挺好的。"怕小豆没听到，小苗又重复了一遍。

小豆的犹豫被小苗的那声大姐夫刺激了。小苗还真张得开口。

那两年，小豆感受到了家里的变化，盖起了王畈的第一栋两层小楼不说，还第一个装上了空调……小豆自己也是，想要什么都能有——他就是那时候开始胖起来的。最耀眼的是小芹开回去的车，频繁地换。先是大众，后来又换成丰田，别克商务，上一次回去又变成了宝马。

他还是不相信大姐是挣大钱的。为了东阳，大姐宁死都不愿跟其他的男人睡觉，她会随便跟一个陌生人上床？但那个毛毯裹钱的传言那么普及，那么本土化，不由得他不信。他从此开始防着大姐。那时候，内地人对性病之类的还了解不多，还处在谈虎色变的阶段。大姐去小豆城里的家，小豆总是给她换上新毛巾，甚至连吃饭的碗筷都给她单独准备一套。大姐感觉受了尊重，加倍地对他好。她哪里知道，她走后那些东西都被当成垃圾扔了。小豆享受大姐的资助，但厌烦她的造访。他相信别人也会像他一样，把她那种无知的张扬当作肮脏女人特有的标签。再后来，小豆干脆劝她住宾馆，借口是宾馆清净，免得小孩子的打扰。

小豆这边正因为小芹抬不起头呢，王畈的风气却悄悄发生了变化。女孩子好像真的成了千金，她们的父母突然间扬眉吐气起来，穿戴洋气了，房子翻修了，出手也大方了。初中没毕业她们就开始冲向花花绿绿的城市，开始冲向灯红酒绿的南方。年龄小？不怕，再等两年，她们就像银行发到家里的存单，再存几年也不要紧，反正有利息。小豆就亲耳听到婶子唠叨她那个学习冒尖的小女儿，家里不怕你吃，吃的多长得就快。快点长，长成了出去挣……钱。婶子到底不舍得糟践自己，把那个大字生生给憋了回去。那个学有啥上头哟，识几个字分得清男女厕所就妥了。考上大学还不是找不到工作，还不是要出去打工？女孩子家，不同于男孩子，脸上一大把褶子了谁还要你？婶子指的是王畈的那个大学生，他确实不争气，没找到工作不说，回来还丢人现眼，非要学人家打煤球卖。到底是大学生，打的煤球还真比先前那一家好用。有人就当面调侃那个大学生，是不是大学的专业就是打煤球啊？

　　就像不相信大姐的那些传说一样，小豆也不相信村里的女孩子争着去南方都是为了挣大钱，直到其中一个上了报纸。那女孩被先奸后杀，抛尸荒野。杀人犯抓住了小姐们不敢声张的心理，接连做了三起类似的案子——装嫖客带小姐出台，逼她们说出银行卡的密码，杀人分尸。再回王畈，小豆更是羞愧，小芹像是一个领头人，把王畈的风气领坏了。

　　小芹去南方，是在岗上被她男人扒光衣服示众之后。她是跑走的，岗上的那个姐夫还来小豆他们家要过人。听说小芹先是在工地上给工人做饭——那时候深圳还像一个大工厂，到处都在建设。第二年，小芹就遇到了小苗口中的大姐夫。

　　关于大姐夫，传言也很多。有人说他是一个握着实权的局长，有人说他是黑道人物，也有人说他只是一个小混混……小豆没见过，连照片都没见过。也可能家里其他人见过，但小豆没见过，也不想见。小芹每次回王畈，都是躲在里房喔里哇啦地给他打电话——不躲小豆他们也听不懂，人家说的是广东话。但小芹说话声音那么软，谁都听出来肯定是好听的话，是情话。她跟家里人说，他们结婚了。但每年过年回王畈，小芹都是一个人，她说他不习惯北方的冷。小豆心里冷笑，怕冷？再冷，结了婚的女婿也得见丈母娘啊。他甚至怀疑这个大姐夫根本就是子虚乌有。后来，小芹生了个女儿，不久又生了个儿子，这个大姐夫还是没出现过，连电话都没给他们打过一次。小芹嘴再紧，小豆他们也能猜得出端倪，即使大姐夫真有其人，他肯定还有一个家。大姐其实就是传说中的二奶。

接到小芹，已经九点半。

"好消息，"小芹一见面就预告说，"昨晚我跟你们孙部长联系了，没事儿，你回去承认承认错误就行了。"

小豆并没有多高兴，这是他早已预料到的。处分他毕竟不宏观，小豆没违犯哪条纪律。逼急了，他们还怕小豆破罐子破摔呢。写个检查，承认一下错误，也算给他们一个台阶。

"豆豆，你也不小了，不能老装愣头青啊。"小芹提醒他。

有点像他们孙部长的语气。小豆没敢问是不是他说的话，头点着答应，"知道知道，以后注意。"

"孙部长说了，虽然没造成什么恶劣影响，但你的这种做法让领导很不满意。你在信访局又不是一年两年了，维稳是各级政府的大事，你应该清楚。以后，不经过领导同意，绝不能随便在网上发与政府有关的帖子……"

"嗯，我知道。"小豆还是点头。在小芹面前，小豆态度还是很端正的。毕竟，吃了人家的嘴软。父母给了他肉身，大姐小芹给他创造了更多的机会。除了供应他上大学，毕业当年就花十万块钱帮他在县城买了一幢房子。那时候，房子价钱还没涨起来，小县城的房子便宜得就像现在的大白菜。后来，又给小豆换了现在的工作。虽说这样一来也给小芹他们涨了面子，但面子算什么？真正实惠的还是他小豆。出门在外，人家问他在哪工作，县委！回答起来多有气势啊。说县委并不为过，群工部还不是县委下面的一个部门？小豆问她是怎么弄成的，小芹不让他管，你做好你的工作，其它事儿我们来做。

又为小豆摆平一件大事儿，小芹情绪自然高涨。小豆趁机问，"大姐，你怎么认识我们孙部长的？"

"他来东莞还不得找我？你问问你二姐我们怎么招待的他，好吃的、好喝的、好玩的都尽着他……"

"人家不认识你就来找你？"

"朋友介绍啊。小芹索性从头讲起，上次回去参加同学会，有个同学叫了你们群工部一个副部长去作陪……"

"同学会？"小豆打断她。小芹初一都没上完，那帮人怎么还记得她？

"初中同学会。"小芹听出了小豆的怀疑，"他们也不知道从哪儿找到了我的电话，说我是我们班的成功人士，非让我参加。吃饭的时候，那个副部长就坐我旁边，我顺口问他调个人方便不，他说他自己弄不成，不过，他知道怎么能弄成……"

"你送了多少礼？"

"姐一分钱都没送，不信吧？问你二姐，她清楚。有人喜欢钱，有人……"

"姐，小苗扭头问，前面两条路拐左拐右啊？"

"喊，看不到路标啊？"大姐被打断，有点不耐烦。

广州跟东莞、深圳差不多——在小豆眼里，所有的大城市都一样，高楼像是从地里长出来，车像流水一辆接一辆，人像赶庙会一样摩肩接踵……对他这样一个不买不卖的人来说，大城市和小县城一样。但小豆还是要去广州，去看走钢丝。

小豆也是偶然从报纸上看到了一条广州今天将有一场史上最高难度的走钢丝表演的新闻的。挑战者从116米的广州塔第23层出发，沿着直径只有32毫米的钢丝，凌空横跨珠江江面，最终到达对岸的海心沙。虽然是一场秀，但全长506米、表演者不系任何保险带的字眼还是吸引了他。

天太热，原定14点30分开始的表演推迟到17点。赶不回东莞了，小豆他们就在广州塔附近找了家酒店住下来。广州塔紧临珠江，中间细细的，又被当地人叫做小蛮腰。小豆也喜欢这叫法，亲切，形象。他没有午睡，想找家书店逛逛，买本书——如果能买到《寻路中国》更好。刚刚读完《江城》，一个外国记者眼中的中国社会，这种视角对中国人认识自己的文化有着另一种意义。《寻路中国》是彼得·海斯勒的另一本书，应该也不错。

在网上搜到附近的两家书店，小豆没有叫向北送，自己打车过去。

书店在二楼，大概有两百平方米。迎面是新书推荐和上月广州书市排行榜，一个大平台上铺满了书。小豆放下心，这个书店名副其实，不像东莞的那个文具书城。不过，仔细一看，都是《官场百黑学》《如何成为亿万富翁》《我不是教你诈》《三招搞定你的上司》《心灵鸡汤之十一卷》之类的。在一排排的励志书和心灵鸡汤之间穿行，小豆自己都绝望，社会的希望在哪里？他也知道自己只是个小职员，不应该这样杞人忧天，GDP不老是在增长吗？国人的购买能力不老是让外国人目瞪口呆吗……平时他都是在网上下单买书，简便直接，折扣还大。实体书店至今还板着面孔，不打折扣，不搞活动。

书店没有诗歌方面的书，他在一大堆"中学生经典必读"中发现了陈丹青的《多余的素材》，没有封塑，封面早被翻烂了。付帐的时候，收银员还好意地提醒他，这本书不打折的。

刚从出租车上下来，小豆就听到了众人的惊叹声。头顶上，表演已经开始。那人——小豆后来才知道，那人叫阿迪力，新疆人——手里端着一根长长的平衡杆，像一个念经的和尚，正盘腿坐在钢丝上。小豆的心也像阿迪力一样，悬到半空中。过了一会儿，众人又是一阵惊叫，阿迪力双腿倒挂在钢丝上。他走走停停，看起来小心翼翼，并没有足够的把握。倒退，蒙眼前进，金鸡独立，双人换位……随着他的那些一个又一个的惊险动作，小豆的心也忽上忽下。

表演结束，小豆也出了一身汗。

晚饭就在珠江边上吃。

夜幕低垂，华灯初上，江水下像是复印了一个城市。

真漂亮，小苗赞叹。

小芹说，"咱等会儿坐船，夜游珠江。"

"有什么好游的？人造的华丽，没劲。"小豆故意和她们唱反调。"江南的城市都这样，光怪陆离，典型的土豪作派。浪费不说，还造成光污染。"还有一句话小豆憋下去了，没敢说出来，就像大姐家的装饰风格，华而不实，更像是给外人看的。真正过日子的人谁会那样？

"嘿，你们说，走钢丝算不算运动？"向北突然问。

"怕不是吧，"小芹眼睛转向小豆，"没听说哪个运动会有走钢丝的。"

小豆没吱声。

向北说，"不见得运动会里没有的就不是运动。以前乒乓球还不是奥运会里的项目呢。"

小苗说，"走钢丝应该算杂技。"

"杂技不算运动？"向北问。

"管它是运动还是杂技呢，"小芹一挥手，"这哪是咱操的心？反正，多活动活动总有好处。"

"也不一定，"小豆放下啤酒杯。"兔子可是天天蹦跶，不过十年光景。老鳖天天趴那儿不动，能活上百年。"

小芹低下头，不知道是年纪大了更宽容了还是早习惯了小豆的无常。小苗好像不甘心大姐就这样被小豆噎了一下，拿眼睛狠狠剜了他一下。

小豆其实马上就意识到自己的那个比喻不妥当了，赶紧找话题补回来。"我第一次看走钢丝，真刺激。"

"刺激就好？"小苗不买帐，找到机会也故意刺激小豆。

"没文化，说你们也不懂。"小豆夸张地叹了口气，想用调侃来掩饰自己刚才的失礼。"走钢丝是一种让人心无旁骛的事。"

"对，走钢丝有意思。"向北支持小豆。

"要是可能，我愿意拿我自己的生活跟那个走钢丝的换。"小豆似乎想把这个话题当成救命稻草。

"知足吧你，走钢丝那是卖艺，拿命去讨生活。"小苗明显想讨好大姐小芹，"你呢，跟个公子哥似的，房子不用操心，工作有人管，你就是太轻闲了……"

正因为房子不用操心工作不用管，我才想去换走钢丝那人的生活。小豆心想。

5

小豆越想越萎顿。来群工部他就感觉低人一等，只要有人背着他议论什么，他都会怀疑人家讲的是他有个不体面的大姐。现在再加上这件事，部里的同事背后不定怎么笑他。

回到东莞，小苗问去哪儿吃饭，小豆说不吃了，他有点不舒适，想回酒店睡觉。小芹问他怎么了，他装着难受，没有理她。小芹说，"那你回去好好休息，我正好有个饭局要应酬。"

"我明天就可以上班了，你陪豆豆两天吧。"小苗冲着小芹的背影说。

小豆没好气地说，"谁都不用陪，我明天哪儿也不去，还不舒适。"

小芹已经折回来。小豆这话，明显找茬。她问副驾驶座上的小苗，"他又怎么了？"

"神经病，不理他！"小苗没好气地说。

小豆像个孩子一样，脸别向另一边，谁也不理。不高兴不光是因为小芹，还因为这天是星期三。星期三是固定的小豆值班日，跟着领导在大厅里接访。小豆有点忧虑，也不是担心错过什么，而是想知道他不在办公室，接替他的人会怎样接待上访户。小豆相信，不同的人接访，给上访户的影响也是不同的。想到由于他的缺席，他先前接待过的上访户无法了解自己反映的问题的处理进程，或者新的上访户没有得到合适的安慰，有可能会造成更多的越级上访，小豆的感觉不仅仅是忧虑了，变成了恐惧。他重新审视自己对工作的态度，发现自己虽说并不是多热爱眼下的工作，但也不见得有多讨厌。

小芹小苗她们当然不知道。小苗吩咐向北开车，一边笑着跟小芹说，"你走你的，你还不知道他？就是长不大。"

晚饭时，小苗问小豆到底受了什么刺激。向北去火车站接人去了，晚饭就他们两。

小豆不吭声，闷着头只顾吃饭。这才是世界上最憋屈的事，跟谁都不能说，张不开口。

小豆忍不住，问小苗见没见过那个"大姐夫"。

"见过啊，"小苗说。"见没见过又怎么样？反正现在又不在一起了。"

小豆不知所以，又不知道接下来该怎么问，目光呆滞地盯着面前的盘子。

"两年前他们就分手了。"大姐正准备重找一个呢。

"分手？"小豆不明白，"既然连婚都没结，哪来的什么分手。"

"分手现在也不怕了。"小苗安慰小豆，她以为小豆是在为大姐不平。

回酒店的路上，小豆想让小苗接着说小芹的事。"大姐现在？"

"大姐跟他几年也值了。"小苗说，"'大姐夫'"给大姐留了一套房子，两个各五十多平方的商铺，一个夜总会。现在大姐开的宝马也是'大姐夫'给的。"

"他怎么那么有钱？"

"嗨，东莞这个地方，有钱人多了。"小苗指了一下路边乘凉的人，"上次不是跟你说过吗，你看那些穿大裤衩摇扇子的人，说不定都是身家千万、上亿的人。

"哪儿来的钱？"小豆不管人家，他就想知道这个"大姐夫"怎么这么多钱。

"哪儿来的钱？"坐那儿不动钱就来了，你信不信？小苗故意吊小豆的胃口。

小豆不耐烦地喊了一声。

"没听说过拆迁？只要一拆迁，一个村子全成了亿元户。"

拆迁造就了中国数以千计的亿元户这事，小豆在报纸上看到过，没想到身边的"大姐夫"是其中之一。小豆心里松下一口气，"大姐夫"不是黑道上的人，也不是贪官。

"你猜，'大姐夫'总共有几个老婆？"小苗紧走几步赶上小豆，神秘兮兮地问。

"几个老婆？难道还两个不成？"小豆又被震了一下。他装着对路边的广场舞很感兴趣，尽量让自己镇定一些。二姐真是，姐弟俩怎么能讨论这事？

"'大姐夫'总共五个老婆……"

"五个老婆？"小豆没忍住，张大了嘴。天啊。

"不过，除了原配，大姐是老大。"小苗可能没看出来小豆的心思，也或者根本就不在乎他是怎么想的。

"除了原配？"小豆觉得二姐真是好笑。除了原配她是老大，还不是老二？

"东莞这么大，大姐遇上了'大姐夫'，'大姐夫'还看上了大姐……"小苗凑过来，问小豆，"你说，大姐算不算有福气？"

"福气？"小豆一脚把地上的一个空易拉罐踢到墙上。易拉罐弹起来，又回到小豆脚下。

小苗吓了一跳。可能是在心里替大姐算了一笔帐后，才又镇定下来。大姐怎么说也算千万富婆吧？夜总会听说卖了六百多万，一间商铺再少也值两百万吧，再加上他们现在住的房子……

小豆又踢了一下那个弹回来的空易拉罐。这一回，比刚才的劲道小多了。易拉罐只向前滚了几米，停在人行道边上。小豆意识到，他其实特别想听二姐说大姐的事。但二姐一说，他又害怕，好像她的每一句话都是炸弹。

我是说，"遇到'大姐夫'，大姐真的特别有福气。"二姐可能是怕他刚才没听明白，又重复了一遍。"我来第一年，没挣到钱，过年不是没回王畈吗？'大姐夫'让我过去，和他们一起过年。去了才知道，'大姐夫'那一家真大。原配三个孩子，一男二女，两个已经结婚了。大姐就不说了，老三也两个孩子，不过都是女孩。老四一个女孩，老五肚子也鼓起来了。听说，这个老五还是个演员……"

"都在一起过年？"小豆不相信。

"是啊，怎么了？"小苗一副见过大世面的样子。

"不吵架？"小豆的想象中，他们几个一见面肯定会打成一团的。他想像不出来，五个老婆怎么能和平相处。晚报上不总是有这样的报道吗，不是原配带一帮人殴打二奶就是二奶逼原配退位，何况"大姐夫"还有三奶、四奶、五奶？

"有什么好吵的？"小苗像是看透了小豆的迷惑。"钱任她们花，还闹什么？打架的，那是因为没钱。你看过去的地主，都三房四妾的，有多少吵闹的？"

小豆无语。

小苗接着讲。"谁都看得出来，'大姐夫'最喜欢大姐。大姐给他生了个男孩——这里的男人可重视香火啦——原配虽说也生了个男孩，毕竟老了……"

"大姐不工作？"小豆打断小苗。他不想听这样的分析，太势利了，太无耻了……

"你要是有这么多钱，还去工作？"小苗像是不满小豆连这样的常识也没有。

小豆其实还有很多问题，大姐和"大姐夫"谁提的分手？"大姐夫"那么有钱，何必分手？养着大姐不就成了？能是大姐提的？大姐难道想从良了？……晚上睡觉时小豆才意识到，自己竟然不希望大姐和"大姐夫"分手了。

6

"胖子，还在东莞？"

小豆在酒店睡了一天，傍晚的时候微信里来了一条消息。不是同事，也不是朋友，他好像不认识这个叫南蛮的人。叫他胖子的还有老王，难道他也玩起了微信？

"这几天不少泡妞吧？"对方又发来一条。

小豆问，"你是谁？"

"你不是胖子？我在高埗，想不想过来？"

小豆查到"通过对方好友验证请求"的时间是一周前。可是，来东莞他一直没有认识女性朋友啊。

"想喝酒了。陪我喝一杯吧？"

小豆怀疑是那天陪过他的那个小姐，丽丽。直到对方介绍说她是罗山的，小豆才想起来，火车上的那个姑娘。

发个地址过来，我一会儿打车过去。嫌打字慢，小豆直接对着手机说起来。

"你不怕我骗你？"罗山姑娘问。

"骗我？"小豆逗她，"骗钱我没有，要是骗色还可能得逞。"

罗山姑娘不接他的话。"本姑娘今天心情不爽，想随便找个人说说话。"

"啊？随便找个人？"小豆说，"街上到处都是人啊。"

"不来？罢！你以为你不来我会死啊？真没劲，这么较真。"

"逗你哩，这就过去。"小豆心想，"我也正烦着呢，正好。"

高埗是东莞下面的一个镇，离市区并不远，十几分钟路程。小饭馆很简陋，没有包间。主要是近，方便，就在罗山姑娘鞋材厂的职工宿舍楼下。

一见面，罗山姑娘就问，"是不是把我忘了？"

小豆哄她，"没有，天天晚上睡不着都念着哩。"

男人嘴都甜。"都去哪些地方了？"

"深圳，广州，珠海……该去的都去了。"小豆觉得还真没什么好说的。

罗山姑娘吩咐上菜，"没等你来，我点了四个菜，够不？"

"够，不够再上呗，守着饭馆还能饿着咱？早知道是这样的饭馆，就不用再去取款机里提现金了。"

"怎么样？看你这样像是不太喜欢这儿？"

"确实不喜欢。"小豆实话实说。

"没一点感觉？"罗山姑娘又问。

"能有什么感觉？"小豆看着她，到处是车，车像你们浉河的水一样，一天二十四时无处不在。大楼像老家菜地里的菜，从地下突兀鲁莽地长出来，让人有种措手不及的意外。要说有什么感觉，就是大，整个广东就像一个大城市，没边没际的，反而让人很无助。

"没感觉这儿特别发达？"

"再发达对我也意义不大。我要的就那么一点点儿，住的地方，吃的东西，再加上一个小百货商店。"你说说，"我们县城能不能满足我？"

"就没什么高兴的事儿？"

"认识你不是高兴事儿？"小豆得意自己反应快。

"胖子也有坏人啊。人家说正经的呢。"

小豆想了想，说，"看了一场演唱会……"

"谁的？"罗山姑娘急着问。

"宋冬野。"小豆问她，"知道不？"

罗山姑娘当即摇头哼起来，"斑马斑马，你不要睡着啦，再给我看看你受伤的尾巴。斑马斑马，你回到了你的家，可我浪费着我寒冷的年华。你的城市没有一扇门为我打开啊，我终究还要回到路上……"

小豆振奋起来。"其实，我来东莞就是为了看这场演唱会。"

"不会吧？这么浪漫？"

"你喜欢胖子吗？"小豆问。

罗山姑娘脸红了。

小豆赶紧解释，"我说的是宋冬野。"

罗山姑娘点头，"嗯，喜欢。"

"胖子的歌都很平实。"小豆说，"看他的演唱会是我今年的一个理想。你要是也喜欢他的话，小豆向她建议，最好去现场，现场的气氛会让你有种嗨到极点的感觉。我身边一个女孩，疯狂地喊着要给他生个小胖子……"

"哈，我才不做那样的歌迷。"罗山姑娘摇头。

　　小豆给她讲自己的感受。《鸽子》的副歌响起时，鼓点逐渐紧起来，把现场的空气都搅翻了，像是敲到人心里了，又像一只小手在挠你的心窝窝。但我更喜欢灯光暗下来时，胖子孤独地站在舞台中央，自己抱着吉它唱《六月末》的那个范儿……

　　小豆突然停下来，说，"总是我说，你也讲讲你吧。"

　　"我？"罗山姑娘一愣。

　　"嗯，讲讲你在这儿的工作。"小豆笑了，自己下意识地又暴露了信访干部的习惯。

　　"我的办公室——不，不是办公室，是工位——特别大，跟学校的操场差不多。材料部，其实就是仓库，整个仓库就我自己。我那工作特别没意思，真的，没意思。有人来领料了，我点好数，发给他们就行了。这工作谁都能做。我还是给你讲讲我的男朋友吧。我去深圳——我前男友在深圳。我其实很少去那儿，一年才去过三次——在大巴上，认识了现在的男朋友。我后来常常想，这就是命，命里注定我们相遇。你说怪不怪，那三次去深圳的大巴上我都遇到了同一个男生。第一次，我们俩的座位挨着。下车的时候我随身带的一本杂志忘车上了，他殷勤地跑上来递给我。其实，那杂志是我故意扔下的——不是我想与他搭讪，我看完了，又没什么保存价值才扔的。第二次，我一上车就看到他了，他就坐在车门那儿。我之所以记得他，是因为他很特别，脑门左侧那儿的头发故意留了一道露着头皮的白。那种发型，要是搁别人头上，肯定像一个街头小混混。但他不，一点儿也不显痞气。我猜他也认出我了，我看到他朝我点头了。第三次，是冬天，深圳那年的冬天特别冷。下了大巴，我站在那儿等出租车，他走到我面前。我有点慌，他还没发话我就表白，我有男朋友，我来深圳看他。他笑了，说我也有女朋友，我是来跟她分手的……你说，我们算不算有缘？"

　　"嗯，小豆点点头，还真有点宿命的色彩。"

　　服务员来上菜。罗山姑娘从座位下面拿出一瓶红酒，咱今天把这瓶酒干了。

　　又不是白酒，小豆才不怕呢。

　　吃饭的过程中，罗山姑娘没说什么话。小豆不知道她的酒量，怕她醉了，抢着喝。反正就一瓶，他喝多了，她就能少喝一些。

　　酒喝完，小豆站起来买单，差点儿被绊倒。

　　罗山姑娘笑他，喝多了？

　　确实多了，小豆不好意思地说。

　　说自己喝多了的人，绝对没喝多。罗山姑娘总结。

　　他觉得正好，微醺。"石锅鱼吃过没？"

　　"没。怎么？想请我？"

　　"哪天带你去尝尝。"

　　"哪天？"

　　"嘿，你还当真了？"

　　"你是不是经常这样虚心假意啊？"罗山姑娘问。

　　出了门，小豆说，"石锅鱼有点远，咱来点真心实意的，去唱歌怎么样？"

　　罗山姑娘说算了吧，"那种地方，就咱俩不好。找个说话的地方就行。"

　　"去你屋吧，你不是在附近住吗？"小豆猜，小饭馆人太熟，罗山姑娘想说的话没说出来。"你是一个人住还是与人合租？"

　　"想泡我？罗山姑娘又恢复了火车上的呛味。本姑娘可是名花有主了！"

　　小豆不知道该怎么接话，脸又红又涨。好在，对方很难分清他到底是因为不好意思还是因为酒精的刺激。

　　"厂里给我们租的是套房，两个人一套，一人一间卧室。"罗山姑娘突然想出一个好主意，"去喝咖啡。"

小豆要拦出租车，罗山姑娘说，"不远，走走吧。权当散步，你也可以趁此抽根烟，憋一晚上了，肯定急。"

小豆笑，"不急，我其实没什么烟瘾。听说这儿治安不好抢包的多？"

"怕什么？你这一堆谁敢来抢？"

小豆挺直腰杆。"好，走着去。给美女当保镖，一辈子能有几次？"

"我有男朋友，"罗山姑娘拍了一下他的胳膊。

"我也有女朋友，"小豆以牙还牙，他想起刚才那个故事。

"嘿，我不是那个意思，我是说，我爱上了一个潮汕男人。心里好纠结。"

"潮汕男人？"小豆转身看着她。"潮汕男人怎么了？"

"你不知道，潮汕男人大男子主义特别严重……"

小豆打断她，"哪儿的男人都有大男子主义的。"

罗山姑娘没跟他争。潮汕人不一样，他们那儿的女孩子从小就干家务。祭祀应该是男人的事吧？潮汕那儿都是女人去做。嫁到潮汕男人家的女人，辈分也会降一级，跟自己的孩子一样，叫男人的叔叔为叔公（爷爷）……

小豆听明白了，笑。"你别说，娶个潮汕女人当老婆肯定爽。"

人家罗山姑娘没有心思开玩笑，小豆只好重新回到对方的问题上。"你也是听说吧？"

"我去过他们家，耳闻目睹。"罗山姑娘说，"不过，我男朋友现在待我那是没说的，我们打算国庆结婚。可我担心他以后会变，潮汕男人的意识恐怕早已经浸染到他骨子里了。"

咖啡馆里灯光很暗，三三两两的，人也不少。不过，倒挺安静的。

罗山姑娘像是很少来这种地方，小豆喝什么她也点什么。

"我住我一个亲戚那儿，"小豆准备讲自己的烦恼，反正罗山姑娘又不知道他的底细，而且，还可以借此转移她的烦恼。"这几天，我越来越怀疑她在挣大钱。"

"挣大钱？"

"哦，我们那儿都说小姐是挣大钱的。"

"挺形象的，"罗山姑娘忍不住笑了。"什么亲戚？"

"嗯……表姐……"小豆急中生智。接下来，小豆的表达就流畅多了。"我表姐很有钱，老是邀请我来东莞玩。我来第一天就觉得不太对，我表姐说她身上来了，不用上班，可以好好陪我。我就纳闷，东莞这么好啊，女人还有这样的福利？昨天我无意中在车上看到了她的包，包里十几个避孕套。我姐——表姐，叫姐显亲，我们那儿都不习惯带那个表字——生了第二个孩子就上环了，包里为什么还装这么多避孕套？"

"你因此怀疑你表姐是……挣大钱的？"罗山姑娘笑了，为自己的活学活用。

"你说，是不是有可能？"小豆弱弱地接了一句。还没等罗山姑娘说什么，小豆又爆料，"我大表姐也好不到哪儿，在这儿做了人家的二奶。"

"哈，家族式生意啊。"罗山姑娘调侃说。

罗山姑娘的话让小豆一下子联想到二姐夫那个闵庄人的家族式车队。他像被人打了一耳光，先前还批评他们是阶层固化的一个典型呢，小苗不也是跟着大姐做起了家族式生意？比小芹还堕落。

那不是有没有可能的问题，肯定是。没有其它解释。罗山姑娘一下子解除了小豆心里残存的那点侥幸。"你肯定早知道了，东莞小姐特别多。你说你来东莞玩，我就觉得你不是个好人——现在东莞都快成一个专有名词了，男人们一说来这儿玩，肯定就是找小姐。搞得我都不敢跟人家说我在东莞打工了。"

怪不得罗山姑娘那天说话那么冲。小豆问，"真的假的啊？我表姐不是黑社会逼的吧？"

"哈，你是看书看多了吧？现在有几个小姐是人家逼的？你表姐的老公在哪儿？"

"在……"小豆犹豫了一下，还是说出了实情。她老公跟她在一起。

"在一起？"罗山姑娘问，"你是说你表姐的老公也在这儿？"

"嗯。"

"那，你表姐有没有固定的工作地点？"

"好像没有。"

"这就对了。如果你表姐真是小姐，她又不固定在哪个酒店，说明你表姐的老公可能就是她的经纪人。"

"经纪人？"小豆不解，"小姐还有经纪人？"

"就是妈咪，负责管理小姐的人。你表姐可能是自己单干。"罗山姑娘说，"我是听跟我同一个宿舍的女孩说的。她有一个同学，两口子就做这事。有嫖客联系了，男人就骑着摩托送自己的老婆过去。完了再接回来。怕出事……"

"啊？"小豆像是突然醒酒了。

"怎么了？"罗山姑娘说，"我宿舍那女孩的同学也来劝过她，说女人就得趁着年轻，多挣点钱。等到年龄再大些，想做也没人要了。身体又不是米面，掬一瓢就能看出来少了。"

"你是说，我表姐夫可能就是专门把我表姐送给那些……嫖客的人？"

"什么可能啊，肯定是。"

小豆哆嗦了一下。

"又不是你亲姐，管他哩。"罗山姑娘搅了一下杯里的咖啡，"现在的人，一个个比着不要脸。"

罗山姑娘的话再次提醒了他，孙部长肯定看不上年老色衰的大姐，大姐肯定是安排二姐陪了他……小豆越来越不敢朝下想。

罗山姑娘还得意地沉浸在自己的分析中，现在是笑贫不笑娼的年代，那也不算什么大事。

笑贫不笑娼你为什么不去做？小豆反呛她一口。

罗山姑娘还真被呛住了，"看你这人，怎么开不起玩笑啊？"

7

小豆是临时决定回去的。

那天早晨，他在酒店外面散步。时间还早，街上行人并不多，车却是嗖嗖地一辆接一辆。马路对面有棵很南方的树，像长了胡须，一簇一簇地从树枝上垂下来。树根也怪，由无数暴露在外面的小树根麻花一样围聚而成。小豆正出神，噗的一声窜出来一个物影。小豆惊了一下，定睛看，是一只流浪猫。咪咪唤两声，那猫反倒像受了惊吓，窜得更快。正好是红灯变绿灯，车流急不可耐地重新向前涌。第一排的车过去，小豆看到猫的后半身似乎被辗了一下，头还翘着。后面的车却没有减速，一排一排抢过去。红灯再次亮起时，猫在地上已经摊成了肉饼子。

小豆早饭都没吃，眼前老是晃着那摊肉饼子。

他给罗山姑娘打电话，问她中午可不可以出来吃饭，石锅鱼。那边有些犹豫，小豆说来吧，吃鱼好，不长肉的。"我下午要回老家，你再不来恐怕就没机会了。"

网上没订到卧铺票，小豆狠狠心，决定坐一回高铁。没想到，深圳到信阳的高铁票也没了，只剩下几张一等座。小豆还是有些心疼，决定从广州走。订的车次到信阳已是深夜，照样回不了家，但他实在不想再在这儿待下去。

他给向北打了一个告别电话——他觉得向北跟他是同一个战壕里的战友——他突然可怜起他来。一个开货车怕刹不住车而辞职的男人，每天做着亲手把自己的女人送到别的男人床上的工作，他不可怜谁可怜？

小豆不想再见小芹小苗，特意嘱咐向北，等他走后再跟她们讲。

中午吃饭时，小芹小苗还是跟着向北一起赶来了。谁也没问他为什么这么急着走，只有向北试探地问了句，是不是换个饭馆？小芹也趁机抱怨，还吃石锅鱼啊？小豆不吭声，小苗学他，吃鱼好，不长肉。小苗送了小豆一台Ipad，算是临别礼物。小芹提了几瓶酒过来，五粮液你自己留着喝，两瓶洋酒捎给孙部长。好歹，都是真货。

罗山姑娘来了，小芹小苗不约而同地看了一眼小豆。小豆心想，看什么看，别以为谁都像你们。

小豆给罗山姑娘盛了几块鱼，说下次来再请你，这个地方做得不太正宗。

罗山姑娘表现得很不好，畏手畏脚不说，一举一动都像是证明了他们两个人有私情。小豆依然撑着，光明正大的，随他们怎么想。

小豆的声势被击垮，也是罗山姑娘点的捻。兴许是想显示自己作为一个久住东莞的人的眼光，罗山姑娘让他看刚进来的那个女孩。看她那打扮，肯定是个小姐。

背对着门的小苗也转过身去看。

罗山姑娘正派女人的优越感显而易见。两个姐姐不用说了，就连小豆也心里一凛，自信心一下子泻了。装什么呢？他一个嫖客跟小姐还有差别吗？

单位有事，打电话让赶紧回去。这个理由歪打正着，一方面说明单位离不开他，另一方面也算给她们一个台阶——小豆突然提出走，并不是不喜欢她们。

偏偏向北还记着罗山姑娘的话，纠正说，"这个钟点，小姐们一般都不会出来，正补觉呢。"

"再吃一点？"小豆给罗山姑娘搛了一块鱼，趁机岔开话题。向北的话太专业了，小豆的脸也红得更厉害了。

好了，都吃撑了。罗山姑娘先站起来，"我得赶回去，我们一点半打卡。"

小芹也站起来，"别呀，急什么？我们都有事，得先走一步。"

小豆听出来了大姐的意思了，这是要给他们一点时间。

罗山姑娘说，"我们是台资厂，老板要求严。你们接着吃。"

小豆送她到站台，罗山姑娘问，"你表妊？"

小豆身子一激，点了点头——这会儿不由他不承认。

回到饭桌上，向北拍拍小豆的背，轻声说，"还没搞定？"

"刚认识的。"小豆心里有气，嘴上却是温和的。

"再待两天不就能搞定？"

小芹小苗听到了，视线都集中到他身上。小豆只好迎合他们，"下次再来搞定她。"

出来的时候，向北把小豆拉到一边，"带你过去再玩一次？"

小豆旋即就明白了他的意思，"下次吧，下次来再说。"

"其实，十分钟就行了。"向北说得很认真。

小苗装着没听见他们的对话，"我们就不送你了，还有事。"

小芹要送他到广州火车站。小豆坚持坐大巴，大巴多，方便。小芹拗不过，只好送他去汽车站。

过安检的时候，酒被挑了出来。东莞要开个什么国际会议，安检突然严格起来，超过五十度的酒都不让随身带。小豆安慰小芹，"存这儿吧，下次来再喝。"

高铁上很宽松，毕竟比普通火车的卧铺还要高一倍的价钱。邻座是一个少妇，怀里搂一个两岁左右的孩子。孩子睡着了，小豆怕吵醒他，没有和她搭话。

小豆专心上网。老婆从QQ发来一个穿着睡衣的自拍，说是特意为他回来准备的，问他怎么样。小豆的老婆其实并不是那种漂亮的人，也不怎么有情趣，甚至可以说是个非常传统保守的人。但谁也想不到，她竟然喜欢情趣内衣。特别喜欢。

小芹和小苗也都在线，小豆分别给她们发了同样感谢的话。他有什么理由责怪她们呢？他老婆那么传统不也喜欢情趣内衣？小豆装着不知情，另外给小苗编了一个长长的短信，劝她和向北找个生意做，南方到处都是机会——这是他到东莞后她们说得最多的一句话——他不信他们挣不到钱。他正准备再复制一次发给向北，小豆突然想到中午的石锅鱼，直接就建议向北开个石锅鱼店，钱不够的话，他可以支持他们。只要他们做正当生意，替他们贷款小豆也乐意。当然，最后一句话他没发过去。

车过长沙，火车开始广播。孩子醒过来，无端地大哭。少妇向他抱歉地说，这孩子一睡醒就要哭一阵。没想到，一个小孩的哭声那么激昂，声嘶力竭不说，还挣得满脸通红，小身板像只拉满了弦的弓，绷得紧紧的，像是一个大马力的小音箱。好在很快就过来一位漂亮的乘务员，她手里的小铃铛吸引住了孩子。哭声渐渐弱下来。

手机响，小豆看看是省会郑州的号，接了。

"您好！我是省法制周刊的记者，能约个时间采访您吗？"

小豆支支吾吾，"你是不是打错电话了？"

"您是王小豆吧？"

"莫不是我离岗太久被媒体揪着了？"小豆心虚，情急之下挂了电话。过后一想，"不对啊，领导答应他的，怕什么？"

回到QQ上，他看到老婆刚刚留言，听说，贺主席双规了。全城都在传。我这套蕾丝内衣怎么样，你还没说呢。

小豆正想细问贺主席的事，又一个电话打进来。还是郑州的号，小豆以为又是那个记者，没接。

对方发来短信。我是黄河网记者，能否约个时间聊聊？

聊什么？小豆回。

对方没回短信，电话直接打过来。"王主任好，我们想了解一下贺宽心的事儿。"

"贺宽心？哦，你说贺主席啊？"

"对，对。我们想找您了解一下他喝死村民的事儿……"

火车广播里像是在放胖子的歌，小豆支起耳朵。果然，"我知道，这个世界每天都有太多遗憾，所以，你好，再见……"

"王主任？"

"我不是什么主任。有什么事儿明天上班再说吧。"

挂了电话，胖子的歌已经唱完，女播音员正在广播晚餐都有什么。

QQ上，老婆的头像还在闪：到哪儿了？

他给家里的拼车司机打了个电话。记者催，老婆也催，他也不想耽误第二天上班。贺主席倒了，小豆就不用承认错误了——没有错，承认什么呢？他借调到信访局四年，还没有正式调过来，大不了再回到学校，省得天天说话跟吵架似的，也不用再写那些死气沉沉的公文了。小豆觉得自己不适合群工部的工作，太感情用事，见不得人家哭，访民一哭他就有一种想打谁一顿的冲动。不能再委屈自己了。退一万步讲，就是开除了，那么多人没工作不也过得好好的？套用罗山姑娘的话，不要那工作会死啊？

真到了那一步，他想，在县城开一家石锅鱼店也不错。

•

103

•

我的邻居王丹凤

1

人老了，就像一部破车，零件常常会出故障，不是这儿坏了就是那儿出毛病了。父亲这次坏的地方是男人的根，小便淅淅沥沥的，一夜得往厕所跑六七次。他羞于对儿女讲，忍了半年多才去医院。这是父亲惯常的做法，什么事，能扛则扛，实在扛不下去了才求人。更何况，这还关系到一个男人的自尊。

手术后第九天，父亲急着要回去。他住不惯城里，没个活动的地儿，也没个人说话。我怕哥嫂家条件不好，父亲心里不静，不想放他走。父亲坚持，我只好由着他，谁让他是病人呢。

还好，嫂子准备得很充分，连男用小便桶都有。麻烦的是，父亲不愿意住正屋，非要住那两间面朝东的偏房。

嫂子没说什么，哥却不乐意了，咱爸这是存心让我难堪啊。王畈的习惯，老人住正房的东头。东为上。要是哪家的老人住进西屋或院里的偏房，这家的小辈们就免不了被人说三道四。还有的人家，干脆就在正房旁边搭个简易棚子让老人们住。往小里说，是不孝。往大里说呢，就有虐待的嫌疑了。人老了，肯定有好多地方不招儿女们待见。父亲住偏房，不管怎么说，都会给王畈的父老乡亲们留下口实。

我心里明白，父亲是不想夜里起夜有动静时惊扰哥嫂。父亲手脚不灵便了，起来方便保不住碰东磕西的。夜里的声音传得远，一个小动作都会有惊天动地的效果。再加上，父亲好不容易就位了，却迟迟没有小便滴落的声音传出来，多伤自尊啊！这就好比相声段子里的丢鞋，楼下只听到一只鞋子落地的声响，另一只却迟迟等不来，还不让人急死？偏房就偏房吧，关键不在于住哪儿，关键要看儿女们有没有那份孝心。我跟哥解释，父亲是老人不假，父亲还是个男人啊！那个阀门本来就不利索，有你们在西里房听着，他心理负担更重。

那个晚上，我没有回城，也陪父亲在偏房住下。偏房两间，一间父亲住，一间兼做客房。我没睡好，一是不习惯这床，二是西边的吵嚷声。父亲也一样，一早起来就感叹，"人老了讨人嫌啊，这不，你王婶不是个例子？"嫂子见我迷茫，笑了，"说是昨夜隔壁在开批斗会，批斗王婶不讲卫生，把大便洒到屋里了。"

"再批斗，也不至于那么大声啊？吵得整个王畈都能听得到。"

嫂子说，"你不知道，咱王婶耳朵聋，声音小了，怕她听不到。"

王婶是我们西边的邻居，精精瘦瘦的一个老太婆，得有七八十岁了吧。打我记事起，王婶好像就在守寡，一直守到一大家人。四世同堂，按说应该很幸福。父亲说，"你王婶，年轻的时候可是个硬骨头，虽说不烈，可动不动就寻死觅活的，哪像现在啊，整个一个软骨病。"

我问父亲，"什么软骨病啊？"

父亲说，"现在你王婶，换了个人似的，一点脾气都没有，面瓜一个。一家人，大大小小，都吵她。昨晚上，你听到她出声了吗？聋婆子，也不知道是真听不到还是假听不到。人家一吵，她就低头，什么都忍着。可这癌症，能忍过去？"

嫂子在一旁补充，"大前年吧，王婶查出了癌，直肠癌。"

我问，"王婶知道吧？"

嫂子说，"咋不知道？还没出院就知道了。"

我更困惑了，"癌症，咋会让王婶知道了呢？"嫂子解释说，"那帮小的们，巴不得王婶早知道早死呢，一点都不避她。本来就是个病人，还一天到晚挨吵。"

我不禁赞叹告密者的残忍。向一个听力低下的老人报告其身患癌症的真相，不仅需要足够的嗓门，还得具备相当的勇气。尤其是后者，可不是谁都能做得到的。是不是因为王婶这样的老人没有了卫生底线才导致全家人一致反对？

嫂子说："你不知道，咱王婶直肠截了，肛门改道了，改到肚子那儿，粪尿都得用塑料袋接着。一不小心，就洒了。"

嫂子有些夸张，塑料袋里没有尿只有屎。父亲动手术的时候，我在医院见过一个直肠切除手术的患者。每次大便的时候，都用手托着塑料袋。塑料袋是专用的，透明，使用的时候就像手里直接托着粪便。这景象，着实让人恶心。

我问："经常洒？"

嫂子说："也不是。反正小的们总有理由吵她。老不死的，癌症还能活几天？早死早托生，早死我们早利亮。"

我皱了皱眉头，嫂子也叹了口气。也是，谁病成那样都惹人烦。

既然想让她早死，咋还让她去手术？我好奇。

嫂子说："你不知道，咱王婶，最怕死了。平时要是有个头疼脑热啥的，小强他们不给钱治，她是逮住啥药吃啥药。去年她背上生了个疮，化脓了，还非得上捻子。诊所的医生说，得麻醉，不麻醉受不了。小病小灾的，谁带她去医院啊？她自己清楚，硬是缠着人家给她直接上了捻子。"

我能想象到上捻子时王婶疼得身体打颤的那个样子。

父亲插话说："这聋婆子，越老越怕死了。"

"那她的病怎么发现的啊？"我问。

嫂子说："她大便不畅，还带血丝。想去医院检查，小强他们不理她。王婶也能在外面跟人家说，我这老婆子，死了不足惜，反正也活到头了。我担心，要是有啥不好的病传染给了小的们，才真作孽呢。小强他们害怕，这才把王婶送进医院。"

我忍不住，笑了。这老婆子，还真能。

我从初中开始就在外面上学，对王畈的情况了解不多。小的时候不记事，只知道玩。印象中，王婶就一个儿子，比我大不了多少，几年前在广州打工时出车祸死了。我准备去看看王婶，邻居做了这么多年，咱又是在外面工作的人，回来顺便去串串门，这是起码的礼节。左邻右舍的，有时候比亲戚近。

跟哥嫂家的布局一样，王婶家的房子也是正房四间，偏房两间。王畈房屋的格局都这样，几间正房，院子里的偏房当厨房，或者储藏室。王婶家的偏房，一间做了厨房，另一间住着王婶。两间偏房恰好背对背，哪边有个啥风吹草动的，谁也瞒不了谁。王婶的媳妇，我该叫郭嫂的，两个儿子，大强小强，最小的，是闺女。小强先结婚，分了两间正房，一间厨房。大强还在南方打工，准备年底回来结婚。剩下两间正房就是老大的了。厨房呢，当然也不能少，那就只有等王婶死后才能改造。

王婶枯瘦的手捧着我的手："老刘家闺女，给你爸长面子啊。听说，你还会写书，是吧？"

我说："王婶，你身体还好啊。"

小强媳妇在一旁说："她听不见，您跟她说话，浪费精力。"

我转身跟小强媳妇说："上了年纪的人都这样，不是耳背就是眼拙。我爸耳朵还好，眼睛早不行了。"我凑到王婶身旁，又重复了一遍我的话。

这次王婶听到了，连连点头："好，好，好。我也是才动了手术，直肠癌。"

我大声安慰她："直肠癌没事的，癌变的那一截肠子切掉就好了。"

哈，还是你们有知识的人好，啥都知道。医生也这样说，癌截掉了，没事了。王婶笑眯眯的，一脸得意。

小强媳妇嘴撇了下，很不屑的样子。

2

再回王畈的时候，已是深秋。肃杀的风，把一切都剥裸了，道路、田地，还有树木。上次回来时还青翠着的爬墙青藤也枯了，跟灰墙瓦一个颜色。谁家光秃秃的柿树梢上，残留着三两个被遗忘的果实，干瘪，孤单，却依然顽强地坚守着自己的阵地。

父亲恢复得还好，精神也不错。见了我，却没有预料中的热络，反而有些冷漠。我心虚，莫不是因为隔了太长的时间才回来看他？我跟父亲解释，正在写一个长篇，分不开神。

父亲一听是写作扯住了我的身，脸上才亮堂起来。父亲总是为我是一个作家而骄傲，只要我拿出写作当借口，什么事父亲都会原谅。我要是去参加杂志社组织的笔会，父亲肯定会守在电视机前看新闻。我还没回来他就急着打电话问：那么大的事，电视咋没说啊？他甚至知道，我们的主席是一个叫铁凝的女人。

吃过晚饭，王婶过来了。人未到，声音早传进了院子里，爽朗，热切，像久违的亲人。是闺女回来了吧？

王婶真是越活越年轻啊！我嘴里应着，身子也挪了出来。我这可是大实话，没一点儿买好的虚伪。一般癌症病人的崩溃都是从精神开始的，所以，医生和家属都会想尽办法瞒住患者本人。王婶虽说早知道自己患了癌症，脸上却一点儿也不见癌症病人的颓废。

"闺女，看你王婶像不像得了癌症的人？"王婶很自得，现出孩子一般的笑。

我赶紧大声说："一点儿也不像。"我还不失时机地诱导父亲："爸，你看王婶这气色，精神作用大着哩。你也得打起精神，跟王婶那病比，你这还算病？"

嫂子洗涮毕，凑过来逗王婶："前几个小强媳妇咋不让你吃饭了？"

我心里直怪嫂子太直接，让王婶下不了台。老年人，尤其是乡下的老百姓，最要紧的是面子，即使家里闹翻了天，在外面也要装出一副祥和的样子。嫂子小声跟我说：王婶又洒屎尿在家里了，小强媳妇非要罚王婶一天不吃饭。

我看看王婶，王婶好像在酝酿情绪。我真担心王婶忍不住大哭起来。还好，王婶没有哭，她只是眨巴了几下眼睛："也没啥，怪我粗心。"说着，王婶将起上衣让我看她腰上那个改道的肛门。白塑料袋里好像已经积了些粪便，颜色黄得不清不白。我下意识地用手掩了下鼻子，觉得不礼貌，旋即又放下。

王婶歉疚地说："我在院子里换塑料袋，孙媳妇回来正好撞见，骂我是个疯老婆子，不讲卫生。说是不惩罚惩罚我，怕我一辈子都记不住。也就是，罚一天不让吃饭。"

这哪是惩罚啊，简直是虐待！我说："王婶，你这孙媳妇也太不像话了。"

王婶说："你们不知道，她是刀子嘴豆腐心。你们小时候，哪个不是这样子？年轻人，杀人放火还嫌不够闹腾呢。"

父亲气得直骂："你还护她？老年人能跟年轻人一样？一天不吃饭还不饿死！"

王婶夸嫂子："你嫂子好啊，背着他们，偷偷给我饭吃哩。"

嫂子笑笑，转向我。每回小强媳妇吵骂，王婶都好像没听到，低眉顺眼地走到一边去。声音那么大，谁听不到啊？

我气极了说："小强媳妇，也太不像话了！这叫虐待！王婶，你可以告她！"

王婶低下头，好像没听见我的话，嗫嚅着，到底没发出音。我接住嫂子制止我往下说的眼神，岔开话题。王婶，你这耳朵，什么时候开始听不清的？

王婶说："好像是小强娶了媳妇吧。我也搞不准，说听不着就听不着了。不服老不中啊。"

我和嫂子会心地交换了一下眼神。这王婶，聋得还真是时候。一个老年人，尤其是像王婶那样的家庭，聋了说不定是件好事。

王婶走了，嫂子接过我的话："你说得轻巧，王婶能告谁？告了小强媳妇，将来谁照护她？"

我知道农村就是这样，轻不得，重不得，什么事都是不明不白的。那，郭嫂不管啊？

嫂子"喊"了一声："郭嫂是小强媳妇的婆婆不假，可她自家都难保，还管谁？"

我说："这事儿，还是得跟小强通通气。"

父亲插嘴说："小强？也好不到哪儿去。倒是她那个小孙女，到底上过高中，有文化，强多了。"

嫂子不服："人啊，孝不孝，也不在乎有文化没文化。小孙女好是好，离怹远，有啥用？还不是得小强媳妇照护？远水解不了近渴。"顿了顿，嫂子压低声音跟我说："要说，咱王婶和这个孙女还真亲。要是咱王婶哪天电话里跟她孙女通了两句话，那精神劲儿，可真比吃兴奋剂都管用。可人家在南方打工，一年也不一定能回来一趟。也就是偶尔打个电话回来顺带问候一声她奶奶。谁愿意跟一个聋子通话？说话得破着嗓子喊。"

这段时间，老是王婶王婶地叫，我还不知道她的名字呢。问父亲，父亲也说不清楚，打小，就王嫂王嫂地叫，没听谁叫过她的大名。我又问嫂子，嫂子也不知道。户口本上倒是有名有姓的，王女。很明显，这不是她的真名。在我们王畈，长辈称呼结过婚的女人都是某女子，姓王就叫王女子。同辈人，当然称王嫂。我们这些小辈呢，自然就称她王婶。

3

哥打来电话，说是父亲好像知道了自己的病，精气神越来越差。我一怔，嫂子也学小强媳妇，故意跟父亲透了底？

父亲的前列腺已经癌变。按医生的话说，是中晚期，也就三四年的光阴。我们深知癌症病人精神因素的作用，决定隐瞒病情。我们兄妹坚守着秘密，就连前来探望的亲友，也没告知真相，只说是前列腺炎症。上次回去，之所以隔了两个月，写长篇只是借口，什么样的长篇比父亲的健康重要？频繁探望，只怕引起父亲的怀疑。

只隔了三天，父亲的状态就大不一样。虽然父亲听到车响，也从院子里出来了，神情却是恹恹的。与隔壁的王婶大老远就亲热地唤我闺女比起来，王婶更像是我的亲人。

"王婶啊，您的精神真是太好了，怎么看也不像个病人。"我反复在父亲面前讲这话，除了安慰王婶，还有激励父亲的意思。

回到家里，父亲叹着气说："唉，你王婶，人家是阳寿未尽。"

王畈人都迷信，相信一切都是命里注定。今年谁谁谁种姜卖上大价钱了，那是人家的命，该有这一着。谁谁谁卖菜摔断了胳膊，也是命，命里该有这一关……

我跟父亲说："这人啊，精气神很重要。你们那一代人不是喜欢说，人有多大胆地有多大产吗？说的还不是这个理。像王婶，精精神神的，那气势，恐怕癌细胞见了都怕……"

父亲说："我也想有精神，天天吃了睡睡了吃，哪来的精神？整天连个说话的人都找不到。"

我放心了，父亲其实对自己的病情还是一无所知。你有话怎么不找我哥说？

父亲说："你哥那人，一天到晚不落屋，去哪儿找？"

我知道，这只是个说辞，即使我哥在家，他们爷儿俩也说不到一块儿去。

我建议父亲多出去跟人家打打麻将。以前，父亲老打麻将。哥嫂埋怨，我也批评。现如今情况不同了，老待在家里，没病也能憋出病。我们都鼓励他多出去转转，跟人家打打麻将，说说笑笑，一天就过去了。

父亲板着脸："打麻将有啥意思？"

我说："有事做，也有人陪你说话啊。"

父亲不看我："有事做有啥意思？"

我怔住了。这老头，说话越来越像他外孙了。怪不得人家都说，老小孩老小孩，人老了，越来越像小孩了。我苦口婆心地给正读高中的儿子讲道理，要他努力学习，争取考个好点的大学。你猜儿子怎么说？他说：考上好大学有什么用？我尽量心平气和地给他讲道理：大学毕业能找个相对好些的工作。儿子接着问："找个好工作有什么用？"我到底没忍住，没好气地提高了声音："好工作有好报酬，好报酬能使你生活舒服！"儿子倒是很淡定，仍旧不紧不慢："我现在不舒服怎么办？你说，这一老一少有什么差别？"

农村的八点，没有霓虹闪烁，没有莺歌燕舞，不像城市。哥嫂要睡了，父亲也要睡了。这个钟点我哪睡得着？走得急，也没顾上带书，正愁找不到消遣打发这漫漫长夜，王婶来串门了。

见父亲已经睡下，王婶讪讪的："这么早，能睡着？"

我带上父亲那屋的门，拉王婶在沙发上坐下。"就是，这么早，哪能睡得着，咱娘儿俩说说话吧。"我对王婶这样的人还是蛮有兴趣的，这是搞创作的人惯有的心态。

王婶说："我就喜欢听你们文化人说话。"

"王婶，你娘家哪的啊？"对女人来说，娘家是永远说不尽的话题。

王婶说："小王楼，知道吧？"

我说："怎么不知道，寒冻镇吧？"

王婶问："你咋知道？"

我还没来得及回答呢，王婶就又问："这样一说，日本人在小王楼作下的孽你也该知道吧？"

小王楼这样的小村子之所以被人知，就是因为小王楼惨案。县志上记载，民国三十四年农历二月初二，日军血洗小王楼，惨杀当地守军及百姓500余人，烧毁房屋200余间。当地有一首民谣："二月二，龙抬头；大炮对着小王楼。先打瓦，后打楼，小王楼打得绝户头。"

"那年，我十三岁。"王婶的声调像配了凄凉的音乐，突然悲切起来。

我正了正身子。我早从史书上了解过，日军在正阳最大的动静也就是小王楼惨案。让我惊奇的是，眼前这位不起眼的老人，竟然是这段历史活生生的见证人。我问王婶："你那时记事了吗？"

王婶说："都十三了，咋不记事？下辈子也忘不了。"

有故事。我近乎巴结地问："王婶，你那么小，能有什么事下辈子也忘不了？"

王婶起身拉灭了灯："说话要灯干嘛，费电。"

　　我还真不习惯这种黑暗中的交流，不踏实。不过，我没有再去开灯，王婶有故事，我不想干扰她。我后来才知道，王婶说话不开灯，不只是害羞，还有在家养成的习惯。

　　"我都憋在肚子里几十年了，反正也活不几天了，你要是想听，就讲给你这个文化人听听。"

　　我忙点了点头。想想不对，黑灯瞎火的，王婶哪看得见？赶紧补上两句，"想听，想听。"

　　"那天是正月二十九……"

　　"等等"，我打断她的话，"日本人攻打小王楼那天不是二月初一吗？二月二开始报复杀人，史书上写得很清楚啊。"

　　王婶说："不会的，我记得很清楚，那个月月小，寒冻街上一听日本人来了就炸了集。"

　　"你记错了吧？王婶。那民谣不会错吧？"

　　王婶说："谁说不会错？说成二月二是为了好记。那个日子，我一辈子都在想咋样才能忘了，可我忘不了啊！风呼呼地叫，我这辈子没有再遇到过比那天更冷的天了。雪花又大又肥，砸到地上，让人心里寒凉寒凉的。几千个日本人围住寨子，打了一天，小王楼的寨墙跟炮楼被日本人的炮弹炸平了。日本人死得也多，到处都是尸体。进了寨子，日本人就开始报复，将男人衣服脱了浇上水，生生冻死。我二叔用白手巾包着头藏在女人堆里，被日本人发现，也杀了。你这辈子都不会再见到比他们更没人味儿的人了，生生朝人家面缸水缸里撒尿屙屎啊！"

　　"头一年，他们在县城杀了几百人，还到处祸害妇女。我爹让我娘剪了我的辫子，在我脸上抹了黑锅灰，把我们兄妹藏进了鸡窝。那鸡窝是泥巴砌的，口小，窝也小，勉强容得下两个小孩。我和我哥钻进去，身子尽量靠着墙，怕被日本人发现。"

　　"傍黑的时候，院子里来了几匹马。我趴在鸡窝里只能看到马蹄、人的脚。那脚上套的可都是大马靴，看着都瘆人。刚才还白亮亮的雪地，被日本人踏了几脚，就脏了。"

"寨子里到处都是哭声、呻吟声，还有日本人叽里呱啦的叫喊声。我们蜷曲着身体，不敢有任何声响。到了后半夜，外面的声音才慢慢小下去。饿了一天，我哥说，得趁黑出去弄些吃的，到了天明，日本人走来走去的，怕是又得饿上一天。哥让我出去，我在外边，离鸡窝口近，身子又小，出来进去的方便。"

我情急之下，打断了王婶的话。"不行，你不能出去。"好像我这么一说，王婶就又退回鸡窝了。

王婶说："我要是知道危险，打死也不敢出去啊。那时候，我还小，不太知道害怕。再说，我灌了一嗓子眼鸡屎味，正想出去换口气。在里面蜷了一天，身子骨都快酥了。我的头先伸出鸡窝，外面黑漆漆的，日本人的说笑声好像隔了好几处房子。夜里静，一点响声都能传出老远。"

"隔天就是二月二了，我们家吃不上饺子，但有红薯，娘早蒸了一锅红薯放在笊篱里。我找到笊篱，先填了一个红薯到嘴里，其余的都塞进衣兜里。日本人要是不走，不知道我们还得在鸡窝里藏多久呢。"

"我也真是太胆大了，脚踢到地上的脸盆也没在意。出了堂屋，正准备重新钻回鸡窝时，日本人来了。日本人举着火把，把我拖进了鸡窝后面的灶屋里。"

"日本人用刺刀挑开了我的袄扣子。那时候，都是穿空心袄，里面啥也没有。有钱的人家，最多再衬件薄衬衣。袄扣子一挑开，就等于脱光了。日本人嘿嘿笑着，手在我身上乱摸。"

王婶不说我心里也清楚，小时候的王婶肯定很清秀。要不，一个剪了头发、脸也涂了黑锅灰的孩子，日本人咋能一眼就看出她是个女孩？

王婶说："我爹先前老是讲日本人狠，我不知道这个日本人到底要咋狠。我的腿吓软了，身子也抖得厉害。日本人这摸那揉的，我还以为这就是人家说的祸害了。"

"就在这个时候，屋里又进来了三个人。一棒子下去，日本人没了动静。来人也不说话，示意我赶紧穿上衣服，要带我走。我抖着腔调说：我不能走，我跟我哥藏在鸡窝里，日本人找不到。"

"我哥吃饱了，才发现我在哭，问我咋的了。我还是哭，一个劲地哭，身子抖动得更厉害了。我哥可能意识到了什么，没再问。"

"我和我哥在鸡窝里蜷了两天一夜。第二天夜里，日本人撤走了，我们兄妹俩才敢出来。小王楼跟死了一样，没有鸡飞狗跳的声音，也没有人声。我们不敢点灯，摸黑在寨子里转了一圈。到处都是血，到处都是尸体，马的，人的。有穿衣服的，也有没穿衣服的。好多人都是用刺刀给生生捅死了。我老以为，天一亮就好了，我们肯定是在梦游……"

王婶的讲述跟史书基本一致。制造小王楼惨案的日军是骑兵联队和五四六七部队的步兵，共计2100余人，大炮16门，掷弹筒50多个，机枪100余挺。当时驻扎在寒冻的是国民党河南省八区保安一团管振功部。敌我力量悬殊，我方阵亡300多人，击毙日军100余人，战马30匹。小王楼50户人家280多人，其中200多人被日军杀死，11户灭门绝户。

我问王婶，喝不喝水。

王婶说："闺女，别打岔，听我接着说。"

"天亮了，太阳也出来了，我们找到了爹娘。当然，都是尸体。娘下身的衣服没了，血糊了一身。寨子里只剩了几十个人。一连几天，大家都在忙着挖坑、埋人。"

"那天晌午，寨子里又死了一个人，我隔壁的邻居。上吊死的。说是被好几个日本人祸害了，本来就无脸见人，回到家里男人又头不头脸不脸的，干脆死了利亮。"

"我那时真是太小，根本不懂男女之间的事，又不好意思跟我哥讲。那人上吊了，我哥也留了心，一步都不敢离开我。一家四口就剩下我们兄妹，哥怕我也寻了短见，撇下他一个人。其实，哥要是不这样紧张兮兮的，我没准还真就这样没心没肺地过下去呢。哥这样，逼得我也挤出一副没脸见人的神情。我后悔当时没看清那三个救我的男人，没法判断他们是不是寨子里活下来的人。我老是感觉，活下来的男人哪一个都像他们。我的身体被人家都看过了。"

"越想越怕。你想啊，我才13岁，被日本人祸害了不说，身子还被寨子里的男人看过了，多丢脸啊。哥呢，见我一整天都不说一句话，跟得更紧了。他越是这样，我心里越难受，好像我非得做出点啥才能证明我是个好女人。"

"那天晚上，我也不想活了。爹娘都死了，我又拖着个破了的身子，下半辈子还能落到好？我准备好绳子，想学隔壁的邻居，也吊死在当院的树上。"

"半夜里，我摸索着爬起来。没敢点灯，摸黑梳好头，衣服也拣最好的换上。天一亮，也不用劳烦我哥帮我换衣服，直接送坑里就行了。我将将出门，哥在床上坐起来。爹娘都走了，你再走，我咋办啊？"

"我心里一酸，嗷嗷地哭起来。还别说，哭过之后，心里倒明亮了。好死不如赖活啊！"

我趁空提醒王婶，"天凉了，咱上床上去说吧。"国庆一罢，一天比一天冷了。

王婶看看外面："闺女，太晚了，我得走了，明儿个再叙吧。"

我站起来，按住王婶。"再叙叙，还早着哩。"故事没讲完，我舍不得王婶走。

"不早了。再晚，院子就该上门了。"王婶执意走，"我这聋婆子，怕惹你们厌呢。"

我虽然后悔打断了王婶的话，可王婶毕竟年纪大了，又有病，还真得早点休息。

第二天，没顾上听王婶接着讲她的事，我就回城了。儿子正上高三，后勤保障工作全靠我哩。

4

周五还没到下班时间，我就急着朝王畈赶。父亲这个年纪，要紧的是得有人挂念他。我哥在家里不假，男人们都大大咧咧的，他们爷儿俩能有什么话说？

车在院子里停好，父亲才从外面回来。父亲嘴上硬，还是听从了我的建议，每天去大路边的小卖部里跟人打麻将。那种麻将，彩头小，一块钱一圈，不伤人。关键是，说说笑笑的，时间就显快。

我问父亲："怎么没打牌？"

父亲笑，"打啊。听到车响，就知道你回来了。"

父亲的药，我一样一样给他交代清楚，叮嘱他按时服用。顺带着，我还给王婶捎了些专用塑料袋回来。上次听说王婶怕塑料袋不够用，经常洗洗又用。那东西，盛过粪便，再用多脏啊。药店正好有用于肛门改道患者接粪便的专用塑料袋，十块钱就能买一百个。我一下子买了五百个。

王婶很感动，"这么多，够我用几年哩。"

小强媳妇很不屑："喊，想得倒美，怕是你用不了几个就没福消受了吧？浪费啊。"

这小强媳妇，还真够损的。好在离得远，王婶好像没听见，只管低头看手上的新塑料袋。意识到我这个外人在场，小强媳妇脸色才有了缓和。我征求小强媳妇的意见："今晚让王婶跟我睡吧！我急着回来，还有一个原因就是想听王婶的故事，勾人哩。"

　　王婶生怕孙媳妇不答应，抢着说："中，我先去洗洗。"小强媳妇肯定会纳闷，一个在乡下都不招人喜欢的聋婆子，身上脏兮兮的，还散发着屎臭味，城里人咋会跟她这么热络？

　　夜黑得越来越早，王畈更是。外面静悄悄的，人好像也冬眠了。待王婶一进屋，我就急不可耐地把灯熄了。"王婶，您接着讲吧。"

　　王婶说："好，咱还接着上回说。"

　　"土改那年，我正好十八岁，我哥二十。小王楼总共剩下不到80个人，人少地多，分了地，我们都成"地主"了。我们兄妹俩，都是大劳力，没一个吃闲饭的，日子过得一天比一天好。第二年，我哥就结婚了。"

　　"要说，咱长得也不算丑，至少，中等吧。可十里八乡，愣是没有一个来提亲的。也不光是我，小王楼的闺女都不好嫁。怪谁？怪日本人。活下来的，说不清啊。"

　　"我哥也替我急，学人家把我朝远处介绍。拐弯抹角，就到了陉沟，到了王畈。我哥把我领进我那死鬼家里，这事就算办了。我那死鬼男人，你知道吧？赵运动。也不怪他，那时候都这样，简简单单，新事新办，说是破除封建旧习。夜里的事，却没有变。我那死鬼男人先在床上垫了块白布，说是他妈嘱咐的。我身子抖得厉害，我那死鬼男人还以为我怕床上的事，安慰我说，新媳妇都这样，明儿个就好啦。"

　　"想不到，我还真见红了。"

　　我也奇怪，问王婶："那个日本人，是不是就没有祸害过你啊？"

　　王婶干笑了两声："是啊，还没来得及哩。这事，不结婚我哪知道啊。"

　　我说："好了，这下你该安心了。"

　　王婶说："安心？难日子在后头呢。"

　　"我知道我跟王畈的其他媳妇不一样，受多大委屈也不敢跟人家争。啥事能忍就忍，不能忍也得忍。人家女人在婆家有个这这那那的，都知道找娘家，娘家能撑腰啊。我上哪儿去找？远不说，小王楼是根扎在我心上的刺啊。小王楼嫁到外面的那些闺女们，都跟我一样，只说娘家在寒冻，不提小王楼。你咋跟人家解释？总不能见了人就说，我没被日本人祸害吧？一笔糊涂账。心虚啊！俗话说，做贼心虚，咱这可好，没做贼心也虚。我就当没有了娘家，有了委屈只能憋在肚子里。你不知道那几年我是咋过的，就像一个傻子，没心没肺的，任人家摆弄。从前老是听人家说小媳妇，那时候我才算弄明白啥叫小媳妇，真是小得不能再小了啊。偏偏祸不单行，结婚三年我的肚子也不见动静。男人还好打发，婆婆就不乐意了，也不明说，老是比鸡照狗地骂。"

"最怕的是过年过节。婆婆唉声叹气，过啥节啊，平常日子都过不来，这节还有啥过头？我还能咋着？只好低下头，装聋作哑。有一年过年，年夜饭刚端上桌，婆婆又开始数落。我加倍赔着小心，谁让咱是只不会下蛋的母鸡呢？自己不中用，怨不得别个。"

"那可是过年啊。人家都高高兴兴的，我们家倒好，婆婆大大咧咧地骂着，我那死鬼男人只管埋头吃饭。我实在吃不下了，跑了出来。去哪？小王楼回不去，就是能回也太远啊。后园树林里避人，我只有去那儿。平时一到夜里，我都不敢去后园，那儿阴气重，风一吹，小树林里哗哗响，吓死人了。那天我去了，倒也没觉得怕。人一难过了，啥也顾不上。我坐在小树林里，越想越伤心，忍不住哭起来，哭我的爹，哭我的娘，哭我的命。这活着，还有啥意思？不如跟着爹娘去地下享福去。"

"我不是那种拿不定主意、犹犹豫豫的女人，想到就做。回到屋里，我从床底下偷偷找出农药，还没打开盖呢，就想吐。这三年，我对吐特别敏感，我比哪个女人都盼着自己也能在人前理直气壮地吐一吐。农村里，还不都是靠吐来看新媳妇怀没怀上？即使吐口唾沫我也会顺着朝下幻想，是不是想吃酸了，这个月月经来没来。这一次，还是个空？算一算，还真像，月经已有两个月没来了吧？我安慰自己，再等等吧，死之前，我得让王叛人知道我这只母鸡能下蛋。"

"初一早晨，我吐得更厉害了。而且，特别想吃酸。婆婆看到了，高兴得，跟怀里已经抱上了孙子似的。赵家有指望了！"

我说："王婶，这个孩子来得可是时候啊。要不然，我们恐怕都见不到你了。"

王婶说："唉，还不如那时候一仰脖就走了啊。人哪，活的哪是自己啊。"

父亲起来解溲，听到我们在外间说话，敲了敲门。"睡吧，都啥时候了，有话明儿个再说。"

"好，好，就睡。"王婶喏喏地答应着，那语气，抱歉得很，好像是她干扰了我休息。

我们开始脱衣睡觉。黑暗中，看不见王婶应该松垮的身体，可我的嗅觉还是感觉到了王婶的苍老。人一旦老了，身体便有了一种特别的气味。这气味与蓬勃无关，与朝气无关。就像花果，只有开花结果才会有芬芳。人的身体也一样，一旦趋老，便有了一种成熟的沉重，散裂出肉体自身的味道。王婶是，父亲也是。

半夜里，王婶还在床上翻来覆去。我问她咋不睡，王婶的回答不出意料，睡不着啊。顿了顿，王婶问："闺女，你说，你们城里人坐车是不是都打瞌睡啊？"

我奇怪，王婶怎么突然问起这个。

"我看电视上好多坐车的都在睡觉。我哪次坐班车心里都扑腾扑腾的，你说，坐车怎得劲，咋会睡下了呢？"

我笑："王婶，你现在又没有坐车，怎么也睡不着？"

王婶身子侧向我，"真是老了啊，夜里老是睡不着。总觉得白天不够用，啥都新鲜，啥都有意思。看到麦苗，还想等着看麦收；看到桃树，又想等着看桃花；看到孙子，就想等着看重孙……"

5

第二天，王婶老早就醒了。我坐起来，靠着墙。王婶学我，也坐起来靠着。我说，"王婶接着昨晚的讲吧。"

王婶看看我，我也看看她。王婶的脸上都是褶子，我还是第一次发现她这么疲沓。"黑了再讲吧，你看，外面都大亮了。"

父亲正在里间咳嗽，估计也醒了。我怕王婶害羞，没有催她。

晚上，天还没黑透，我就去请王婶。我跟小强媳妇说，"夜里睡不着，让王婶再陪陪我。"

乡下没有夜生活，天一黑人就缩在屋里，看电视，睡觉。尤其是冬天，外面黑灯瞎火，冷飕飕的，还能有什么念想？父亲老早就偎到床上，关了灯想心事。老人们可能都这样，喜欢回忆。年轻时候的事，想起来尽让他们脸红心跳吧？

我给王婶打来了洗脚水。"天冷，烫烫脚，舒服。"三推四让的，王婶最终还是把脚泡进了盆里。"唉，闺女贴心啊。那年秋里，我也生了闺女。不管是男是女吧，到底开怀了。开了怀，还愁没有儿子？婆婆脸上有了笑容，对我闺女也上心，给她取名兰兰。兰兰两岁的时候，我回了趟娘家。"

"我那死鬼男人催我回，说是以前吧，没有孩子，回不回去无所谓。现在有了孩子，得让孩子认认她舅的门。许是生了兰兰吧，我也没想那么多。不就是回趟娘家吗，出门的女人，早晚还不得有这一天？"

"他借辆自行车，驮着我们娘儿俩上路。那时候已经有班车了，我算了算，来回得两块多钱呢，就决定骑车去。走到小王楼的时候，已经是傍晚了。好多人家的院子里疯长着草，人也少，小王楼没变，还是老样子，好像我头儿晚上才从这儿走出去似的。"

"看到我哥家的那三个孩子，我的眼泪就流了下来，老王家算是绝不了户了！我男人见我哭了，还以为我见了亲人高兴呢。我哥心里清楚，忙问我那死鬼男人，几个孩子了？死鬼说，就这一个。过了会儿，觉得不对劲，又补了句，往后还得生。好像是在跟我哥表决心。我哥说：是得多生。人多，家才旺呢。"

"那天是十月一，我选的日子，正好可以给爹娘送件寒衣。早清明，晚十一。挨黑的时候，我们去上坟。坟地里都是火，人却不多。我数了数，我们这一拨，大大小小8口呢，算是大户了。烧纸的时候我那死鬼男人还没问，回来的路上就忍不住了：一个小寨子，咋那么多坟啊？"

"我不知道该咋说，我哥我嫂走在前头，装作没听到。我绕不开啊！回王畈的路上，想来想去，我还是讲了小王楼的遭遇。小王楼几十家绝了户，几百人没了。我爹我娘就是那时候走的。"

"我的苦日子又开始了。"

"我婆婆很快就知道我的娘家是小王楼了。婆婆虽说对小王楼了解不多，可日本人打小王楼这事她还是知道的。时不时地她就会把日本人拿出来絮叨一番：哪一年我都忘了，反正那天是过年，日本人到了陡沟，烧啊，抢啊，陡沟跟一锅水沸了一样，哪儿都是哭声、喊声。他们见了女人就祸害，不管大小……"

"婆婆这一席话提醒了我那死鬼男人。到了夜里，死鬼男人非逼我说，我是咋活过来的。等我被逼不过说出实情后，一直躲在外面偷听的婆婆掀开门帘进来了。婆婆不相信，他们把你的衣裳都脱了，你还说没祸害你，谁信啊？"

"我也知道，我就是身上长一百张嘴也说不清。"

"我那死鬼男人也不张扬，只在被窝里拧我、掐我。我身上青一块紫一块的，没个完整的地方。夏天里，多热的天我都不敢穿短袖汗衫。"

"好在第二年就是粮食关，吃都吃不饱，我那死鬼男人才顾不上拧我掐我了。那时候，人人都在吃野菜、啃树皮。兰兰才三岁，我身上哪还有奶水喂她？我从饲养室里偷了一小把豆子，藏在裤兜里带回了家。"

"别看我那死鬼男人在屋里怪横的，在外面胆子小着哩。他不敢偷，又不忍让兰兰饿着，隔个三天五天便让我再去饲养室弄点豆子回来。为了藏豆子，我还专门在裤衩上缝了个兜，就跟现在裤衩上的钱袋一样。"

"后来，还是被队长发现了。半夜里我们正在煮豆子的时候队长闯了进来。我那死鬼男人跟他娘一道跪到地上，求队长高抬贵手。队长看了看我，没说话，走了。"

"要不是队长，我们一家都得饿死。至少，兰兰撑不过粮食关。"

讲到这儿，王婶停了下来，身子转向我："闺女，你是不是想问，队长咋就这样饶了我们？"

"出了这么大的事，队长哪能轻易饶了我？有次我放工回来，从饲养室门前过，队长在里头向我招手。我一进门，队长就把我摁到草地上。男人还不就是那点出息？我本不想从，可队长天天吃的啥？力气大着哩。我饿昏了，一点儿反抗的力气也没有。打那以后，队长隔三差五就把我叫到饲养室里去一次，在牲口堆里要我。完了，再朝我裤衩里塞一把豆子。"

"我那死鬼男人知道我和队长睡了，婆婆也心知肚明。要不然，那些救命的豆子哪能这么容易带回来？一有机会，我那死鬼男人就哄我去饲养室。一家人的性命都系在我身上哩。他不打我了，也不敢打了，怕队长看见我身上的伤。"

"也真是怪了，那么难的日子都挺过来了，过罢粮食关我那死鬼男人却死了。也是饿死的，嘴里咽不下东西。现在想来，可能是食道癌。真是报应啊！他死了，我婆婆还是不敢吵骂我，队长罩着我哩。"

"我吸取了从前的教训，王婶讲的时候我一直没插话，怕干扰她。其实，我有好多疑问，比如，怎么没见过王婶的女儿兰兰来看她，赵运动人都死了哪来的小强他爸……我不急，等着王婶讲完。"

"好日子没过上几年，运动又开始了。上面派了工作队在村里住着，发动群众揭发干部的作风问题。我婆婆第一个站出来，揭发队长，说队长和我有不正当男女关系。还说他儿子的死，就是我们这对奸夫淫妇捣的鬼。"

"其实，队长跟队里的好多女人都有关系，队里老老少少男男女女都清楚，谁去揭自己的疮疤？工作队正愁工作没进展，我婆婆一揭发，他们就免了队长的职务，交由群众监督。工作队当然也走访了群众，落实了我那死鬼男人的死因，确定他是病死的，跟外人没任何关系。"

"没想到，运动越来越厉害。我婆婆热情最高，说我小时候就风骚，千人日万人骑。反正她儿子死了，她也不讲啥脸面了。我只有打碎牙齿往肚里吞，咋跟人家说？总不能说，我没有破身，日本人没祸害过我。这不是此地无银三百两吗？"

"队长老婆喝药了，不知道是因为自家男人在外面偷人还是因为队长被打折了腿。几个男人摁住她，往她嘴里灌粪水。咱王畈，喝药都是这样治，说是以毒攻毒，想让她把毒药吐出来。不敢朝街上抬，太远，怕抬不到街上就不中了。那天，我也去看了。我老是忘不了队长老婆在地上挣扎，一圈人朝她嘴里灌粪水的场景。回来晚饭我都吃不下去，恶心人啊。"

"队长老婆死了，队长又躺在床上。我脖子上挂着双破鞋，头发也被剪成了阴阳头。晚上回家，对着镜子一照，我咋还有脸见人啊。"

"我又去了后园小树林。小树林跟我的娘家一样，我有啥难处，都想去那儿坐坐。那天晚上我不光是去坐坐，我是真不想活了。小树林的树已经不小了，歪歪扭扭地都成材了。我破着嗓子哭一阵后，也不想活了。死了好，一了百了，再也不被人家羞辱了。定了要死的心，我解下腰带，挂到树杈上。反正我不想喝药，不想让几个大男人摁在地上朝我嘴里灌茅坑里的粪水。可没有凳子，咋把自己挂上去？我只好折回去拿凳子。兰兰正坐在当门写作业，她八岁了，上一年级。见我眼泪巴巴的，兰兰贴上来：'妈，班里同学骂我是小破鞋我都没哭，你咋哭了？'"

"我忍不住啊，眼泪哗哗地流得更厉害了。看到我哭，兰兰的泪也下来了。但兰兰自始至终都没有哭出声来，兰兰只是默默地陪着我掉眼泪。那孩子，打小就比我坚强。"

不用说，看到兰兰，王婶肯定是再次打消了要死的念头。也是，做母亲的，谁忍心撇下未成年的女儿一个人无助地活在人世上？趁着王婶暂停的时候，我拉灯下床方便。回来的时候，我发现王婶的眼睛潮潮的，但没有眼泪。王婶说："老了，眼泪早哭干了。"

我违心地催促王婶："睡吧，睡吧。不敢再问她什么，怕撩起她更伤心的事。"

"兰兰啊，救了我两次。没有兰兰，哪有今天这个家啊？"王婶用袖子抹了一下眼睛，自言自语地说。"睡吧。看满天的星星，明儿个，还是晴天。"

6

再回王畈，我还是捎了很多东西回去。父亲照例在车还没停稳的时候就回来了，等着帮我朝屋里搬东西。父亲的药，父亲的大衣，嫂子的鸭绒袄，侄子侄女的书、牛奶……还有一个大包，是给王婶的。一个电热毯，一个对襟袄，一套秋衣，一双棉鞋。父亲看了，脸木木的。一个邻居，差不多就行了。好在，晚上王婶来的时候父亲并没有给人家脸色。这一周，我一直在想王婶，风风雨雨过来，真不容易啊。

看到那些东西，王婶脸上的褶子又咧开了。坐在沙发上，王婶有点儿心不在焉，隔一会儿就要站起来转悠转悠。不像前儿次，一来就坐到沙发上或床上说话。后来，她不转悠了，看着我："要不，我先把东西送回去？搁这儿，碍事绊脚的。"

从自己家回来，王婶定下心，学我的样子也坐到被窝里。我熄灭灯，问王婶："您还没说您的大名呢。"

王婶想了一会儿，好像不想说，勉强地吐出几个字音。明显，有讨好我的成分。

我没听清，又问了一遍。

"王丹凤。"王婶嗫嚅着，又重复了一遍。

要说，我也不是没听清，是不太相信。确切地说，是觉得不可思议，好像笨口拙舌的菜农突然现身电视屏幕做起了主持人。我也嗫嚅道："王婶，你的名字很文化啊。"

王婶说："咋不文化呢，人家电影明星也是这个名字。"

电影明星王丹凤我知道，她号称内在的芳心与外表的姿容完美统一，名如其人。我有点阴暗地问："你这名字，谁取的啊？"

"一个先生。我娘说，我那时刚满月。"说到这儿，王婶精神劲儿又上来了。

我算了算，那个时候，电影明星王丹凤还没出名。王婶叹了口气，叫啥还不都一样？我那死鬼走了，队长也走了，再不会有人叫这个名字了。

"王丹凤！"我突然恶作剧似的大叫一声。

王婶一惊，怔住了。父亲在隔壁喊起来："半夜了，闹啥啊？还不睡！"

我压低声音，学着男人的腔调又叫了声："丹凤。"

王婶心领神会，和我笑成一团。这会儿，王婶跟我父亲没两样，也成老小孩了。

笑够了，王婶又讲了件有关她名字的事。"前年，孙女儿从南方回来，带了好多画，说上面都是明星、美女。趁着没人，我问孙女儿那里头有没有王丹凤。孙女儿头都没抬：'王丹凤？没有。'倒是有个叫王珞丹的。过年那天，小强媳妇房里贴满了，孙女儿给我屋里也贴了几张，说是免得墙上掉灰落到床上。完了，还一张一张地给我介绍，这是香港的谁谁谁，这是台湾的谁谁谁，这是日本的谁谁谁……我截住她，让她把日本人的那张撕下来。孙女儿奇怪：'奶，人家日本的怎么你了？'我心想：怎么我了？他们闹得我一辈子都不得安宁！画上的人穿多穿少我管不着，就是这日本人不能挂我屋里。闺女你想想，一个日本人见天守在我身边我能睡得下？"

我说："是啊，她那么小，哪能知道您那一段经历。王婶，怎么从没见过兰兰来看您啊？"

王婶说："兰兰啊，只有我去看她了。闺女，你是发大水那年的吧？"

我说，"是啊，68年"。母亲生前跟我说过无数次，淮河水漫了，河湾的村子都淹了。她抱着还不到半岁的我，跑水。母亲总是感慨水大，说水消后，树梢上都挂满了水草。

"小强他爸也是那一年生的。"王婶说。

这我知道，小时候，有好几年我们都是同班，上学一起走，放学一块儿回。后来大了，男女生不说话了，才分开。但我不明白的是，王婶男人死了，哪来的小强他爸？

王婶好像知道我有疑问。"小强他爸不是我那死鬼男人的，队长才是他亲爹。这事，也没啥好瞒的，老一茬的，哪个不知道？那几年，也就队长一直对我好。弄到好吃的，队长总是想着我，偷偷带给我。怕我自己不舍得吃，非要当面看着我吃下去。我活了这么多年，除了爹娘，还从来没人对我这么好过。不瞒你说，跟死鬼做那事我都没有高兴过。后来和队长好上了，才体会到做女人的好。你不知道，队长才像一个女人，捧着我的身子跟捧着瓷碗一样，生怕一不小心弄碎了，弄疼了我。咋说呢，是队长让我明白了我是个女人，有人疼有人想的女人。"

王婶扭头看看我。黑暗中，当然看不出什么。王婶这是不好意思哩。我鼓励她："王婶，女人遇到一个好男人不容易啊。"

"也是。我不懂啥爱不爱的，那都是城里人的作派，听着让人腻歪。我就知道，队长待我好，队长把我当人看。队长撤职不长，运动就罢了。咱农村，运动一罢谁还是谁，没有啥高低之分。反正队长老婆也死了，我也没男人了，我就寻思着跟队长一家算了。队长也愿意，可人家儿女不同意。没办法，我们只好暗里相好。"

"婆婆呢，也是没办法，都是她逼的。这个死老婆子，谁让她断了我的后路呢。我也没想到都快四十了还能怀上孕。肚子慢慢地显了，瞒不住了，老太婆又开始骂我。啥难听她骂啥，骂得多了，我也麻木了。"

"再后来，就是发大水。刚开始下大雨那会儿，队里派人一天去河边看几次。水越涨越高，真的要发水了。正巧，我也赶在那儿天生。人家都忙着跑水，把东西朝东头运，把老人小孩朝东头转移。东头高，是咱王畈最高的地方。我就是那个时候肚子开始疼的。队长那时候已经偏瘫了，早被儿女们抬到东头了。谁还会顾我？我挺着个大肚子，谁都怕。咱王畈如今还是这风俗，月子里的女人不能进人家的屋，晦气。死老婆子巴不得我被大水冲走，早领着她孙女跑了。"

"兰兰走了也好，我哪还有心思顾她啊。就这样，我一个人生下了小强他爸。好在，咱不是头次生，人家生孩子我还帮着打过下手，知道该咋弄。孩子生下来，我自己剪断脐带，包好。喝了半锅面条，才算有了点力气。出了门，看不到人影，西头的人早走光了。西坡看不到庄稼，都是水，明晃晃的，眼看着就进了庄子。"

"到了东头，才见到人。有人坐在树杈上，有人骑在墙头上，老弱病残都坐在地上。我也坐在地上，离人家远远的。没办法，这么大的水，我能躲到哪儿去？没多长时间水就上来了，就在我们脚底下。被水泡发了的尸体，就在不远的水里浮着。我心想，坏了，我这样拖着孩子，水上来肯定也是这样。"

王婶也好，我母亲也好，都有点夸大其词。关于那次水灾，县志上没提到有人员死亡：1968年7月12日至15日，全县普降大雨，降雨量420毫米，皮店、陡沟、铜钟、闾河、大林、王勿桥6公社达500毫米以上。淮、闾漫溢。淮河两岸行洪6.5公里，沿岸100个村庄被淹没。倒塌房屋41766间，损失粮食280万公斤，伤40人，牲畜119头，作物受灾面积81.8万亩，有26万亩绝收。

"没几天，水就消下去了。房子都是土墙，水一浸就散了，随时都可能倒塌。夜里，隔不了多久就能听到轰的一声，谁的墙塌了。几天下来，王畈的房子倒了近一半。婆婆带着兰兰住在瓜棚里，不敢进屋。我不怕，我搂上小强他爸住进屋里。我这命也不值钱，死了也就算了，总比天天担惊受怕强。也该我们命大，我们家的老房子到老都没倒。"

"孩子满了月，婆婆又把我撵了出去。小强他爸是"杂种"，不是他们赵家的人。我只好住到人家搬走后空下来的棚子里。夏天还好，冬天咋住？我们娘儿俩都冻得缩着膀子。"

"好不容易熬到第二年，小强他爸也大了，日子稍微好过了一些。

就在这个时候，兰兰又淹死了。"

我问："兰兰怕是十多岁了吧，怎么会淹死了呢？"

王婶没有动弹，眼睛还是看着黑漆漆的前方，一副旁若无人的样子。"是的，兰兰那年恰好十三岁。我老是想，这也是命啊，咋那么巧呢，我碰到日本人的时候是十三岁，兰兰淹死的时候也是十三岁。你说，这算不算轮回？"

"还有更巧的，我们娘儿俩都是红薯惹的祸。下着小雨，我那老不死的婆婆非要让孩子去刨一篮子红薯。可能是路滑，兰兰被河水冲走了。找到她的时候人已经泡得变了样，我都不敢认。"

"我找人放了两棵树，想做口薄棺材，把兰兰埋在我那死鬼男人身边。婆婆坚决不同意，说兰兰还不到十四岁，还没成人，随便拿个席片一裹，扔到野地就中。我没听她的。来王畈这么多年，我这是第一次公开跟她作对。兰兰是我闺女，也是我那死鬼的闺女，凭啥不让她埋进赵家的祖坟里？"

"埋兰兰的时候，我给我那死鬼也洒了几杯酒，顺便还给旁边所有的坟头都烧了几页纸。我怕兰兰小，到了那边受人家欺负。"

"那两天，一想到兰兰我就没完没了地哭，嗓子都哭哑了。兰兰就是当年的我啊，我哭兰兰，其实也是哭自己。当年我不忍撇下哥一个人，可谁又惦念我们孤儿寡母呢？我的命真苦啊。兰兰眼看着就大了，能帮我了，冷不防就淹死了。老天爷是真不想让我活了啊。我又想死，我的亲人都在那边，我活着还有啥意思？"

"王丹凤，你这是第三次死了吧？"我挤出笑，努力地想把气氛搞得欢畅些。

王婶没笑："第三次？要是真死的话，我都死过几十回了。父母死，日本人的祸害，人家的闲言碎语，男人的打，婆婆的咒骂，怀小强他爸时人家背后的指指点点……你说，得死多少回？我记不住是第几回，反正我知道这是最后一回。"

"我拿起绳子正准备去后园呢，小强他爸爬过来要吃奶。我望着我儿，心又软了。我儿还小呢，等到他会走了，会说话了，我再走……"

听到这儿，我并没有为王婶难过，反而笑了。我没有为自己的笑不好意思，黑夜里，王婶也看不到。王婶也真是，走哪儿去？现在还不是好好地活着。我问王婶，"家里这个样子，你怎么不再走一家啊？"

王婶叹口气说："咱乡下，哪兴这个啊。那年，在城里拉菜筐倒是有人给我介绍过一个。你知道拉菜筐吧？"

我怎么会不知道？好歹我也是王畈出来的人啊。我们王畈一半田一半地，地是好地，是园子，最适宜种菜。有种就有卖，因此，家家户户也都会卖菜。时间长了，有人发现卖菜跟种菜一样，也能当成一门营生，就不种了，批量买了人家的菜再去零卖。王畈把这活叫拉菜筐。拉菜筐轻闲不假，得会算，得能抠秤，一分一厘地抠，抠得紧才能有钱赚。

王婶说："那一年，我都50多了。别说50，就是60岁咱也得出来拼一把，儿子得成家啊。就这样，我进城了。时间长了，人熟了，我也有了固定的下家，给一个学校送菜。那个学校的总务热心，想做好事，说他们学校有一个合适的男人，问我愿不愿意再组建一个家庭。我心想，既然男方是人家学校的，肯定也是公家人，公家人还能稀罕咱这样拖个油瓶的？人家总务多聪明的人啊，早看出了咱的担心，说：没事儿，你的情况我都跟男方说了，人家中意。我不相信，怕总务没告诉人家我还有个未办事的小子。总务说，你放心，都说了。我想，也好，人家不嫌弃咱，咱后半辈子也算有了依靠。"

"再送菜的时候，总务专门安排我们俩见了面。男人穿了一身白大褂，可能是学校的啥实验老师。咱也不懂，也没敢瞎问，怕人家笑。"

"男人的意思是，老头老婆的，简简单单搬到一起就算成了。我也没说啥，咱还有个儿子要让人家费心操办呢。我把被子衣服搬到学校去的那天中午，男人穿上白大褂又要出去。我问他：都晌午了，学生也放学了，你咋还穿白大褂出去呢？男人说，食堂里顾不过来，请不了假，我还得去卖饭。"

"搞了半天，那老头也跟我一样，只是学校食堂里的帮工。你说你一个打工的，老穿件白大褂干吗啊？不用说，这事就黄了。你想想，连他自己都是吃了上顿不知道下顿在哪儿的人，搭到一起过不更难？"

"要说，这事也怪我，人家公家人能是傻子？打这以后，咱就断了再组建一个家庭的念想。"

7

回城第三天，哥就给我打电话，"坏了，咱爸知道他的病了。"

我问："嫂子说的？"每次哥这样说，我都会怀疑是嫂子报的信。知道父亲患癌症的只有四个人，我老公、我、哥、嫂，连两家的孩子们都不知晓。这伤天害理的事，当然不可能是我们刘家人做下的。

哥说："哪呀，你侄女说的。你赶紧回来吧，咱爸不吃不喝的，咋办？"

我满心疑惑。给儿子留了张字条：白吉馍在微波炉里，加热两分钟即可食用。妈有事，回去看你姥爷。

回到王畈，正赶上午饭。听到车响，小强媳妇领着小孩出来看热闹，脚上套的是我上次带给王婶的那双棉鞋。不用说，电热毯王婶也未必能用得上。谁能说小强媳妇这算虐待老人？人家并没有短王婶吃穿。

父亲也不是不吃不喝，只是看起来有些倦怠，胃口很不好，勉强吃了一点。吃过饭，我问："爸，你怎么了？看着没以前精神好了。"

父亲说："那是，我都快死的人了，精神能好得了？"

"什么啊，好好的怎么说这败兴话？"我瞥了一眼哥嫂，他们低下头，跟王婶挨吵的时候一个模样。

父亲说："别瞒了，我都知道了，癌症。"

父亲并没老糊涂，他感觉不对劲，怕我们糊弄他，哄着小侄女看他的诊断书。小侄女刚上初一，正是好为人师的时候。一看那上面有英文cancer，更来劲。掏出新买的英语字典，很容易就查到那个词的汉语意思。

我们倒忽略了这一点。当初还一再叮嘱医生，别让老爷子在诊断书上看出了端倪。人家也是经常做这活，诊断书上就用了英文。一个老头，还能懂英文？

我提前准备了一大堆治愈癌症的病例，不知道父亲有没有听进去。天一黑，王婶照例又来了。日光灯把屋里照得亮堂堂的，王婶的精神也亮堂堂的，她也加入劝慰父亲的行列。"我不也是癌？四年了吧，活得欢实着哩。怕啥？"说着，王婶还夸张地舞了一下腿脚。收脚的时候不太稳，差一点跌倒，惹得一屋人都笑。

我趁机说："爸，你还真得学学人家王婶。人家比你大，也比你患病早，现在不比谁精神？"

王婶说："年轻的时候，真是傻，动不动就要寻死觅活。老了，还真不想死了。"

我站起来，熄灭客厅里的日光灯。

哥嫂都纳闷，"关灯干吗啊，黑灯瞎火的。"

他们哪知道王婶的习惯。我说，"听王婶讲，不用要灯。"

王婶说，"有啥好讲的？一个要死的聋婆子。"

我鼓励她："王婶，你就接着前天的说。"

王婶还真不习惯。"说啥哩？这么多人。"

"讲吧王婶，都是自己人。"我一上心，嫂子也跟在后面起劲。她心虚，怕我因侄女的无知而责怪他们。

"上次说到哪儿了？对了，兰兰走了，我又挺过来一次。王畈这前十几年，我的日子过得跟小王楼没两样，提心吊胆的。直到小强他爸大了，王畈才不像小王楼了。"

屋里只有王婶说话的声音，静悄悄的。但我知道，王婶这番话他们都听不明白。翻译过来就是，王婶嫁到王畈后，日子过得并不比在小王楼时强多少。直到小强他爸大了，小王楼在王婶心里留下的阴霾才散去。

王婶清了下嗓子，听众太多，她不习惯。"后来，就分田地了。我这辈子，赶上了两次分田地。第一次叫'土改'吧，我抢着来跟我那死鬼男人成家。这一次，不叫土改了，叫联产承包。婆婆死几年了，跟老队长同一年死的，王畈只剩下我们娘儿俩了。我还不算老，种两个人的地还中。眼看着小强他爸也大了，该成家了，我们家还啥都没有，哪个女子愿意嫁过来啊。"

"我琢磨着，得挣点外快，没有外快，家里富不起来。人家出去干活的都是年轻人，盖房子、搬运。我一个老太婆，出去能做啥？想来想去的，只有进城拉菜筐。"

"干了几年，总算攒了点钱。娶媳妇还不够，我就寻思着去找我哥再借点。"

"离开小王楼这么多年，我这是第二次回娘家。爹不在了，娘也不在了，娘家在哪？别说日子过得不顺当，就是顺当了，小王楼扯着我的神经，躲都躲不及，哪还有回娘家的心思？路上，我买了一兜苹果，哥嫂就不说了，还有下一辈侄子侄女呢。"

"我哥的日子还好，三个孩子早另立门户了，孙儿孙女都几个了。我哥并没有想象中的热络，我心里就有点凉。一个小孩从外边跑回来，见了我，愣了愣。亲戚走动少，生分。我哥也是，冷着脸说，你姑奶。

孩子拿眼睛瞅了瞅我，还是没叫出声。我没趣，就把网兜里的苹果一个一个朝外掏，放到桌子上。几个苹果骨碌碌地在桌面上滚几下，又停住了。桌子很大，苹果显得孤零零的，分散着。买少了，我自己看着都不好意思。"

"从头到尾，我都没好意思提借钱的事。临上车时，我哥撵上来，偷偷地塞了两百块钱给我。钱不多，可我心里总算有了暖意。回来后，我还是没敢跟小强他爸说我回小王楼了。孩子的心，贪着哩。"

"钱凑齐了，儿媳妇也娶进门了，我跟郭女子处得还不错。过了几年，又添了两口人，两个孙子。你都看到了，大强小强……"

"那时候，你还没聋吧？"我故意挠了一下王婶的痒处。王婶朝我会心地一笑："闺女，别捣乱，容我讲完。说到哪儿了？"

嫂子提醒她："您又添了两个孙子，大强小强。"

"对，两个孙子，大强小强。"王婶接上来。

王婶自觉气短，顿了顿，脸转向我父亲那边。"他兄弟我就不说了，这些小辈们，恐怕也早就知道我们小强他爸的出身吧？"

王婶并没有期待哥嫂有什么反应，接着朝下讲。"一个村里住着，家长里短的，哪个不晓得？唉，不说这些丢人的事了。不管咋说吧，小强他爸还是姓赵——赵家也算人头旺起来了。前年，我哥也不知道从哪儿听说我得了癌症，还专门租了辆车，来看我。其实，我早就有我哥家的电话号码了。那七个数，我心里烂熟着哩。可我一次都没打过，见面都没啥话说，电话里能说啥？每天晚上我都在心里翻来覆去地拨弄那几个号码，就当是和娘家人说说话。兴许是以为我日子不多了，我哥带了很多包装耀眼的盒子来看我，奶粉、蛋糕、蜂王浆……都是老年人的补品。我哥把一家老小都带来了，不管咋说，这是我娘家人第一次集体来看我，笑还笑不过来呢，我却哭了。我都几十年没哭过了啊。"

"按说，我这辈子也算圆满了。要搁我以前的脾性，再遇个是是非非的，也没啥牵挂了，早死儿百遭了。可人就是奇怪，越是这样还越想活下去。看到比我小的人死了，尤其是妇女，可怜地躺在那儿，任谁都哭不过来，我就觉得还是活着好。想想过去，咋动不动就不想活了呢？真是，真是……”

王婶双手绞在一起，找不到合适的词儿。我知道她想表达的意思是矫情，不过，这次我没替她说出来。

"年轻的时候真有意思，老是寻死觅活的，连拿不出钱送礼凑份子都要哭上一阵子，觉得活不下去了。唉，傻啊。现在好了，再也不想死了。好好地活着，再难也得好好地活着。能有多难？这日子，还真是越过越喜庆。只要低下头，多坑洼的路都摔不倒。人啊，得学会低头，低了头，再矮再狭的门也能过去。"

我朝父亲那儿看了看，黑暗中什么也看不到。我想，这应该是王婶给父亲上的活生生的一课吧。从一个作家的角度来看，王婶这个晚上的讲述并不多出色。但是，对于目前父亲的状况来说，王婶今天讲得太有针对性了。不知道父亲有没有受到感染。

8

转眼过了春节，父亲的情绪还是时好时坏。医生说，癌症病人生命延续的时间长短，很大程度上在于病人的心理状态，而不在用药上。我预感到，父亲的情况不妙。

就像春联上写的一样，出了正月，应该是三阳开泰，阳光明媚。可冬天好像一个曾经掌过实权的小官僚，该退休了还迟迟不愿让出自己手中的权力。早晨起来，天又落了一场小雪，地上不明不白地糊了一层薄薄的白。我看到手机里显示的是哥的电话，就有一种不祥的预感。这么早，能有什么好事？

果然，父亲走了。

父亲走得太突然，让人措手不及。我们匆匆赶回去，和哥嫂商量，不对外公布父亲的死因。父亲这样做，让我们这些晚辈脸上无光啊。

王畈的风俗是，非自然死亡的人，都不能进堂屋，最多放在偏屋，或者当院里。没人做哥嫂的思想工作，他们自愿把父亲的灵堂设在堂屋。对于父亲的死，他们自责得不得了，一是侄女把病情透露给了父亲，二是父亲服了哥从镇上买回的老鼠药。我安慰他们，爸这种心态，就是没有老鼠药也挡不住他采取其他的极端措施。

这几夜，我一直在为父亲守灵。守灵，从某种意义上说，也是一种修行。我最近在电脑上看了《非诚勿扰2》，特别喜欢其中的一句台词：活着，是一种修行。在当今这个讲究快速、高效的社会，我们很少有时间停下脚步好好反省。好在死者为上，丧礼中还有守灵这样的环节，我们因此有时间停下自己匆匆忙忙的脚步，缅怀亲人，反思自己。比如父亲这一生，理想和现实的界线太模糊，活得痛苦、挣扎。而王婶，恰恰相反，她一生都把理想和现实分得清清楚楚，自我，随遇而安。先前的王婶和父亲一样，混淆了理想和现实，动辄寻死觅活。然而，王婶最终被生活感化，修行渐趋圆满。

办完丧事，我和我哥去跟来帮过忙的左邻右舍致谢。大家不免跟着唏嘘几声。我哥信口道："我爸早有预谋的，说是正月打雷不好，肯定要出事……"

我打断哥的话："是预感，不是预谋！乱用词！"

嫂子赶紧帮哥改口："对，是预感不是预谋。没上过几年学你还装文化人！"

我真担心哥一不小心把父亲自杀的真相给透出来。我挤出一丝笑意，缓下声调和邻居们继续拉扯。医生还说，我爸这样子，能再活十年呢。

原本是句虚话，小强媳妇却接过去，"可别听那些狗屁医生的！我们家聋婆子还不是明证啊？说是还有三四年的光景，这都几年了？四年多了，不比谁欢实？！"

王婶就站在一边，脸上并不见什么难堪的表情。"我就是要好好活着。我好好的，总不能喝药上吊啊？死了倒好，死不了让人笑不算，还受不尽的罪。那一年，二毛（队长老婆）被人摁在地上灌粪水，啥时候想起来还想吐。还有上吊的周女子，脸憋得乌紫，舌头伸得长长的……我不能就这么死了，我还等着替小强抱孙子哩。"

冬日的阳光，懒洋洋地照在人身上，人也显得慵懒、放松。这个名叫王丹凤的老人，习惯了黑暗，同时也习惯了光明。她脆弱敏感，同时也坚硬如铁。

嫂子在我身边赞叹："嘀，还别说，看咱王婶这身子骨，这精气神，兴许真能活一百岁呢。"

王婶却不屑嫂子的讨好："喊，你就识一百个数啊？"

一院子人都笑了。我比谁都相信，耳不聋眼不花的王丹凤，肯定能活到一百岁。甚至，更高。

老　铁

上　部

代云出门那天，老铁比平时起床更早。天刚蒙蒙亮，老铁肩上背着铁锨，铁锨的另一头勾着粪筐，出门拾粪。悠一圈回来，粪筐里积了半筐猪屎粪、牛屎粪、狗屎粪。今儿个赶肖王，卖蒜薹，顺带还有十几把韭菜。蒜薹和韭菜昨晚已经收拾好，老铁又朝上面洒了点水。隔夜的青菜不能缺水，一缺水就显蔫。天蒙蒙亮，还早。老铁闲不住，想趁此机会再扫扫院子。找遍院子，也没见扫帚。这活儿本来属于老婆，老铁只管洗脸吃饭赶集。

早饭好弄，昨晚待客剩下的饭菜热一下就好了。嫁闺女不同于娶媳妇，娶媳妇是家里添人，自然欢天喜地，嫁闺女要冷清得多。代云又不长脸，老铁觉得没脸见人，头天晚上就把客待了。老铁平时话就不多，酒桌上更像闷葫芦，神色黯然不说，还存着一肚子的怨气。酒席吃得不冷不热的。

老婆招呼他吃饭。老铁就坐在厨屋的柴草上，闷声不响地朝嘴里扒饭。老婆纳鞋的手停下来，惴惴地问："今儿个，还赶集？"

"废话，不赶集那么多蒜薹烂掉啊？"老铁其实有过犹豫，但在老婆面前却斩钉截铁。

吃完饭，老铁进了东屋。四个孩子都比平日起得早，正挤在西屋帮大姐代云拾掇。老铁进东屋的响动他们肯定都听到了，西屋里的声音马上就小了下去。老铁却巴不得他们跟平时一样闹，他想听听他们都在干啥。

东边红了，太阳就要出来了。老铁站在当院里，听到屋外的大路上有重重的脚步声。今儿个跟平日没啥两样，起得最早的都是挑担的。蒜薹不能久放，久了就干瘪，没卖相。老铁给自己定定心，挑起担子出了大门。

整个王畈的菜农没有不认识老铁的。王畈是菜队，家家都种菜。有种就有卖，赶集就成了王畈人农活之外的另一项工作。老铁又跟别人不一样，他卖完自己地里的菜，还兑别人的菜卖。老铁不缺力气，一百多斤的担子不歇气能挑几里地。老铁的身子像台机器，每天的程序就是赶集，陡沟背集赶皮店，皮店背集赶肖王，刮风下雨都挡不住。除了应季蔬菜，蒜、姜一年四季都有得卖。冬天春天卖蒜苗，夏初卖蒜薹，秋冬卖大蒜。姜呢，秋收罢，窖到井里，王畈人指望着它过年呢。

陡沟以外的集，老铁他们都称远集。到底有多远，老铁说不清楚。但经常赶集，老铁的两只脚倒是有感觉。赶陡沟歇一气，赶肖王或皮店得歇三气。肖王其实不远，因为隔了淮河，船上船下一倒腾，就比赶其他集费劲。尤其是冬天，天寒地冻的，船又到不了岸，两头都得蹚水。赶肖王的人因此少得多，肖王的菜就比周边集上稍稍高了那么一点点。老铁也知道累，也怕冷，可老铁更清楚，兜里有货腰才能硬起来。

下船的时候，老铁跟跄了一下，差点跌到河里。西岸比东岸高，翻过码头，王畈就再也看不见了。老铁到底没忍住，两行眼泪落下来。别说是个大活人，就是养了几年的狗走了也让人伤心啊。

时辰快到了，李魁还没来。老铁后悔了，今儿个不该赶这个集。李魁昨晚喝多了，生气了，借机把桌子掀翻了。李魁和老铁是连襟，吃饭前定好让李魁今儿个背代云上车。王畈这里，闺女换上新娘妆，穿上新鞋，脚就不能再踏娘家的地了。老铁他们家在王畈孤门寡户，背新娘的也只有李魁。代阳虽然更合适，可他毕竟只有12岁，背不动他姐。

李魁昨晚借酒闹事，说老铁给他难堪。农村都是这样，借一场酒席，翻陈年旧账。李魁年长，老铁每年都让代阳先去给他姨父拜年。轮到李魁的儿子来回年，老铁一般都会打发三块钱的压岁钱。去年老铁突发奇想，觉得这事不能都一样，人家给两块你也给两块有点像还债。老铁狠狠心，一下子给了五块。老铁的意思是，李魁在王畈户族大，将来还少不了人家的帮衬。不成想，倒惹出祸来。

没走多远，老铁就想停下歇气。老铁心里有些乱，耳朵里好像有鞭炮声，细听，又不像。老铁的脚步没有平日稳，也没有平日急，甚至有些迟滞。衣服汗湿了，黏在身上，老铁索性脱下它，搭在扁担上。衣服是老婆自己缝的，仿公家人身上的中山装。老婆手拙，仿得不伦不类，穿在身上倒也能看出中山装的样子来。老铁没有换洗的衣服，一年四季都穿它，冬天罩袄，春夏秋单穿。老婆说，等蒜薹季过去，再给他做件的确凉褂子，赶集凉快。老铁不稀罕，一个干活的，天一热还穿什么褂子？光着膀子畅快，还省衣服。光着膀子的老铁，身上全是紧绷绷的肌肉，黑亮黑亮的，像磨得发光的铁。这一路，老铁一直警惕着。王畈那个方向，隔了河、隔了岸、隔了葱郁的树，啥也看不到。二喜那个人肯定不急，熟了的鸭子还能飞了？老铁隐约听老婆说过，那边好像是三喜来接，借了辆自行车。老铁还是悻悻的，觉得便宜了二喜。架子车、自行车倒无所谓，二喜若是家底好，步行过去也没啥，一个村东一个村西，还能误了晌午饭？老铁老婆就是走来的，一前一后两个姑娘陪送，老婆穿着大红袄走中间。今儿个这么热，大闺女还穿红袄？

老铁浑浑噩噩地赶到肖王，集上人已经开始退了。这个时辰，对于赶集卖菜的人来说确实有点晚。韭菜还好，路上老铁又洒了次水，还青绿青绿的。蒜薹就不行了，一照日头，蔫相就出来了。开始老铁还端着，死咬着上集的价。熬到日头上了头顶，集上只剩几个卖菜的守在那儿了，老铁才慌。可是，价钱却越压越低，这个时候来买菜的，分明是想捡便宜。旁边也有卖菜的劝他，贱卖了算了，大热的天，再挑回去，划不来。

算下来，一斤少卖2分钱，两筐就是小两块。反正力气又不用钱买，挑回去，跟下午抽的蒜薹掺到一起，兑给那些收蒜薹的菜贩子就是了。

回去的路上，老铁还在想，代云咋这么贱呢？老铁原想着，三个闺女，要是能找到三个好女婿，自己也能直直腰了。可第一个就这样，家里弟兄仨，房子倒是有三间，一下雨就跟在外面一样，想找个干的地儿都难，还指望他帮衬丈人家？老铁这几个闺女，好像知道自己不受待见似的，偏偏生得一个比一个好看。代云老大，不光相貌在村里数一数二，屋里屋外的活计让老铁也省心不少。谁来说媒，老铁总打发老婆递话过去，闺女还小，再过两年。现在不同前几年了，干多干少都是自己的。老铁的意思是，老婆体弱多病，闺女留在家里也算一个好劳力。没想到，留出了这事。

第三天，闺女回门，老铁比平时回去得早。早晨走之前，老铁将头天在集上买的饼干、罐头还有苹果装进网兜里，让代阳早点去叫他姐。"叫"是王畈这儿的土话，"叫客"其实就是派人去请客人。未过门的媳妇去男方家过节得叫，出了门的闺女第一次回娘家也得去叫。

鸡肉的香味老远就能闻得到。院子里一地的鸡毛，还湿着，老婆肯定是把那个正下蛋的小母鸡杀了。代云还像以前在家一样，在厨屋帮她妈做饭。老铁还没进厨屋，就被里面的浓烟呛得连咳两声。

我大回来了。老铁不确定，这是闺女在跟自己打招呼还是闺女在跟她妈说话。老铁本来想进厨屋跟闺女说句话的，老婆却迎出来，接过他手里的猪肉。还有一条鱼，老铁怕臭了，半路上就杀了。

二喜从堂屋迎出来："大，你回来了？"

　　老铁下集回来的路上一直在想咋跟二喜打招呼。没想到，二喜那么自然地喊了他一声"大"。老铁傻了一样，低着头。"来了？喝水不？"人家毕竟是客，是新女婿。王畈这儿，客是女婿的专称。二喜这以后，就成了他老铁的客了。

　　两个月前，二喜找媒人来提亲，老铁恼羞成怒，把媒人提来的东西给扔了，疯了一样地骂："看他那熊样，罗锅腰，尻狗的腰，做梦吧？！"

　　媒人并不捡地上的东西，不急不恼地说："老铁，我只是个带话的，成不成，那是你们两家的事。"敢情，那时候媒人就知道代云肚子里有了二喜的种？

　　老铁对着媒人喊："做梦!我不能二十年给狗做一顿饭!"

　　那天晚上，代云跪在老铁床头："大，我们已经好了，你就……"

　　老铁说："好啥好，我明儿个重新给你找个比他好十倍的。"

　　老婆在那头用脚蹬老铁。老铁不明所以，心想："你蹬我也得说。就二喜那样，咋敢想当我的客？"

　　"大，我跟二喜已经……"

　　老铁一夜没睡。天亮的时候老铁想好了，睡了就睡了，让那王八蛋占个便宜吧，反正闺女不能嫁给那样的人家。嫁过去，以后还能有好日子？赶集之前，老铁劝闺女，他那家庭，你过去咋过？吃都吃不饱，别说住了。

　　代云怔在那儿，木木的。老铁估计，自己的话肯定触动了她。

　　老铁挑起花筐要走的时候，代云才在后面轻声说："大，我有了……"

　　那个上午，老铁老算错账。

　　回来老铁就松口了。难不成，让闺女大着肚子嫁人？王畈人还不笑话死!

那边也快，定物送过来，一块猪肉，外搭60块钱。这也算下定物？人家的意思明显着，王家的骨肉已经种到你老铁闺女的肚子里了，嫁不嫁，你老铁看吧。

老铁还记得自己那天的样子，像罢了集贱卖的菜，搭话就卖。老铁不伸手，人家也不急，轻轻地把钱放到桌上。连着两天老铁吃不下饭，该赶远集还是赶远集，两个花筐依然装得满满的。闺女的事，老铁空有力气，使不上。

二喜抢过老铁肩上的担子，挽好筐绳，将两个花筐撂到一起。到底是王畈人，这活做得轻车熟路。老铁的两个花筐平时都是他自己收拾，今天突然被一个外人代劳，老铁站在那儿左右都不是。

菜做了满满一桌，老铁想到上次自己对二喜的辱骂，心里宽慰自己，都是闺女喜欢吃的，关他二喜啥事。

饭后，老铁找了个机会跟闺女说："二喜要是乐意，以后跟我卖菜。"

这就等于收徒弟了。王畈哪个不知道老铁会卖菜？老铁一肚子的卖菜经得传给二喜，反正二喜也不是外人了。二喜罗锅腰不假，娶了自己的闺女后顺眼多了。要是一般人，老铁断不会让他跟着自己。不管人家承认不承认，老铁相信卖菜还是有技巧的。那些技巧，老铁不想让外人知道。这卖菜可不是三天两早晨的事，这辈子卖菜，下辈子可能还得卖。谁先掌握了其中的技巧，谁就能早一天致富，谁就能早一天发财。老铁的诀窍很多，第一是快。赶集赶集，赶的就是时间。晚了只能找个最外边的摊位，买菜的谁愿意舍近求远？再就是得有一张巧嘴，能说会道。别看老铁在家里不爱说话，可一到集市上，老铁就变得巧嘴簧舌起来，仿佛变了个人。再烂的菜，经他的嘴一夸，也成了整个菜市场的老一。比如卖豇豆，要是老铁的豇豆虫眼多，他会说：我这菜啊，一直没敢打药，吃着放心。我这双大手是捉不到那些虫子的，你不知道，我们家三个闺女的手捉虫都捉肿了。要是没虫眼呢，老铁也有话说：看我这豇豆，长得多顺溜啊。啥菜吃到嘴里先得讲个顺眼吧？歪瓜裂枣，你吃着也恶心啊。至于那小小的一杆秤，学问更大。老铁有几十种用秤的经验，比如快速朝秤盘里扔一把菜，即使不够斤两秤也会翘起来……

算账老铁也是能手。别看老铁没上过几天学，你要是拿卖菜的算术去考他，初中生也难比得上他。比如一毛钱七斤的萝卜，一斤多少钱？老铁因此笑过代星：你还没我一个农民算账快，干脆在家里跟我学算了，还省学费了。

再就是赶哪个集，那可不是瞎碰。王畈周边有五六个集，陡沟、皮店、兰青、肖王……逢单的逢双的都有。王畈归陡沟，老铁却很少赶陡沟。赶陡沟，得翻过一个坝。还有一个原因，赶陡沟的菜农太多，菜价上不去。老铁喜欢赶远集，赶远集的菜农少，菜能卖上个好价钱。

菜价没谱，今儿高了，明儿又低了，谁也猜不着。唯一可以比对的，就是上集的价。王畈人喜欢串门，相约着去赶同一个集，或者打听附近集上当天的行情。老铁不串门，他喜欢单打独斗。卖菜又不是打架，菜农一多菜价就贱了。老铁还发现一个规律，要是哪个集上的萝卜贵了，下集全村卖萝卜的都去赶那个集。老铁自己掌握着菜的波动规律，从不讲给外人听。要是有人来问，老铁甚至连当集的菜价都不愿跟人说。

王畈今年出了个万元户，广播里老是提他的名字。老铁觉得这样不好，露富不是好事，容易惹是非。前年种姜没挣到钱，瞎搭了工夫，老铁不服气，去年种得比以往哪一年都多。姜这玩意儿，金贵，得有人侍弄。老铁家不短劳力，不怕费工夫。正月里暖姜芽子，一开春就下种。苗长出来了，赶紧搭姜棚，生怕晒死了。打了霜，又开始收。姜大丰收，老铁比谁都高兴，因为别人家都缩小种植规模了。果然，从腊月开始，姜的价格就翘了起来，五毛，六毛，七毛三……老铁一年的收入就五千露头了。再加上这几年的积蓄，其实离万元户不远了。不过，家里到底有多少钱，老铁跟谁都瞒着。老婆不知道，四个孩子更不知道。钱反正都在家里藏着。老铁寻思着，如今二喜好歹成了自己的客，得好好带带他。二喜日子好过了闺女的日子不就好过了？

二喜第一次跟老铁，赶陡沟。二喜很少赶集卖菜，家里这活都是大喜做。大喜都三十一了，还没有说上媳妇。家里太穷，大喜比谁都急着脱贫，他指望着致富婆媳妇呢。大喜没想到，好吃懒做的二喜倒先开了花。到大坝这一段，二喜歇了六次。但二喜没敢喊累，毕竟第一次跟老铁赶集。老铁不急，很有耐心地等二喜缓过劲再翻大坝。他们起得比别人早，误不了卖菜。昨夜下了场小雨，大坝上有点滑，老铁让二喜在后面照护着，他先上。

坝很陡，五六米高，上面是水渠。五黄六月，把淮河水抽上来，引到各村浇灌插秧。上到坝顶，眼前豁然开朗。淮河像一条在风中飘摆的布幔，轻柔地把陡沟揽在怀里。陡沟就在坝那边，远处传来街市上热闹的人声。

老铁把两个筐从一前一后调到一左一右，稳稳步子，侧着身子开始翻坝。两只花筐跟在平地上一样，不摇不晃，跟在后面的二喜没派上用场。老铁那脚，奇大，借着肩上的重量，踏下去，就像两只吸盘，牢牢地黏到地上。每一步落下去都像钉子，稳稳地钉在坡上的平稳处。这下二喜相信了代云的话，她爹那双脚跟铁脚一样，大脚趾跷儿下，都能跷出声响。二喜空肩跟着，脚下偶有湿滑，赶紧收身停下。

轮到二喜，刚一上坝，两个花筐就开始悠荡。老铁在后面稳住一只花筐，让二喜再试。二喜侧着身子根本无法迈步，一只脚上去，另一脚却抬不起来。也不是没劲，是有劲用不到好处。老铁只好接过担子，自己上。

老铁其实不喜欢陡沟集，最重要的原因是，陡沟集上的人缺少人情味。喝口水倒是方便，提到你跟前来，井水冰凉，一分钱随便喝。要是搁王畈，别说喝口水，你就是吃顿饭谁好意思要钱？集上的小孩，仗势欺人，土匪一样。进了陡沟集，老铁恨不得两个花筐都摆在眼前。要不然，还没落脚筐里的菜就会丢了小半。那些孩子，手快得很，一眨眼，筐里的菜就到了他们怀里。要是看得紧了，实在下不了手，便抢。有时候，大人都上。

老铁走在前面，让二喜紧跟在后面。陡沟跟肖王、皮店都一样，菜市街是一条窄窄的路，两边摆摊位。老铁他们到得有点早，街上稀稀落落只有几个菜农，没见那些小孩。老铁筐里都是早萝卜，二喜筐里一半是小白菜一半是早萝卜。老铁帮着二喜把萝卜捡一筐，小白菜一筐。四个花筐摆好，早市就开始了。

二喜算是服了，还不到半晌，老铁的两筐萝卜就卖完了。二喜的小白菜倒是快，一筐萝卜却几乎没动。二喜急了，想落一分钱贱卖，老铁没让。老铁说："二喜，你记住，菜下得快慢不是价钱问题。以后赶集，你的菜要是没别人的卖相好，最好别跟人家挤在一起。你要是卖萝卜，最好挤在卖白菜的中间；卖白菜，就挤在卖豇豆的中间……"

回去的路上，老铁问："知道为啥我的萝卜卖得快你的萝卜卖不动吗？"

二喜说："大，人家都说你会卖菜。"

老铁说："不是会卖菜，我提早做了防备。我的萝卜也有黑头，昨晚洗萝卜的时候我专门用稻草搓了下。你明儿个试试，一搓，黑头就掉了。萝卜青亮亮的，谁不喜欢？"

霜降之后，王畈就闲了。该收的菜都收了，该窖的也都窖了。这是所有人都喜欢的季节，老年人坐在墙根下晒太阳，年轻人忙着相亲、结婚。整个十冬腊月，王畈只有蒜苗、冬萝卜和姜。老铁照旧带着女婿赶集，单单自己的菜卖不了几天，大多是兑别人的。赶集回来，老铁催老婆加紧给代月物色门亲事，别光顾纳鞋。

老婆嘟囔道："纳鞋不是正事？不纳鞋你光脚啊？老铁的脚大，他那一双鞋底要比人家的多费好多工夫。"老铁赶集又勤，穿鞋也费。除了上地、做饭，老婆一天到晚都在纳鞋。

老铁说："不想跟你打嘴上官司！先拣要紧的做。老铁没敢直说，有代云在前面，他怕代月重蹈覆辙。代月眼看就十八了，家里人手再紧也得先定下一门亲事。这孩子整天疯疯癫癫的，看起来心无城府，其实鬼点子比谁都多。当初代云那么肉都出事了，代月更得防着。肉是王畈的土话，就是反应慢，拖沓。"老铁还交代老婆，多看着点代月，没事少让她在外面跑。有了代云的教训，老铁再不敢掉以轻心。

每天赶集，二喜有些吃不消。碍于老铁的催促，二喜勉强坚持到了年关。这期间，二喜从家里分出来了。田地一分为三，二喜得一份，大喜、三喜跟父母得两份。之前亲家跟老铁聊过，大喜、三喜的事都还没办，想让二喜另立灶头。老铁一个岳丈能说啥？可内心里，他是一百个赞成。这样好，能逼二喜勤快起来。

刚出正月，代云就生产了。王家派三喜来报信："嫂子生了，男孩，双胞胎。小孩的衣服准备得不够，一家人连夜赶制，代月忙着做小鞋，老婆忙着缝棉被……"老铁掩不住脸上的喜气，看她们忙碌。虽说孩子姓王，好歹也是他姓代的外孙。

老铁、二喜老是在外面赶集，两个小孩代云顾不过来。好在两家住得近，代月没事就去姐姐家看看，帮姐姐抱抱孩子，做做饭。

满月酒是老铁办的。严格来说，是老铁出的钱。王家户族大，大大小小挤了一院子，三桌。老铁是听老婆回来讲的，老铁全家都去了，独独缺了老铁。老铁其实还是有些伤感的，热闹是人家姓王的，我去凑啥？

就在那天下午，村外稻场着火了。十几家的稻草垛都烧了，包括老铁家的。

警察到了老铁家，十三岁的代阳很快就交待了。他烧田埂上的草，不小心引着了稻草垛。警察作了笔录，告诫代阳这几天不要乱跑。老铁慌了神，赶紧往村长家跑。村里以前也出过纵火犯，是个地主，说是搞破坏，判了三年。代家就这一个男孩子，坐了牢，还有啥指望？

老铁去求王天柱。在生产队的时候，王天柱跟皇帝一样，敢骂任何人。除了队长这个头衔，还因为他是活着的王姓家族中辈分最高的。那些小姓人家，刘啊、李啊、张啊，前前后后都跟王姓有过姻亲关系，自然也是小辈。田地承包到户，大家各干各的，老铁再没跟村委打过交道。老铁卖他的菜，靠勤劳致富，用不着求谁。但老铁还是艳羡王天柱的，上坟磕头的时候，王家坟地里黑压压的一片，哪像他们代姓？形单影只的，只有两个男人。

王天柱的房子在村中心，青砖小瓦，独门独院。村里不少砖瓦房，但都是瓦接沿，砖砌屋基，满砖到顶的房子只有王天柱这一家。老铁推门，门从里面闩着。隔着门，老铁叫了声五叔。王天柱弟兄五个，他排行老五。再加上二喜管王天柱叫五爷，老铁比着叫五叔错不了。

没人应。

王天柱这宅子，并不见多高，走过来却像爬了一回大坝，让人直喘气。老铁想，可能是自己走累了，声音没发出来。

"五叔"，老铁粗着嗓子又叫了一声。这一声，顺畅多了。

"别脖儿"来开门，热情地把老铁让到屋里。王天柱就这一个后人，据说他妈生他的时候难产，脖子被医生扭着了，成了今天这个样子。

见到王天柱，老铁又恭敬地叫了声五叔。

王天柱好像没听到，正抠自己脚上的厚茧。

老铁说，"家里遇上难事了，只有五叔能帮上我。"

王天柱缓缓抬起头："我都知道了，公社对这事很重视，说是这几年少见的重大案件，指示派出所尽快查出纵火犯，严加处理。"公社早改镇了，老铁他们还是习惯叫公社。

老铁从怀里拿出一包钱，递给王天柱："五叔，还得你帮忙说道说道。"

王天柱说："开啥玩笑？这是法律，可不是儿戏，咋说道？"

老铁站在那里，哭丧着脸。

王天柱说："乡里乡亲的，我也不能见死不救。我明天去跟公社讲讲情，看能不能酌情处理。小孩嘛，小，不懂事，又不是故意的。"

"五叔，劳烦你今晚就去看看吧。"老铁眼泪都快出来了，他怕明天派出所就来抓人。

派出所没再来过王畈。老铁在王天柱的主持下，赔了各家的稻草钱。不多，还不到一千块。加上前几天被老鼠嚼碎的八百，老铁离万元户越来越远了。房梁上藏的两千块钱，被老鼠嚼了。老铁不敢声张，偷偷拿到银行换了一千二百块。剩下那八百，嚼得没个形了，换不了。

给代月下定物的头天晚上，老铁催促闺女打扮利亮点。代月问："谁啊？神神秘秘的。"

老铁说："谁？反正跟你姐比，你算掉进福窝了。"

男方是"别脖儿"，王天柱的儿子。虽说有点残疾，可人家毕竟是干部出身，家族也大，长远看，代家并不吃亏。

代月板起脸："我不同意！"

老铁还以为代月是不好意思，嘴上虚意推诿一下。姑娘家的，都这样，再满意的亲事，嘴上也要推拒一番。心底里，早乐开了花。

王天柱出手阔绰，定物是三大件，缝纫机、自行车、手表。老铁将自行车和缝纫机在堂屋摆好，指挥老婆把手表送到代月手上。老铁最为满意的是，王天柱还答应让代月再在娘家做一年活。

代月不声不响的，一直到那一年的小年。小年饭做好了，代月不见了。代阳在大门外破着嗓子叫了一声姐，听不到应声。这不正常。代阳经常这样站在当院喊大或姐，这是王畈饭点时最常听到的喊唤。王畈不大，村西头喊话村东头也能听到。晚饭已经做好，老铁等得不耐烦，让代阳去大姐家看看。

老铁看到代阳一个人回来，问："你没在东头再喊两声？"

代阳说，"能不喊？三喜也不见，大喜也在那儿喊呢。"

老铁就有些心慌，叫老婆把西屋的灯点亮。老婆一眼发现代月的衣服少了几件，但她强作镇定，喃喃自语道："他爹，二女子去她姨家也说不定……"

老铁没接老婆的话。"小年也是年，过年谁还在外面？"

第二天，老铁无心赶集，坐在当院里等代星、代阳回来。老婆过来晒被子，让老铁朝一边挪挪。老铁铁塔一般没动。老婆癔症了一会儿，又把被子抱回了屋。

代星跑的是舅舅家，没见二姐。代阳去了两个姑家，也没见人。天气出奇地好，晒得老铁出了一身汗。两筐菠菜开始发蔫，老铁觉得自己也要蔫了，身上没有一根骨头了。

正月初九，老铁家收到一封信，代月写的。信上说，她不喜欢家里给她找的那个人，一辈子都别着脖子，多难受啊。她现在在深圳，在工地上给人家做饭。三喜也在那儿，做小工。代月还说，她对不起爹妈，就当代家没有这个闺女吧……

大喜家几乎同时收到三喜的信，老铁用来安慰自己的侥幸彻底落空。

这事像长了翅膀，瞒都瞒不住。老铁跟村长解释，代月生就受苦的命，不知道享福。老铁的意思其实是埋怨闺女不知道珍惜，村长这么好的家，咋就跑了。但乍听之下，又像是风凉话。你村长再有钱咋着？咱穷人家的闺女就是受苦也不愿嫁给一个"别脖儿"。这一来，老铁就有了同盟的嫌疑。

王天柱倒是客气："人各有志，当爹的也不能强求。"

第二天，老铁把缝纫机、自行车装到架子车上，给村长送过去。村长没在家，"别脖儿"也不在。院里站着几个人，听口气像是王天柱的表亲。老铁把东西交代清楚，转身走的时候绊了一跤。老铁跟跄几步，还没站稳，旁边有人又推了他一把。你这人咋朝人身上撞啊？推来搡去的，老铁就倒在地上……

老铁毕竟不是真铁。小腿折了，身上也乌青黑紫的。明知道是王天柱故意设的局，老铁还是认了。自从收到闺女的信，老铁的心就一直提着。老铁知道村长这关过不了，孤门寡户的，挨了顿打反倒心安了。人跑了，人家空喜欢一场不说，还白替你求人办了件大事，总得让人家出出气吧！

老铁撑着走回家。躺了一天，腿越来越痛，最后竟然下不了床。老婆叫来二喜，用架子车推到大坝脚下，再背到卫生院。

老铁近两个月没出门。憋屈的时侯，老铁骂老婆："你个贱娘们儿，肚子不争气，尽养这些赔钱货！"心底下，老铁还是挂念代月的。马上就开春了，代月没带春上的衣服。最让老铁后悔的是，平时舍不得给她钱，一路上闺女咋过来的？想来想去，老铁不恨代月了，要恨也该恨二喜，没有二喜，代月咋会朝他们王家跑？不去王家，代月也不会跟三喜搞到一起……

村长倒是捎来了话，说是一场误会。

中　部

蒋校尉第一次来王畈，是跟一个女同学。知道他是陡沟集上的，老铁马上拘束起来，角色一下子颠倒了，蒋校尉成了主人，老铁成了来客。天很热，老铁递了甜瓜又切西瓜，唯恐怠慢了人家。这可是老铁家第一次来有身份的客人。从小到大，老铁一直对陡沟集上的人心怀敬畏。人家一年到头不用下地做活，出门就是集，天一黑就点电灯。连那些偷偷抢抢的小孩都让人羡慕，他们身上的无畏，与乡下孩子的畏缩形成鲜明的对比。

因为措手不及，午饭有些简单。咸鸭蛋、鸡蛋炒韭菜、鸡蛋炒西红柿、鸡蛋炒丝瓜……乡下只有蛋还算金贵。饭桌上，三个学生一会儿说香港回归，一会儿说五讲四美，老铁插不上嘴。菜剩下很多，老铁几乎没吃啥。趁人家说话的空当，老铁笨手笨脚地给人家搛菜，诚惶诚恐地看人家吃饭，自己一点儿也没觉着饿。他跟镇上的人坐一个桌了！公社两年前改了镇，大门外的木牌子也由陡沟公社改成了陡沟镇。老铁看不出有啥新名堂，粮所验收粮食的还是头仰到云端里，供销社的售货员还是乜斜着眼。唯一变化了的，是大坝下面打了个通道，上面是渡槽，下面走车走人。渡槽上刻着几个字："五讲四美三热爱"。很大，还刷了红漆，老远就能看到。可惜老铁不识字，他只认得右下角的那几个阿拉伯数字，1983。

左邻右舍不断有人来串门，有人认出来了，那不是老蒋的儿子吗？街东头卖麻花的老蒋谁不知道？逢集在街上支摊，背集一麻篮麻花各村转悠。老铁更是惊讶："老蒋的儿子？蒋校尉可比老蒋清秀多了。"

蒋校尉走后，代星才说，他们在谈朋友。

老铁木木地愣在那儿。

"大，你反对也没用，我们准备结婚。"代星毕竟高中毕业，比她两个姐姐大方，有主见。

"跟他结婚？"老铁怀疑自己听错了。

"是的，跟他结婚。"代星强装镇定。

"人家答应了？"老铁问。

代星嗯了一声："大，你不要逼我。"

"人家爹妈都知道？"老铁还是不敢相信。

代星说："我已经去过他家，他父母同意我们腊月结婚。"

老铁说："小星，我不逼你。去吧，我同意，我和你妈都同意。蒋校尉规规矩矩，一点儿也不见集上孩子的痞。"

那一年的腊八，代星出门。老铁没赶集，这个闺女老铁一定要送一送。这次老铁没叫李魁，他想自己背闺女出门。老铁起得太早，背着粪筐出去转了一圈。外面雪停了，地上一片白，天虽然还没亮，黑黑的屎粪蛋还是能看得见的。

四千岁你莫要羞愧难当，听山人把情由细说端详，想当年长坂坡你有名上将，一杆枪战曹兵无人阻挡……老铁自己都不知道，他还会唱戏。老铁喜欢越调，每天挨黑的时候都会等着屋里的广播匣子开唱。老铁尤其喜欢申凤梅，《诸葛亮吊孝》《收姜维》，百听不厌。但老铁从来没唱过。好在，外面还没有人，没有人笑他。

老铁整日在闹市场折腾，这样的早晨有他难得的安静，好像整个王畈只有他自己。水塘上结了冰，老铁也学小孩，扔上去一块半截砖。半截砖在冰上打着嗯哨，咏溜溜滑到对岸。塘对面是另一个村，塘正好做了两个村的分界线。平日要去那个村，得绕塘过去。老铁像孩子，来了兴致，想试试捷径。

岸边的冰最厚。老铁一只脚试探着踏上冰面，慢慢把身体的重量放上去，提着身体，小心翼翼地朝前移。走到塘中心，脚下有冰裂的咔嚓声，退不能退，老铁心惊胆战地飞过去。

老铁不想绕一大圈回对岸，弓身侧着朝回滑。这一回，又惊出一身冷汗。

老铁哪经历过这样的刺激？要不是天亮了，还得再玩几个来回。

李魁两口子也赶过来。就这一个外甥女了，说啥也得送送。

蒋家来接新媳妇的是辆汽车，车轮上缠着防滑链。虽说是辆客货两用车，却也是王畈第一个坐上汽车结婚的人家。老铁陪送了一套组合柜，几床大红被子。蒋家说了，下定物时送来的缝纫机、自行车就不要再带过去了，留给老铁用。那块表，代星带走了。

中午吃饭的时候，老铁只准备了一桌菜。亲戚不多，代星两个舅，一个姨，两个姑。到了饭点，却来了两大桌。多年没有走动的两个老表也来了，还有老婆的姨父。好在是腊月，老铁家的年猪已经杀了，临时拼一桌菜不算啥难事。饭吃到一半，村长也来了。老铁一惊，肯定是还记着代月的事，找茬来了。

"五叔，吃没？"老铁拼命堆出笑。闺女还没送走，老铁不想出啥意外。

王天柱笑："吃了还来？老铁，讨杯酒喝中不？"

"中，中……"老铁不住声地应。

李魁腾出上座，让给王天柱。王天柱也不推让，坐下开吃。

老铁在李魁的示意下才想起来敬酒。王天柱站起来："老铁，我可要责怪你了。这么大的喜事，咋不通知一声？"

不待老铁应答，王天柱从怀里掏出几张钱递过去："别嫌少，给闺女买个纱巾啥的。"

两个人连干了三杯，王天柱没事，老铁先躺下了。

二喜单飞了。二喜发现县城的姜价比下面集市上高出许多，就起了专门贩姜的心。他买了辆自行车，逢集赶陡沟买姜，背集带到县城去卖。陡沟离县城30公里，二喜每天天不亮就上路，不误县城的早市。

老铁不舍得买自行车，一百多块哩，得卖多少菜啊。王锁的死，也让老铁对自行车心存恐慌。王锁是王畈第一个用自行车驮菜赶远集的人。有一回赶集回来，王锁逞能，大撒把，车轮轧上小石块，翻了，车把一下子戳进他的肚子，当场就死了。老铁本来就觉得自行车麻烦多，爆胎啊漏气啊，半路上找谁去？王锁一死，老铁更加坚定，还是两条腿可靠。后来，蒋校尉送了辆自行车过来兰定物，老铁还是死活不愿意学。老铁有的是力气，反正大坝打通了，陡沟又那么近，累不着。

老铁现在主要赶陡沟。原来的菜市场废了，挪到后街。人还没近前，香味先迎了过来。后街日用杂耍、零食小吃，插花般分散在一个半圆形的空场里。芝麻本来就是香货，撒在烧饼上一加热，香味就更加浓烈，把市场里的青菜味、酱油味全压了下去。紧邻着烧饼炉的，就是老蒋的麻花摊。两家谁也不用吆喝，香味牵着人的鼻子呢。大人还好，知道兜里的钱得先紧着油盐酱醋、扯布做鞋。小孩子就受不了那种诱惑，走到烧饼摊前就挪不动脚了。兜里有个毛儿八分的，爽快地递过去。要是自个儿兜里没有，非得闹着大人买不可。老铁不是小孩子，当然不会花五分钱去买这样的小吃。有一次，亲家老蒋朝他筐里塞了几根麻花，老铁硬是没舍得吃，挑回去给了代阳。

集上卖菜的总会有人跟老铁打招呼：老铁，响午不用回王畈了吧？不去客那儿喝一杯？老铁，不去看看闺女？老铁，瞧谁来了？老铁扭头一看，还真是，亲家来买菜了。老铁从花筐里抓一把菠菜或葱，塞进亲家的菜篮里。别小看那一把，亲家的小麻筐都快满了。老铁的手跟脚一样，奇大。因为来买菜的是闺女的婆婆，老铁也没啥多余的话。推推让让是免不了的，菜市场常赶集的都知道了，老铁有集上的姻亲哩。

逢双的时候陡沟背集，老铁只好赶肖王或皮店。肖王的菜下得快，价钱也高。老铁不怕蹚水，年轻力壮的，让水冰冰能有啥？每次看到渡口那儿冷冷清清的，老铁就怀着热热的希望，希望肖王集上没有一个王畈人去卖菜，菜价高得吓人。想归想，老铁还从来没有碰到过菜价吓人的时候。挽起裤腿蹚水的时候，老铁脸上见不到畏惧。撑船的人跟人家说，每回看到老铁扛着菜筐在冷水里哗哗地蹚，他们都不由自主地哆嗦。老铁这名真没叫错啊。

常赶集的也就那几个人，都年轻力壮，叫不上名字脸早熟了。以前他们见到老铁，带理不理的。现在不了，现在他们一见老铁就问找到摊位没有。卖菜最关键的就是摊位，菜放到外面卖给谁？赶远集的人见到熟人稀罕，两筐菜合成一筐，要么干脆就把另一筐挪到后面，腾出个空给老铁。一夜之间，老铁觉得人都好了起来，连陡沟集上的孩子也都规矩了，老铁不用再瞻前顾后地防他们了。那广播上的"五讲四美三热爱"还真管用呢。

那天，老铁正在地里卸西红柿，西边地里卸黄瓜的父子俩吵了起来。小的说自己地里的黄瓜少了，怀疑老的这两集卖的都是他的黄瓜。老的说自己这两集虽说卖的都是黄瓜，也就是两半筐。父子俩越吵越厉害，竟闹到老铁的地头上，让老铁给评理。

老铁在地里给那一老一小评过理，眼睛开了，脸上的褶子也多了。两半筐西红柿挑回去，代阳惊得大叫："大，你咋卸了这么多西红柿？"老婆也跑出来看，"可不是？两个花筐里青青红红的。"老铁讷讷着，嘴上还硬。"就有人喜欢青西红柿，酸！"在王畈，左邻右舍要是谁有个脸红脖子粗的，都去找村干部。老铁一个老百姓，享受干部待遇了，真是受宠若惊。卸西红柿的时候便有些心不在焉，红的青的一把就扯了下来……

这几集，肖王的西红柿下得快，价钱也好。老铁自己家里的西红柿已经快罢园了，他寻思着找闵女子兑点，下集赶肖王。闵女子是王锁的老婆，王锁死了，卖菜的担子就落在她一个寡妇肩上。王畈这地方，长辈对小辈家的女人都叫女子，老铁也跟着人家叫她闵女子。

闵女子住在村南头的高岗上。那里最早是村里的中学，后来，中学撤了，小学又搬过来。王锁结婚的时候，小学也没了，合并到另一个村上，留下十几间校舍。王琐跟父母分开家没房子住，买过去两间。闵女子家里只有两个孩子，说是妈妈在东坡菜地里。老铁赶到东坡，天已经黑了，老铁只好一排一排找过去。看见对面有个人影，便唤了声闵女子。

闵女子刚刚卸好一筐西红柿，另一只筐还空着。老铁一边和闵女子商量，一边帮她卸西红柿。远处传来谁家大人喊小孩吃饭的声音，音拖得长长的，唱戏一般。闵女子可能想起了自己撇在家里的孩子，叹了一声，手更快了。

两个筐卸满，老铁和闵女子一人挽好一个筐绳。闵女子肩膀放到扁担下，说：多亏了代叔，要是我自己，还不得摸到半夜。老铁没接话，想顺便帮她挑到村头。人家一个寡妇，深更半夜还在地里摸，多不容易。去抓扁担时，老铁却抓到一团软。闵女子穿着无袖衬衫，老铁抓到的是她圆润的肩……

到了秋里，老铁与闵女子的事在村里传得沸沸扬扬。王锁他爹有一回在地里截住老铁，说王锁才死不到两年，老铁行个方便，给他们王家一个面子。老铁一副无辜的表情："我一个平头老百姓，能给你们啥面子？"王锁他爹几乎落了泪："我们王锁好歹也给你叫叔的，你就放过他媳妇吧……"

回到家，老婆也问。老铁嬉笑："你信？"老婆笑："我说呢，就你那样？"

老铁很快用行动打消了老婆的疑虑。他积极给大喜做媒，让他和闵女子合成一家。大喜年龄越来越大，家里又穷，眼看就要打一辈子光棍了。可大喜爹妈有点犹豫，老铁知道原因，不冷不热地搁了一段时间。大喜到底熬不住，背着爹妈，去求老铁。哪个男人愿意一辈子当寡汉条子？

王锁他爹知道媳妇早晚会走，又带着自己的孙子孙女，便答应闵女子，改嫁后还可以住原来的房子，条件是秀秀和壮壮不能改名。这算啥条件？大喜那个家，正愁没新房呢。反正都姓王，孩子是姓王锁的王还是姓王大喜的王，哪个分得清？

成了家，大喜比原先干得更欢。整个王畈，大喜的菜地最见功夫，沟是沟，垄是垄。回到屋里，大喜还有使不完的劲。刚开春，闵女子的肚子就鼓了起来。

老铁跟闵女子其实一直没断。大喜人粗，只知道整天在地里翻腾。西坡种了一亩姜，指望着靠姜打个翻身仗。屋里呢，还有一块地大喜忽视了，没有精耕细作。闵女子方便的时候，就把老铁给她买的一双皮鞋放到窗台上。最好的时间是下午，大喜去地里了，孩子们上学了，老铁赶集也回来了。

大喜他爹去找老铁，是一个清早。老铁刚打开院门，亲家就来了。没说上几句话，大喜他爹扑通一声跪到地上："我知道我们王家两个儿子都亏欠着你，我替他们来赔不是了。好歹咱们也是亲戚了，你大人有大量，别跟孩子们一般见识。"

"大清早的，你这不是折我的寿吗？"老铁磨蹭着，慢腾腾地去扶那地上的人。老铁其实很享受这个场景。俗话说，好人有好报，恶人有恶报。二喜、三喜做下那么多对不起代家的事，总得有个报应吧？大喜他爹跪在那儿，老铁心里少有的舒展。

那天早晨，老铁没有去拾粪。老婆起来，看到老铁一反常态地坐在当院里发呆，问："病了？"

"滚一边去！我老铁啥时候病过？我这身板，赶集能赶到七十岁，你不信？！"老铁把老婆瞪走，开始猜大喜他爹是听了人家的传言还是他自己看到了啥。这种事，往往最后知道的才是当事人。大喜要是知道了，闵女子肯定会通知他的。

闵女子生产那天，恰好赶上"别脖儿"娶媳妇。

"别脖儿"结婚，王畈当然每家都得去人。除了随礼，还得帮忙做活。老铁因为亏欠了王天柱，提前就把买菜这活儿揽下做好了。到了迎亲那天，人家都忙着，老铁闲得没事，坐在一帮小孩子中间看电视。说是看，其实是听。电视机里没有画面，偶尔能听到隐隐约约的人声。这是王畈的第一台电视机，黑白的。架天线的时候老铁来凑个热闹，白天没台，夜里勉强能收到一个台。

新媳妇来了，整个王畈都在夸她，说她长得好看，像画里的人，根本不像做活的。老铁不相信，不像做活的像做啥的？老铁挤进新房里，新家具一排溜儿摆在那儿，村长说是组合柜。靠床的墙上贴着一张画，画上有个女人，戴一顶小白帽。新媳妇果然耐看，尤其是那对小虎牙。可跟画里的女人一比，还是差得太远。别说画里的人了，跟代月也没法比啊。想起代月，老铁就黯然神伤。死丫头，也不知道现在咋样了。

这当儿，有人来报喜，说是大喜媳妇生了，是个男孩。大喜他爹咧开嘴笑了。看到上席的老铁，笑就戛然而止，僵在脸上。"喝酒，喝酒！"老铁催促王光给各人满上酒。王光是王锁的兄弟，王锁一出事他书也读不下去了，初中没上完就回来了。

老铁的喜是藏在心里的。他坐在上席，生怕旁人看出来啥，不断地跟人碰杯。轮到王光，王光说不能再喝了。正好有人掂着水壶来续开水，水瓶都满了，水壶里的水就直接冲到各人的杯子里。老铁随手接过一杯："王光，不喝酒也行，你喝杯白开水。"

王光接过去，太烫，赶紧又放回桌子上。

老铁说："咋了？酒你嫌辣，水你又嫌烫，看样子你是对你五叔有意见啊？"

王光讪讪地说："不是……"

老铁从兜里掏出两张票子："不是就好，今儿个你喝了这杯水，这20块钱就归你了。"

王光把杯子凑到嘴唇上试了试，又放下。

老铁急了，又掏出几张："50块，喝不喝？"

50块钱得卖多少车萝卜啊？王光二话没说，抓起杯子就喝了。

老铁回家一觉睡到天黑，醒来听到外屋好像是王光他爹在说话。老铁出去打招呼，王光他爹惴惴的，说是王光怕是哑了，嗓子烫坏了。

老铁厉声道："啥意思啊？你家王光哑了与我有啥关系？"

王光他爹赶忙解释："是与你没关。我来是想问问你，他咋就喝哑了？"

老铁说："你问你儿子啊。"

王光他爹说："王光说不了话。"

老铁强作镇定："咋会哑了？我也是开玩笑，谁知道他真喝啊？"老铁就把他们打赌的话又讲了一遍。

"这样啊？不怪你。"王光他爹扭头就走了。

王光并没有哑。弄到集上，人家说是口腔烫伤形成溃疡。治了几天，慢慢又好了。前前后后花了快100块钱了。

大喜的儿子旺旺周岁那天，老铁又让老婆去随了份子。老婆回来说："那旺旺，我咋越瞅越像你啊？"老铁随口问："哪儿像？"老婆说："你看他鼻子，还有那眉眼……不光我说，连那王光也没心没肺地说像你。"那小子老铁也见过，闵女子偷偷说像他，老铁还以为她是想讨好他呢。

晚上睡觉的时候，老铁有点后怕了。都说像他，那大喜难道看不出来？

第二天赶肖王，老铁回去得有点晚，集上的萝卜扎堆了。下了河坡，老远就看到大喜。大喜是卖葱，肖王今儿个葱下得快，按说他早该到家了。老铁警了心，放慢了脚步。大喜老远就叫："叔，来，咱爷儿俩在这儿歇会儿。"

大喜递给老铁一个油炸糍粑："吃吧，一上午了，肯定饿了。"

老铁接过来，这糍粑肯定是专门为他准备的。旺旺还小，吃不了油炸的东西。

"叔，你是我王大喜这辈子的恩人！"大喜扑通一声跪下。

老铁说："大喜，你这是干啥？快起来！"

大喜不起来。"叔，我知道我们家对不起你，你大人有大量，别跟我们小的一般见识。"

老铁说："大喜，如今咱都是亲戚了，咋还说这话？快起来！"

大喜低着头，还是不起来："叔，我知道善有善报，恶有恶报。"

老铁心想，知道就好。

大喜说："我们弟兄几个欠你哩。"

老铁低下身子，去扶大喜。要说，大喜可没啥对不起他代家的。

大喜有家人不容易，叔，就算你可怜我吧！大喜抬起头，可怜巴巴地看着老铁。

大喜那样子，引得老铁眼睛都湿了。和闵女子，是得断了。大喜，你老铁叔听着呢。你有家人不容易，可你也得记着，待人家的孩子要贴心，人家闵女子也不容易。

大喜磕了个头："叔，你放心，我记着你的话。"

老铁拉起他："叔心里清楚呢。好好回去过日子吧，过去的都过去了。"

离过年还有三天，代月回来了。

代月身上一点儿也不见王畈的痕迹。大冷的天，她还光着腿，穿一条棉布裙，脖子上随便披着一条毛巾。晚上老铁才知道，闺女并不是光腿，人家穿了长裤，肉色的。身上披的也不是毛巾，叫披肩。代月没回来的时候，老铁狠狠地想过无数种惩罚她的方法。如今人回来了，跟她妈两个人手拉着手，眼泪汪汪的，惹得老铁的眼窝也湿了。死女子，倒不见老。算一算时间，老铁吓了一跳，都十年了。

晚上吃饭的时候，老铁说："让他也回来吧。听说三喜也回来了，肯定是不敢来。"

代月埋头朝嘴里扒饭，像是十年都没吃过饱饭的样子。老婆看看他，又看看闺女，没敢接话。

代月给每个人都带了礼物，老铁的是几双鞋。代月让老铁穿上试试："爸的脚大，我找了几个商店才买到，还不知道合不合脚呢。"代月还真洋气了，连爹都不叫了，学城里人叫爸。不过，老铁喜欢这样的称呼。

老铁第一次穿买的鞋。鞋有点小，紧紧箍着老铁的大脚。不过，走起路来却又轻又软，像要飞起来。代月说："这是最大号的了。给你买鞋真难，我都快把深圳的商店找遍了。我专门挑运动鞋，我爸老是赶集，穿着舒适。"

老铁说："商店里卖的，还能不好？就是有点磨脚。"

代月说："新鞋都这样，穿几天兴许就好了。谁让你的脚那么大？"

给代阳带的是小霸王学习机，可惜代阳早辍学了，用不上。代月说，没关系，还可以玩游戏。顿了顿，才意识过来，王畈还没用电呢。

代月把代阳赶回里屋摆弄他的学习机，她从箱子里取出一个大包袱。一条毛毯，城里人的玩意儿。老铁有点心疼，说："咱们这儿又不缺棉花，买这中看不中用的东西。"

毛毯抖开，最里面包着三摞新崭崭的钱。代月说："三万，你们存好。"

老铁从没见过这么多钱，他最大的目标是万元户，眼看着就要实现了，买猪，买牛，买化肥……钱又耗下去了。现在面前一下子堆了三万块钱，老铁生怕外人看到，赶紧用毯子又卷起来，遮盖好。

代月说："咱家的房子也该翻修了，再买台电视机……"

"电视机？没电有啥用。"老铁笑。

老婆接过话："人家'别脖儿'不照看？"

老铁心疼地说："买电瓶？那得多少钱啊。"

代月说："爸，电视机咱能买起，还怕买不起电瓶？"

老铁说："电视机就算了，钱，留着你们将来用。"

"我们？"代月说，"我们用不着。"

老铁又重提旧话："让他明天回来吃顿饭吧。"

老婆把话岔开："跟你大讲讲这些年你都是咋过的。"

代月说："咋过的？还不是一天一天地过。先是在一个工地上做饭，三喜给人家掇泥包。做了两年，我们就进厂了，塑料厂。再后来，这个厂干一年，那个厂干两年，没个准，反正哪个厂工资高进哪个厂。"

睡到床上，老铁急不可耐地问老婆："孩子呢？咋没把孩子带回来？"

"啥孩子啊？"老婆压低不满的声音。二闺女现在没跟三喜在一起。

老铁问："那，三喜在哪？"

老婆说："他们掰了！"

"掰了？"老铁一下子坐起来，"三喜不要她了？"

老婆说："你小声点好不好？不是三喜不要她了，是咱闺女不要他了。"

老铁忍不住："死女子，有啥能耐不要人家了？"

老婆神秘兮兮地说："咱闺女当官了，好像是啥拉长。"

老铁说："啥狗屁拉长！要是当个镇长还不连她爹娘都不认了？"

过年那天，老铁还是把代月送到了李魁家。出了门的女子不能再看到娘家过年那晚的灯，这是规矩。代月不服气，嘟囔道："谁说我出门了？"

老铁说："没出门？你当年可是比出门闹的动静还大。"

代月说："我们那是恋爱！谁规定恋爱就一定得结婚？"

老婆也在旁边劝："去吧月，不就两天吗？初二咱就回来。咱家可再也经不起折腾了，要是有个啥长短的，你也不舒坦。"

年一过罢，代月就走了。听说还是和三喜一道，带了王畈十几个男女。代月刚回来说她一个月能挣800块钱，老铁根本不信。800块钱，得卖多少筐姜？更不用说萝卜了。不过，那三万块钱可是实实在在的货，假不了。二喜不愿再贩姜了，要带上代云一起赶深圳。老铁说去吧，把孩子放在家里，我们替你照护。代阳也要去，老铁拦住了。代阳都二十二了，得先结婚，这是代家的大事。婆了媳妇，老铁这辈子才算圆满。

老铁晚上问老婆："你不是说他们掰了吗？咋还热热乎乎的？"

老婆说，"我也问过月，她说掰了他们还是朋友。在外边，多一个朋友多一条路。"

老铁还是不明白，一对男女，好的时候跟掰开的时候一样，算啥？

下　部

代阳结婚那天，整个王畈都听到了动静。

老铁让人把两个大音箱放到楼顶上，一个朝南一个朝北。老铁还专门嘱咐，音量开到最大，不用惜电。电瓶里的电耗光了，还有村长家的备用呢。王畈那天就像过节，一会儿是"红尘滚滚"，一会儿是"我和你吻别"。不光王畈，陡沟南部几乎都知道那个住两层楼的老铁家婆媳妇了。

老铁全身的装备都是代月给寄回来的，黑棉帽，黑呢子大衣，黑皮鞋……皮鞋是代月定做的，一下子定了四双。老铁的脚太大，代月找遍了深圳都没找到他穿的皮鞋。领带是大红的，扎在脖子上有点俗。可农村里，红就是喜庆，是俗到极致的质朴。

老铁对喜事相当满意，一切都是新的，房子、人、家具。尤其是老铁的两层小楼，几乎成了王畈的代名词。要是有人问，去王畈咋走，得到的回答往往是，出了陡沟一直朝东南走，见到一座白色小楼，就是了。王畈的人私下猜测，老铁楼房外面贴的白色瓷砖就够人家盖三间瓦屋的。

新媳妇进门，先去拜父母。老铁两口子坐在堂屋里，新媳妇大大方方地端上茶水，叫了大，再叫妈。老铁从兜里掏红包的时候，直后悔红包小了。媳妇和儿子，都没说的。四个儿女中，只有这一个是自己做的主。老铁其实对三个闺女一直心存不满。老大贱，还没出门就被人家弄大了肚子，让老铁失了脸面。老二更不用说，好像要跟老大比赛，不声不响地跟人家跑了。跑就跑呗，还跟了老大的婆兄弟，穷得连条囫囵裤子都没有。老三倒是让老铁长足了面子，找了个集上的婆家。可老铁还是没有一点儿家长的威严，婚事都是闺女自己做主，哪有老铁说话的份儿？如今老铁腰里硬了，不怕儿子不听他的。

代阳婚后住二楼。二楼比一楼少了两间，两边做了晾台。这个设计，一直是老铁最得意的地方。站在晾台上，向西可以远眺淮河，向东可以俯瞰全村。没事的时候老铁喜欢搬着藤椅上来，舒舒服服地摊放在椅子里，居高临下。这时候，连王天柱的青砖小瓦屋也畏缩起来，显得又矮又小。

李魁来找老铁借钱。老铁说："哪有钱？盖房子、娶媳妇不都得钱？"李魁说："这次你得借。村里要换届，我想做村长。"老铁问："王天柱不是好好的吗？"李魁说："江山轮流坐，也不能他一个人老是占着。"

李魁讲了自己的打算，找几个自家人，每天盯着他。他不是好赌博吗？只要他再赌，就举报给公安、纪检。上边对干部参与赌博特别重视，逮一个撸一个。王天柱下去了，王畈不就是咱的了？

见老铁犹豫，李魁又说："我当村长了，你在王畈说话还不跟下小雾雨一样？"

老铁想想也是，说不定自己这个"开国大臣"还能在村里谋个一官半职。李魁不是傻子，换了朝代肯定要换大臣的，亲戚自然比别人牢靠。代家说不定从他这一代起就会翻身，到那时候，看谁还敢轻看他孤门寡户？代阳呢，就能生两胎，甚至三胎，老代家再上坟，也能黑压压的一片了。

王天柱在城里被公安抓走的那个晚上，李魁他们在陡沟集上的小餐馆庆贺。酒是老铁拿去的，外面带着精美的纸盒。老铁特意跟李魁说，这是最小的客蒋校尉孝敬他的。

一桌人都喝高了。李魁扶老铁回家，聊到半夜。李魁拍着胸脯说："放心吧，配班子的时候，你来做副村长！"老铁一听这话酒就上来了，自己真的成公家人了？老铁以前也憧憬过未来，但放开胆子也没想到自己能做副村长，连治保主任都没敢想。真做了副村长，老铁的话就不是小雾雨了，还不得像雷阵雨？一激动，老铁把代月刚寄给他的皮衣拿了出来说："闺女听说她姨父要做村长了，特意寄了一件皮衣回来。你这身衣服，哪像村长啊。"

王天柱被关了几天，回来后很少出门。老铁见了几次，不尴不尬的，嘴张了几张没叫出五叔。真论起年龄，老铁比王天柱还大两岁。

李魁做了村长，不过前面加了个代字。把这个字去掉，得等到来年换届。村里的其他干部没赌博，李魁这个代村长动不了他们。但老铁不急，还有好多准备工作要做。老铁先是不赶集了。他对老婆、儿子说："你们都看到了，李魁做村长了，我马上就是下届村干部了，要管的可是整个王畈的事。家里的事呢，代阳先撑起来。种菜赶集啊，机灵着点。"末了，老铁又叮嘱："可不要跟外人说，现在还没宣布，别误了大事。"

老铁开始回忆王天柱的一举一动，走路，说话，甚至咳嗽。披着袄，手背在后头，也不光王天柱，好像干部都这样。老铁想不出来王天柱的其他细节，因为他从来没有这方面的思想准备，对王天柱缺乏应有的关注。衣服老铁不用操心，他不缺钱，买两件干部衣服还不容易？老铁专程去了趟陡沟，跟代星讲了村里的形势。代星也支持：你都赶一辈子集了，也该享两天福了。代星当天就进了城，帮老铁采购衣服。

回去的路上，老铁一想到那个洗头的小年轻的抱怨，就忍不住笑。老铁的头，平时都是在村里剃，年底交几斤粮食。老铁经过集上唯一的美容美发店时，狠心花五块钱整了一次头发。给老铁洗完头，那小年轻小声跟老板抱怨，那老头儿的头，洗了三遍还乱糟糟的。老铁没理他，大人不计小人过。老铁已经进入干部的角色了。

村里人见了新的老铁，并不奇怪。老铁叔，你这打扮，进城里当干部都不落后啊。老铁哥，打扮这么好，有啥喜事啊？老铁，你腰得直起来，不直起来就跟这身衣服不衬了……

老铁也想直，可直得起来吗？挑了一辈子的花筐，腰早压变形了。好在，代阳不挑花筐了，代阳用自行车卖菜。等到自己从村干部上退下来，老铁就让位给儿子，代阳也不用卖菜了。儿子比他腰板直，比他更有干部相。

过罢中秋节，儿媳妇生了，是个女孩。老铁的脸有点阴。嫁出去的闺女个个生的都是男孩，代星去年还生了双胞胎，可惜他们都不姓代。老铁那时心里存着希望，等着代阳的媳妇生产。现在媳妇生了个闺女，老铁的希望落空了。他怕儿子也跟他一样，再生还是闺女。老代家，这个时候最欠缺的就是人气。儿媳妇看不惯老铁的脸，抢白了一通：闺女是我生的，又不要你们养活，管得着吗？如今可不是过去了，谁还重男轻女？就你们这些老封建！还好，她没敢骂他这个糟老头子。

老铁还有希望，一个副村长，儿媳妇还愁弄不到二胎三胎的指标？留得青山在，不怕没柴烧。

年三十早上，李魁让老铁去叫大力，把稻场那个讨饭的弄到皮店那边去。镇上开会说了，谁的地盘上都不能有无家可归者冻死饿死。

大力正忙着贴对联，小破屋被红火火的对联映得喜气十足。

老铁没想到，大力想都没想就回绝了。"老铁叔，这大过年的，人家都放炮烧香的，你让我去干这缺德事？"

"村长说了，一百块钱呢。"老铁等着大力忙完。大力一个寡汉条子，天不怕地不怕。王畈没人愿做的事，都是大力上。当年王天柱让他刨人家祖坟，他都没说个不字。

"一百？两百我也不干。老铁叔，这样的好事，还是你自己去吧。"

老铁被戗住了。好你个大力，下辈子还让你做寡汉条子！

吃年夜饭的时候，老铁自然坐上席。儿子儿媳不停地敬酒，嘴里大啊娘啊地叫着。老铁有点恍惚，那讨饭的，是谁的男人、谁的大？老铁上午送他去皮店地界时，就感觉他没几天的光景了。这大过年的，好歹也让人家吃顿热饭吧。老铁扣了碗热米饭，浇了些鸡肉，出去了。送他走，是镇上的政策，是李魁的指令，老铁也是迫不得已。可让人家吃顿热乎饭，就是普通群众也应该有这个觉悟，何况老铁还是个准干部。

老铁等啊等啊，身上的干部服从冬装换到春装，春装换到夏装，又从夏装换到秋装，李魁头上的代字才去掉。李魁正式上任的头天晚上，老铁就去找李魁。李魁说："宽心当时瞄了王天柱几十天，才瞅住机会，新班子能少了他？黎明更不能少，要不是他哥的同学，我们咋能弄到王天柱在派出所的笔录？没有这份笔录纪检会就不能撤王天柱的职……就这，还有两个人没法安呢。你呢……"

新村长这个"呢"字拖得特别长，老铁都快憋死了。

我跟组织汇报了，组织没批准。李魁简直太有村长相了，语调、用词，哪一点都不比王天柱差。

老铁很意外，心一下子凉了。

李魁说："组织上有纪律，班子成员里不能有亲戚。"

老铁恨恨地想，他们算啥亲戚啊。

李魁说："谁让咱们是连襟呢。也好，亲戚才有担待。下一届吧。咱哥儿俩，村长我当你当有啥分别？"

老铁第二天就脱了干部服。老铁觉得身上的衣服太耀眼了，根本不像村干部，倒像是城里的大干部穿的。老铁要去赶集，让代阳在屋歇着。代阳哪知道原委？还一个劲儿地劝老铁："大，我用自行车驮到集上，不费劲。"老铁没多解释，把自行车车架上驮着的两筐冬萝卜挪到他的花筐里，挑着赶陡沟去了。

这一路，老铁歇了七次还是九次，他自己都数不清了。真的老了，挑不动这两个花筐了。老铁算是有体会了，人老是先从脚开始的。好像就是一眨眼的工夫，老铁就老了。老铁的脚再也不是铁脚了，别说是斜坡了，平地上老铁都走不稳当。但老铁硬撑着，尽量少歇，他怕人笑话。可脚不由人，老铁在路中间趔趔趄趄的，再不歇就出洋相了。他不能让人家笑话，老铁是啥人？铁打的呢。当年王畈哪个不晓得？头几年老铁还想着，自己能挑到七十岁呢。没想到，五十出头就不中用了。

赶到集上，人已经上满。后街前年拓宽了，还是嫌小，还没进腊月，集上已经拥挤不动了。买菜的并不见多，烧饼麻花摊前倒是挤满了大人小孩。老铁不急，要是想兑给菜贩子，他来得是有点晚。老铁喜欢零卖，这是他的强项。零卖琐碎不假，价钱上得去。

这是老铁最后一次赶集。不光是脚，老铁的腿也不行了。以前在被窝里，都是老铁嫌老婆身子凉，现在反过来了，轮到老婆抱怨他的腿寒凉了。风吹日晒的，铁也会生锈啊。老铁不能再赶集了。作为一个菜农，不能赶集卖菜，他觉得自己算是残废了。

后来老铁看过一个电视节目，说是一个弹琴的人为他的手保了险。多少钱呢？100万。乖乖，老铁心里叹了声。王畈要是也兴保险的话，说不定老铁也把自己的双脚入了险，保他一辈子能赶集，至少能赶到70岁。保多少钱呢？老铁算不出来自己赶集卖菜一年能挣多少钱，数目一上千老铁就糊涂。

这年腊月，大喜早早就从南方回来了。大喜急着回来是想把老房子推倒，下三间平房的地基。快过年的时候，王畈又陆陆续续回来一批，满脸都是喜色，大包小包地朝屋里带。年一过，就喊着没电没自来水住不惯，急急火火地又带一批小年轻走了。

眼看着村里的年轻人都走了，代阳却安安稳稳地守在家里，根本不提出去打工的话。老铁急了，吃饭时故意数落上一年的年成："如今是一年不如一年了，谁还窝在农村？就说今年吧，西红柿、黄瓜长得倒是旺，集上的价钱也高，可等到咱家的上市，集上到处都是了，价钱贱得跟扔差不多。"代阳不明就里，搂着怀里的孩子插话说："现在流行科学种菜，用大棚，出来的蔬菜叫反季节蔬菜。"老铁不懂反季节和大棚，接着数落："咱一年到头的花费，只能靠姜了。可好，姜又都发了瘟。姜叶老早黄了，瘦枯伶仃地撑到霜降，挖出来也只有一小块。"代阳说："菜跟庄稼一样，不能老是重茬。几十年都种姜，地里供给姜的养分早用光了。"老铁当然也不想讨论这个，又拿大喜说事："人家大喜跟秀秀不才出去一年？回来就要盖三间平房……"代阳不耐烦，截断老铁的话："大，你没听人家在外说得多难听。秀秀靠啥挣钱？秀秀要是大喜的亲闺女，大喜会让她去卖？"

大喜盖房的钱，老铁也怀疑过。秀秀满打满算才十七岁，去年出去的时候村里就有议论，后爹还是隔了层，要是王锁在，咋也舍不得让孩子出去打工。一老一小出去一年不到，回来就要盖三间平房，哪来那么多钱？老铁不信代阳的话，大喜再穷也不至于让秀秀去卖。但老铁自己也心虚。以前人家问起代月的工资，老铁都往少了说，现在反过来了，老铁私自把闺女的工资提高了200块。老铁怕外人像说秀秀那样说代月。

代阳不愿出去，老铁没办法，儿大不由爹。连老婆也替儿子说话："你老铁刚结婚那阵不也是黏人？出去好是好，搞不好就像王光，缺胳膊少腿的，有啥好？那广东的钱也不是大水冲来的。"老铁骂她说话不吉利，说："能有几个'一把'？"王光出去不几个月，就空着一只袖筒回来了。开始王光还遮着盖着，时间长了，也习惯了，人家叫他"一把"他也不生气。

李魁没有失信，全县计划生育大清查时，村里缺人手，李魁就把代阳抽到了村上，顺便还了老铁一个人情。村里的用电问题也很快解决了。王畈是最后两个用上电的村之一，另一个是南邻的刘湾。王畈想和刘湾共同分摊从集上架线需要的电线杆和电线等费用，刘湾则想坐享其成，等王畈把电拉过来好省掉几公里的公摊费用。李魁上任后，主动做了让步，承担了这笔费用的三分之二，剩下三分之一由刘湾出。这个结果皆大欢喜，刘湾占了便宜，王畈也达到了目的，纠缠了五六年的问题终于化解了。

村里有了光明，老铁的光明还不知道在哪里。老铁不相信地里出不了钱，他要赌一把。王畈人走光了，剩下的老头老婆也不种菜了，菜少了价钱肯定要高。老铁跟人家商量，想趁机租下相邻的麦地种姜。代阳说得对，不能再重茬了，菜也得经常换着种。几家的麦地连成一片，犁起来耙起来也方便。老铁本来还想再扩大一些的，把"一把"他爹的那块地也租过来，可"一把"他爹不答应，人家还指望着那块地呢。

老铁种了一亩半姜，西红柿也种了二分半地，再加上地瓜、黄瓜，整个西坡都快成他的了。李魁来还那三千块钱，老铁说：正要求你帮忙呢。化肥紧缺，老铁想让李魁帮忙买十袋复合肥。村长就是顶用，化肥很快联系好，第二天就通知老铁去供销社拉回来。

半夜里砸在房顶上的雨声，把老铁惊醒。老铁睡不着，打开门，舒适的凉意迎面扑来。刚刚立夏，这场雨正好缓解了高温天气带来的闷热。老铁没有开灯，坐在黑暗中。地里的菜正要雨，可老铁心里却胀胀的，这场雨不太正常。雨啪嗒啪嗒地落下来，不急不缓，从从容容。老铁多么希望这是一场暴风雨啊，电闪雷鸣，来得猛，去得也快。

老铁的担心成了现实。老天爷就像漏了一样，几天几夜都没有停歇。老铁的心揪着，只能暗暗祈祷。老天爷像是故意与他作对，小河汊子很快就满了。老铁不敢大意，雨下得小点就趁机去淮河看了看。淮河水泛黄，大浪翻滚，上游肯定也在下。

第三天，老铁又老早起来看水。远远望去，西坡一片白花花的，一眼望不到头。原来满眼的青色不见了，取而代之的是水。等天亮了，小孩子们也聚过来凑热闹。难得的壮观啊。老铁呆立在那儿，为他的菜默哀。

水刚消了些，地里就出现了两个背铁锨的男人，老铁和"一把"他爹。两个人在地里转到天黑也没找到排水的路，只好听天由命。半夜里，小河汊里的水终于下了半漕，地里的水争先恐后地朝河汊里跑。老铁睡不着，背着锨又去了地里。

"一把"他爹打着手电到地里的时候，地里的水已经排得差不多了，菜秧子有气无力地卧在泥水里。老铁比谁都急，早一天排完水，菜秧子还有兴过来的希望。老铁把地埂打开，"一把"他爹那边的地洼一些，老铁想从那儿把地里的水尽快排尽。"一把"他爹当然不乐意，说："老铁，你这是欺负人！"

两个人先是在泥水里推搡，很快就真枪实弹拳脚相加。"一把"他爹毕竟年迈，手上没占到便宜，顺手甩起铁锨。老铁慌忙去夺，铁锨把一下子抡到对方的耳朵上……

过了两天，"一把"他爹传话过来说，他的一只耳朵打坏了，听不到声音了。老铁没理他，心想，你以前挨的打还少？那一年王天柱都打到你家里了，也没见你咋着人家？

又过了几天，李魁来了，说是"一把"他爹要告老铁。

老铁说："告我？他哪儿有伤？"

李魁说："你打了人家，最好给人家点医药费，赔个不是。"

老铁说："我为啥要给他医药费？他也打我了……"

李魁说："他打你哪了？人家不是没打着你吗？"

老铁说："打着没打着反正他打了。呵，兴他打我就不兴我打他了？"

李魁说："关键是你把人家打伤了。"

老铁说："谁看到了？"

李魁说："我是为你好。真搞到镇上，你能有好看的？"

"你别拿上面来压我！老铁有些生气。可人家毕竟是村长，随即又换了语气。我是个老百姓，真给弄到派出所，你这村长也没啥好看的。"

李魁说："现在可不比过去。现在讲法治，人家占理哩。"

老铁说："你不帮我说话我去找校尉。"

老铁真去了。蒋校尉现在生意越做越大，先是把陡沟麻花注册了商标，接着成立了公司，办公室设在市里。陡沟麻花成了本县甚至本市有名的特产，外边来的人，都要尝一尝陡沟麻花的香脆。蒋校尉自然也跟着出了名，连县里、市里的领导都跟他套近乎。

到了集上，老铁见闺女脸阴着，好像刚哭过。"咋了？谁欺负你了？"

代星本来还硬撑着，老铁越问她越难过，最后竟伏在门上痛哭起来。蒋校尉跟他办公室的秘书好上了，要跟她离婚。老铁手足无措地站在那儿，不知道该说啥。等哭够了，代星才意识过来父亲肯定是有事找她。问："家里出事了？"

老铁说："没有。"

代星不相信，老铁没事从来不进她家的门。

老铁说："真没事。我空手赶闲集，顺便过来看看你。"

老铁回到家，李魁和"一把"正坐在当院里。

老铁不咸不淡地跟他们打过招呼，独自进了屋。李魁见状，也跟了进去。

李魁压低声音说："'一把'专门从广东回来，看他爹。人家已经去过镇司法所了，所长还把我叫了去，让我捎话给你，双方最好协商解决。人家所长懂法律，他说你这事要是闹到法院，致使被害人伤残，能判你。"

老铁本来在集上就已经软了，听到这话，心里更不是滋味。墙倒众人推啊。

两人回到当院，李魁当着两人的面说："'一把'他爹也说了，他老了，听到听不到也无所谓了，好歹还有一只耳朵能用。老铁你多少出点钱，人家就不再追究了……"

"追究还能怎样？"老铁嘴上还想硬，但语调已经垮下来。

"老铁，要说协商咱就好好协商，别找别扭。""一把"已经不是当年喝白开水的"一把"了，一点也不让老铁。

"到底谁找别扭？"老铁其实早就有心出钱了，但他不想这么快就在一个毛头小孩子面前败下来。这两年，别说"一把"，村里哪个跟老铁这样说过话？

李魁拦住双方："你们都别打嘴上官司了。'一把'，你先把你的想法说说。"

"一把"说："我爹的一只耳朵被他打聋了，我们也不追究他刑事责任了，拿一万算了……"

"一万？"老铁站起来。"我的耳朵割给你好吧？"

李魁说："'一把'，早先你还说六千呢，咋冷不丁又变了？比起来，你还得叫老铁一声叔哩。乡里乡亲的，别伤了和气。"

"六千就是看在乡里乡亲的面上。现在他不仁，我就不义。""一把"硬着脖子，可能因为丢了一只胳膊的原因，一脸的暴戾。"不过，既然你村长发话了，就六千吧，少一分也不行。"

老铁说："六千我也没有。"

李魁走到老铁跟前，背对着"一把"，悄声问："那，你愿意出多少？"

老铁伸出一个指头。

"一千？这恐怕谈不好，相差太远。将心比心，要是人家把你一只耳朵打坏，赔你一千你干吗？"

"好吧，咱也别在这儿扯淡了。""一把"肯定是听到李魁的惊讶了，转身朝大门外走。

李魁劝住"一把"，说："大家再商量商量。"

"跟他这样的人商量啥啊？""一把"一脸决绝。"这可不是前几年了！"

"前几年你啥样我记不得了，我老铁可没变。"老铁鼻孔里哼了一下，心想，前几年你两只手全着也没见你咋着我老铁。

"一把"笑了，明显地不屑："老铁，你还真以为你是铁打的啊？"

"老子咋不是铁打的？老子再赶十年集也没事。"老铁很是自豪，把胸脯擂得山响。

"一把"被李魁摁到靠墙的石磨上坐下。待李魁一松手，"一把"

又站起来："老铁，咱也别在这儿白费口舌了。现如今，谁也不缺那几千块钱。这样好了，你不是铁打的吗？咱让村长作证，你要是能搬起这盘石磨走两步，你和我大的事，就依你，一千块了了。你要是走不了两步，别怪我拿捏你，三千块，一分也不能再少了！你说，中不？"

"中。"老铁想都没想。

这盘石磨，10年前在村东头。后来街上有了电磨，村里的麦都弄到街上去磨，石磨就没人用了。老铁喜欢捡破烂，想捡回去。王天柱说："行，反正留着也没多大用。不过，我倒要看看你老铁到底多有劲。但我有个条件，不能用架子车。"老铁朝手心里啐了两口唾沫，一鼓劲，抱了起来。有看热闹的人叫好，从村东头到村西头，老铁只歇了一气。

李魁说："'一把'，你这是为难你老铁叔。既然一千你也能接受，干脆我替你老铁叔当个家，赔你两千块。"

老铁手一挥，把李魁搡到一边。运气，俯身，石磨刚离地，老铁脸就涨得黑红。老铁感觉到力不从心，却还强撑着。一只脚没挪出去，双手已经乏力，石磨顺着老铁的身子滑下来，压到老铁的右脚面上。

老铁坐在地上，没喊疼，脸上却拧着痛苦。李魁忙上前去推石磨，老铁到底没忍住，重重地呻吟了一声。

一旁的"一把"无动于衷。"还铁打的呢，豆腐渣一块！"

老铁一声不响，扶着墙，进屋取钱。

老铁渐渐出门少了，他不想颠着脚在众人面前现丑。别说挑担卖菜了，空手赶个闲集都难了。老铁这个称呼，突然生冷起来，连老铁自己都不习惯了。

分 红

1

其实，金丹丹上楼的时候苏慧就注意到她了。苏慧不急，她坐在自己的柜台前等金丹丹下来。她的柜台在量贩一楼，卖化妆品。

等待的这段时间里，苏慧的心思又回到了高中。金丹丹没什么变化，好像刚从高中教室里出来。苏慧下意识地站起来，对着镜子上上下下地重新把自己审视了一遍。套裙，淡妆，短发，一切都中规中矩。然而，苏慧还是从金丹丹的眼睛里看到了意外。苏慧相信自己还算好看，至少比金丹丹好看。这一点，苏慧从周围男人的眼睛里也能读出来。要说变化，肯定也有。五年的时光，足以改变任何一个人，更何况她们这个年龄的女生。过去，苏慧青春无敌，美得逼人；现在，苏慧内敛低调，美得不动声色。

苏慧的热情是社会化的，夸张，颇具表演性。电影电视里同学见面都这样，热情，奔放，虚实留待你去分辨。苏慧说的那些事，金丹丹想不起来多少。当年她们只是一般的同学，并不多热络。她记得最清楚的是，苏慧喜欢过韩小光。

苏慧没有注意到金丹丹对她的怀疑，不停地说着自己，说那些遥远的曾经共同度过的三年。不能停，一停就感觉到金丹丹的冷淡。苏慧拉住金丹丹的手不放，不管怎么说，老同学见面，吃顿饭是必不可少的。

苏慧带金丹丹回到江国领袖城。苏慧的家安在这儿，四室两厅。江国领袖城是县城最高档的社区，这一点，毕业不到一年的金丹丹也应该知道。如今的房地产业可是财大气粗，别说是领袖，就是带主席、总统这样的字眼也不让人惊讶。领袖城倒也名副其实，有严密的保安系统，地面全部硬化，地下停车场、健身器材应有尽有，配套设施远远超出了小地方人的预想，颇具大城市的风范。金丹丹她们生活的这个小县城其实很偏僻，交通不便，经济落后。原来是贫困县，据说某一任县领导为凸显政绩，摘掉了贫困县的帽子。帽子摘掉了，领导也提拔了，贫困县的补贴自然也就没了。县城唯一可以傍的，就剩下江国这个名号。相传，江国被春秋楚所灭，子孙便以国为氏。县领导以此为契机，打江姓发缘地的牌子，想就此跟当时的国家领导人扯上关系。遗憾的是，未能如愿。江国故里的说法由此深入人心，县城里派生出许多以江国为名的厅堂馆所，江国足疗城、江国饮食城、江国领袖、江国量贩、江国小学……

"你结婚了？"金丹丹没能藏好自己的惊讶。

苏慧说没有啊，正要请你帮忙介绍一个呢。苏慧看出了金丹丹的疑问："怎么，不靠男人咱女人就不能买房子了？我在深圳四年，就挣了这套房子。"

房子结构是仿欧的，向阳的整面墙作了窗户。天色暗了，远处的老城显得很小、很远，像剪影。苏慧打开灯，屋里顿时亮堂起来。金丹丹一时无法适应这种耀眼的金碧辉煌，身子顺势陷到沙发里。苏慧后来多次回想起这个晚上的细枝末节，她对自己的表现还算满意，在大学生金丹丹面前，她更有优越感。

苏慧打电话给韩小光："丹丹在我这儿，你赶紧过来。"选择称呼时，苏慧有些迟疑，她知道金丹丹比自己还大一岁，但丹姐是绝对不能叫的，姐这个称呼太江湖，金丹丹这样的人听起来肯定不舒服。叫金丹丹吧，又太严肃，也徒添陌生，冷冰冰的。还是丹丹好，虽说这亲热中包含了假意，毕竟距离近了。

苏慧还有一个目的，她故意让金丹丹听出来，她跟韩小光的熟稔。他们是老乡，老乡熟悉那是自然的。这也是苏慧和金丹丹的芥蒂所在。那时候，他们三个都是班里的尖子生。不同的是，韩小光和金丹丹是学习上的，苏慧却是长相上的。苏慧生就一副美人坯子，皮肤白皙，眼睛会说话，一笑身上的肉就颤巍巍的，哪个男生不喜欢？苏慧却独独喜欢韩小光。韩小光长相虽说不出众，甚至可以说中等偏下，眼睛整天微眯着，呈线状，蔫蔫的，典型的书呆子形象，可人家脑子灵泛，学什么都出彩，受表彰，代表学生在集会上发言……哪个怀春的少女不喜欢这样风光无限的男生？苏慧感觉出了同性的嫉妒，好像她苏慧配不上尖子生韩小光。当然，这里面也有金丹丹。苏慧没把她们放在眼里，她们都还是小雏鸡，还没有胆量表达自己。

韩小光变化不大，眼睛躲在厚厚的镜片后，人显得混混沌沌的，像是刚被人从被窝里揪出来。据说，韩小光大学学的是心理学。像他这样呆板的男生，还真得好好学学心理学，学学如何猜度别人的心思。苏慧不相信连自己都搞不明白的韩小光能学好自己的专业，可人家就是让你想不到，他竟然凭着自己的所学当上了警察。狱警，帮助犯人疏通心理的积淤。

饭是在苏慧家里吃的。餐厅的小酒柜里存放着很多不同品牌的酒。苏慧说，老同学见面，酒是必须得喝的。

金丹丹不会喝酒。苏慧坚持："要不，咱就来点干红吧。干红金丹丹肯定喝过，都工作一年了，同学结婚，同事的红白喜事，能少得了酒？"

酒打开，金丹丹端起高脚杯就下了一大口。说了一下午话，金丹丹早渴了。酒是涩的，像啤酒。金丹丹忍着，没吐出来。

韩小光帮着金丹丹找出厂日期，翻来覆去没有认识的单词。苏慧笑，"干红都这样，不含糖。朋友从香港带回来的，2001年产于法国波儿多地区。红酒的优劣，主要是看葡萄收成的年份。"

韩小光插嘴说，"我知道，这种酒复杂着呢。不能倒满了，最好占酒杯的三分之一。喝前，要轻轻地晃一晃，让酒跟空气充分氧化，酒的香味才能出来。"

苏慧看看韩小光："你行啊，快成专家了。"

韩小光说："哪啊，我是从书上看的。"

苏慧拍拍金丹丹的手："尤其是我们女人，更应该多喝红酒。养颜，减肥，还能预防乳腺癌。"

金丹丹下意识地收了下胸，脸刷地红了。

吃罢饭，金丹丹随意多了，话也多了起来。韩小光是警察，要求自是比其他单位严格，晚上还得回去开例会。金丹丹也要走的，苏慧说反正就她一个人，不如留下来做伴。金丹丹没有拒绝，天这么热，回去也睡不好。

那张大床，两个人睡都显得空落落的。金丹丹说："苏慧啊，你还缺一样东西。"

苏慧问："缺啥？"

"缺啥？缺个男人呗。"酒不仅助兴，还壮了金丹丹的胆。

苏慧笑她："丹丹，你一个女孩子，怎么老是想男人？"

金丹丹也不示弱："我是女孩子，你不是啊？"

我跟你不一样。苏慧自觉这话不太合适，赶紧转换话题。"学校里有新分来的男老师吗？反正你也用不完，匀给老同学一个吧？"

金丹丹推了她一把："说什么啊！这事你还用我帮忙？眼前不是现成的吗？"

苏慧摇摇头："你说韩小光啊？他不是我的菜。"怕金丹丹不信，又加了句，"真的。"

金丹丹黯然。

"你们俩，才般配。都是大学生，工作又体面，郎才女貌啊。"说完，苏慧自己都不好意思了。言不由衷啊。大学生算什么？遍地都是。就拿今晚来说吧，苏慧一言一行，大方、得体，甚至可以用玲珑来修饰。畏手畏脚的倒是那两个大学生。这个韩小光，像是验证苏慧和金丹丹俩人品位的一张试纸，高中是，目前还是。那时候，苏慧爱韩小光，爱韩小光在学习上的尖。现在不是讲学习的时候了，韩小光凭哪点让她喜欢？金丹丹是光荣的人民教师，韩小光是国家公务员，他们才是小城最佳的结婚组合。韩小光闷不假，可工作稳定，人也可靠，金丹丹去哪儿找这样知根知底的人？

2

暗地里，苏慧也为金丹丹抱屈过，一个女孩子，长得不漂亮，不考学能有什么出路？在这个男人当道的社会，女人倘若没有一技之长，爹妈又没给个好身段，还真是混不下去。金丹丹学的是师范专业，毕了业回母校做了一名光荣的人民教师。

苏慧内心里，最看不上的就是教师这职业。缺乏挑战，一眼就能看出十年二十年后的自己。今年教一年级，明年教二年级，后年教三年级，然后再返回到一年级，周而复始，没有一点惊喜或意外，缺少未知性、神秘度。尤其是金丹丹的专业物理，客观、枯燥，仿佛是教师这项职业最好的诠释。

苏慧当然不会在金丹丹面前诋毁教师，她甚至高调表达了自己对人民教师的赞美——无私奉献，鞠躬尽瘁，死而后已。一年两个假期不说，将来还能辅导自己的孩子。

教师节那天，苏慧在家里设宴，笑称代表市民感谢光荣的人民教师。还有礼物，苏慧送的是一套高级化妆品，韩小光的礼品盒细长，包了很多层。苏慧撺掇金丹丹当场撕开，看看韩小光到底送了什么。

撕到最里层，是一个盒子，里面躺着一枝花。要是百合或康乃馨也就罢了，偏偏是玫瑰。而且，鲜艳欲滴。谁都知道，对于一个适龄女孩子来说，玫瑰预示着一场轰轰烈烈的爱情。

金丹丹傻了。

苏慧凑过来，夸张地叫了声。天哪，小光这是向你求爱呢！

金丹丹脸涨得通红，看样子，肯定是第一次面对男生这样直白的求爱。整个晚上，金丹丹很兴奋，饭也没吃好。苏慧暗笑，自己一手策划的浪漫起作用了。

因为还要备课，金丹丹没在苏慧那儿留宿。这是借口，苏慧清楚。金丹丹还不是想借此调整一下不平静的心绪？在哪儿，金丹丹今晚都睡不好，苏慧猜。韩小光的条件明摆着，狱警，比地方警察安全不说，待遇还比地方警察高。苏慧一样能猜得着的是，韩小光毕竟是她苏慧挑剩下的，金丹丹内心里少不了纠结。

苏慧不用问，韩小光主动向她汇报金丹丹的反应、两个人的进展……韩小光不知道，其实这正是金丹丹不喜欢韩小光的地方，爱情是两个人之间的事，他不该当着苏慧的面来这一出。包括第二天韩小光大清早就守在她的出租屋外，沉闷的韩小光怎么会有如此高的生活情趣？金丹丹免不了怀疑。

韩小光要带金丹丹去钓鱼。金丹丹问："苏慧也去吧？"

"你想带上她？"韩小光反问。恋爱的时候，绝对排他。金丹丹很受用。

刚出门，就遇到了蔡垒。金丹丹和韩小光撇开距离，解释道，这是"我高中同学，韩小光，在农场上班。"

蔡垒跟韩小光握手，"我叫蔡垒，在民政局上班。"末了，又补了一句，"和金丹丹一个村。"

韩小光不知所以，邀他一起钓鱼。

蔡垒说："不了，你们去吧，我也是来找同学的。"

蔡垒比金丹丹早两年毕业，隔三差五地以看老乡的名义来找金丹丹。反正闲着也是闲着，金丹丹任由他来献殷勤——蔡垒这样高高大大的男生不给她丢面子。

"那你去找同学吧，我们去钓鱼。"金丹丹顺水推舟，她第一次听说蔡垒这一片还有同学。

路上，韩小光灵光一闪："不如，把你老乡介绍给苏慧吧。"这是韩小光的聪明之处，他从金丹丹躲躲闪闪的眼神中，看出了他们之间的不寻常。

金丹丹心里酸溜溜的，她舍不得把蔡垒拱手让给苏慧。以前吧，倒不觉得蔡垒有多好，一说介绍给苏慧，他的犹疑，他的寡言，突然都成了一个男人的优点。

金丹丹答应得很顺溜，"中啊。"苏慧跟了蔡垒，谁也不至于自惭形秽。即使蔡垒阴差阳错地娶了她金丹丹，她拿什么拴牢帅哥蔡垒的心？金丹丹还算明智，她可不想婚后生活在与其他女人的争宠中。还有，不管怎么说，蔡垒也算是金丹丹挑剩下的，转手让给苏慧，让她也尝尝剩菜的滋味。

钓鱼回来，天近黄昏，夜市地摊已经上路。韩小光豪爽地说："不急着回去，咱顺便逛逛夜市。有什么逛头？都是些小东西，长期摊放在地上，早变得蓬头垢面，黯淡，缺少生机。

金丹丹挑了一枚戒指，黑乎乎的，很有历史感，好像是刚从腐朽的棺材里捡回来的。摊主殷勤地跑过来，银戒，很便宜的。金丹丹试了试，小指太细，只好套进中指。那戒指还真是跟她有缘，一时竟无法退下来。摊主不失时机地劝，"这戒指与你有缘分，买下吧。"

"才花了八块钱。"夸了蔡垒的优秀，韩小光掩饰不住自己捡了便宜的兴奋，跟苏慧汇报说。

戒指和蔡垒，苏慧都没放在心上。表面上，苏慧却异常热情："小光，甭管花了多少钱，毕竟是戒指。没有哪个女人不喜欢戒指的，那是男人的承诺。"

3

三个老同学再次聚会的时候，金丹丹带了蔡垒。

韩小光主动向苏慧介绍："蔡垒，小丹的老乡。"

苏慧眉头一皱："韩小光同学，咱能不能别那么腻歪？才几天啊，就开始小丹小丹地叫了。"

"我……我"，韩小光原本想卖个乖，想不到苏慧这么反感。

苏慧说："还是随我吧，叫丹丹，顺嘴。"

叫丹丹就不腻歪了？韩小光只是想，没好意思反驳。"对，叫丹丹，顺嘴。"

苏慧不缺与男人对阵的经验。她总是很活泼，诱惑力十足，男人到了她跟前，就跟她手里的遥控器一样，播放，快进，停止，随心所欲。而金丹丹，还像一个雏儿，太敏感，太容易让男人紧张。蔡垒到底早毕业几年，酒桌上先历练了两年，言谈举止还算得体，苏慧自然不敢轻看。

蔡垒跌入苏慧的生活里，苏慧稳稳地接住。韩小光明知金丹丹忍痛割爱，心里肯定不是滋味，却假装不知情，将错就错。那蔡垒也是，连扭捏都没有，更没有丝毫放不下金丹丹的神色。虽然早已经历过无数的男人，可蔡垒还是让苏慧欢欣鼓舞——最愉快的事重复多少遍都不算多。客观地说，金丹丹并不比苏慧差多少，她其实已经有足够骄傲的资本，胸脯接近苏慧，甚至超过了她。有什么用？女人，关键是得有风情。

苏慧要送条项链给金丹丹，笑言酬谢媒人。金丹丹不收，说："当教师的，穿金戴银不合适。再说了，我也没有配套的衣服穿啊。"都说高中老师挣钱，可像金丹丹这样的新手去哪儿挣钱？老师的课时补贴都是按工作量发放的，带的班越多，收入自然也就越多。真正挣钱的是中年教师，他们有经验，对课本也熟悉，教的班就多。好在上面有规定，新老师必须得有课教。要不然，金丹丹他们连教一个班的机会都没有。

韩小光却在一旁敲边鼓："农村的传统，谢媒得送红鲤鱼。"苏慧从容应答："红鲤鱼要送，项链也要送。"金丹丹还是不肯收，红鲤鱼跟项链的价值哪能比。苏慧急了："丹丹，你这是想陷我于不义啊？谢媒可是我们中国人的传统美德。你想啊，你把蔡垒这样优秀的男人介绍给了我，其实就等于给了我一辈子的幸福。一条项链换一辈子的幸福，不值吗？去哪儿找这样的好事？再说了，你给我幸福，我得给你分红啊！要是以后我更幸福了，你还能分更多的红呢。你不会存心不想让我幸福吧？"

苏慧这么一说，金丹丹就真的伟大崇高起来。金丹丹收了项链，"谁愿意担着不愿同学幸福的罪名？我是找到幸福了，丹丹你也别闲着，幸福不能只给人家，你自己也得有。"

韩小光附在金丹丹的耳边低声感叹，被虫咬过的苹果也诱人啊。金丹丹当时没有留意韩小光这句话的含义，还以为他吃苏慧的醋呢。

从江国饮食城出来，苏慧悄悄地告诉金丹丹，"你这两天注意着小光的情绪，他家里出事了，他姐杀了他姐夫。"

金丹丹沉不住气，急着问韩小光，到底怎么回事。韩小光叹了口气："也怪姐夫，在外面有了人，竟然带回家鬼混。我姐一气之下，半夜砍死了他。"韩小光浮光掠影，不愿多说。韩小荣砍死丈夫，倒也不怕，尸体就放在床上。她本来是想逃跑的，过河的时候把刀扔了，还没上岸就后悔了。这一跑，惊惶不安不说，再抓回来肯定是死刑。如果投案自首，说不定还能免于一死。只要活着，就还能见到孩子，见到父母。韩小荣又折回来，打110报了警。

金丹丹问："咱现在能为你姐做点什么？"

韩小光叹了口气，"我可是个警察，不也帮不上她？她现在在看守所，见一面都难。明天警察带我姐去指认现场，我得回家见她一面。"

隔了几天，苏慧问金丹丹："怎么样？你们关系确定了吗？"

"太快了，恋爱就这样啊？绕了一大圈，又回来了。"金丹丹的语气里，有骄傲，也有无奈。

"丹丹，都什么年代了？恋爱可不同你解物理题，非得按部就班，循序渐进——牵手，拥抱，接吻，抚摸，最后才是……"

金丹丹截住苏慧的话："我又不像你，有那么多选择。"

苏慧笑："再多的选择有什么用？只有一个是最合适的。"

4

苏慧结婚没有通知韩小光他们。她连电话都换了，新生活，一切都重新开始。金丹丹是她的过去，韩小光也是。过去的，都过去了，她要和蔡垒有新的开始。

金丹丹不应该有意见，省了红包不说，还少了很多尴尬。苏慧心里清楚，金丹丹不喜欢她，无论她如何努力。苏慧阅人无数，还能看不明白一个金丹丹？

苏慧结婚的消息，韩小光也是从老家得来的。前段时间，他一直在县城和乡下老家之间奔忙。韩小荣最终保住了命，无期。警察带着人在河里捞了三天，找不到凶器。

金丹丹找上门时，苏慧脸上闪过一丝不易觉察的惶恐。小县城连着降了三天雪，隔断了交通，冻坏了水管，压断了电线。苏慧想不到，金丹丹这个时候找上门来。

新房其实不新，只是多了些男人味，多了些烟火气。原来的杂物间辟出来给蔡垒做了书房，另一间卧室装饰很卡通——预留的婴儿室。窗户上的双喜字还红艳艳的，鞋柜里多出了几双男式鞋子，墙上两个新人的巨幅结婚照正笑意盈盈……在金丹丹面前，苏慧突然觉得这一切都那么可耻，好像自己撇开朋友独自去偷欢。要是有时间，她肯定会在金丹丹进门之前把墙上的那个她蒙住。她在墙上笑得那么灿烂，贱贱的，很满足。对，可耻的满足。

领着他们参观完新房，苏慧很无措，像一个客人。她顺手打开电视，好让房子里有人声。电视上的气象专家雪上加霜，他们坚定地预测，未来几天，降，降，还要降。

苏慧要领他们出去吃饭，金丹丹说，"在家吃吧，外面也不实惠。"苏慧却坚持，几乎是拖着金丹丹出了门，说："快，蔡垒就要回来了。"

"他回来正好啊，一块热闹热闹。"金丹丹恶作剧似的说。

苏慧说："不是，蔡垒的同事今天来，咱给他们腾个地方。"

苏慧带他们去江国饮食城。那里的菜算不上县城最高档，但环境绝对是一流。每一道菜都像精致的工艺品，让人不忍下筷子。苏慧特别喜欢，说县城里也只有这儿才像南方。后来，江国饮食城就成了他们聚会的定点。苏慧提前声明："谁也不准跟我抢着买单。暂时，我比你们都有钱。"

"没有人跟她抢。"金丹丹他们一个月的工资还不够在那儿吃两顿饭，怎么抢？

饭桌上的苏慧倒是没什么变化，大大方方地让他们尽管点。金丹丹接过菜单，好长时间也没点一个菜。苏慧凑过来说："被他们的菜名忽悠住了吧？看名字玄乎，其实都是家常菜，波黑战争——菠菜炒黑木耳，悄悄话——猪口条拌猪耳朵，绝代双娇——青辣椒炒红辣椒，母子相会——黄豆炒黄豆芽，踏雪寻梅——白萝卜丝炒红椒，赤裸惊情——拌虾仁，中国足球——臭豆腐炖猪蹄……"

饕餮过后，金丹丹把苏慧拽到一边，说："苏慧，我也想买房子，能不能借我一万？"学校附近的小区有一小套房子，不向阳，七万就能拿下。金丹丹一个月的工资还不到一千，维持基本生活尚可，要是朋友或同事有个红白事，就得借，她哪想过买房？

小县城哪都不能跟大地方比，只有房地产业堪称与时俱进。房价与今年的天气相似，不过不是降，而是升，升，不断地升。本来家里也支持金丹丹买房的，只是父母年纪大了，她不想再让父母为她操心。再说了，房子是男人的事，她一个女孩子操什么心？可以韩小光目前的状况，五年之内买房根本不可能。

苏慧唉呀一声："你怎么不早说？我把钱都投到房子上了。"苏慧在搞房地产，小打小闹，瞅准了，买过来转手再卖。

金丹丹面露失望："哦，那就算了。"

苏慧晃了晃金丹丹的胳膊："要不，你明天等我电话，我给你筹点儿。"

苏慧从厕所回来，听韩小光在房间里追问金丹丹："你怎么突然要买房子啊？"

金丹丹压低声音："你看看人家苏慧的房子，你就不急啊？"

韩小光说："我急什么？还不是人家苏慧有能耐。"

苏慧站在外面，平声静气地偷听。金丹丹几乎是喊叫着说："韩小光，你什么意思？你是不是嫌我没有苏慧挣钱多？你一个大男人，这话怎么说得出口！"

韩小光哄着金丹丹："咱别在这儿吵好吧？别让苏慧听到了。我能有什么意思？我哪能让你去挣那钱！"

苏慧一阵晕眩，可她还是听到了韩小光的低语："你不知道，苏慧那几年在南方干那个……"

5

正吃饭，有人敲门。苏慧打开门，是金丹丹。

金丹丹并不急着进来，眼睛挑衅地盯住苏慧。苏慧以为自己衣衫不整，重新检视装束，跟平日差不多啊。头发垂着，很温顺。衬衣塞在牛仔裤里，规规矩矩的。脸上呢，还是淡妆，不注意看，根本看不出来化过妆。苏慧心里发虚，眼睛从身上收回来，莫非，韩小光把他们两个人之间的秘密都告诉给了金丹丹？

蔡垒在里面喊："谁啊？怎么不让人家进来？"

苏慧正要客气地说请，金丹丹已经跨了进去。

蔡垒热情地招呼老乡过去，家常便饭，赶上了，就一块吃。

金丹丹也不推让，一副心安理得的样子，坐在那儿等苏慧把饭盛给她。

四菜一汤。有钱人就是不一样，家常菜跟下食堂一样。金丹丹开玩笑："你们知道我要来？"

夫妻俩都愣了，这可不是他们认识的金丹丹。苏慧到底见多识广，忙说："是啊，早晨还没起床我就听到喜鹊叫，果然，你就来了。"

这个时间点，金丹丹应该是吃过饭了。学校不同于外面，一日三餐极有规律。果然，金丹丹吃得优雅从容。苏慧的心，被今天的金丹丹搞乱了。来者不善啊。

餐桌对面的电视里，正播着农民工返乡的画面。经济危机，工厂关门，农民工提前返乡。金丹丹不怀好意地跟苏慧笑："你应该打电话问一下，你原先打工的工厂是不是也关门了。"

"不会的，我们厂大着哩。"苏慧的头皮紧了一下。

金丹丹不依不饶，停下筷子一语双关地说："是啊，只要有男人，你们那厂永远也不会关门。"

蔡垒听得莫名其妙，转向苏慧："你以前在什么厂做啊，这么厉害？"

苏慧的脸早惊得嘎白嘎白的，完了，完了。金丹丹这个女人，她到底要干什么？

"生产剃须刀的，苏慧没跟你说过？"金丹丹突然刹车，适时地结束了让苏慧如坐过山车般的话题。

蔡垒连忙点头："说过的，说过的。"

"苏慧，你的厨艺了不得啊，这个西红柿炖牛腩比江国饮食城做得都好。"金丹丹非常有底气地放下碗筷。

蔡垒竟然还傻乎乎地问："你减肥啊？吃这么少。"

金丹丹夸张地打了个饱嗝："减什么肥，我真吃饱了。你看，都打饱嗝了。"

苏慧也笑了，虽然勉强，毕竟是这顿饭最轻松的时刻。

苏慧带金丹丹进卧室，随手关上门。"我不是跟你说等我电话吗？你怎么这么急啊。"

金丹丹说："那边不是等着交钱吗。"

苏慧把钱递过去，"幸亏我上午给你准备好了。我把新手机号给你，以后，再有事直接打我电话就行。"

"真是不好意思，我昨天记错了，实际还差两万。能不能再借给我一万？"金丹丹得寸进尺，眼神直直地盯着苏慧，好像，借钱的是对方。

苏慧说："家里真没钱了。要不，再等几天？"

金丹丹问苏慧要纸笔。

苏慧把钱塞进金丹丹的包里，说："写什么借条？你帮了我这么大的忙，这点钱就算我的一点心意。"

这次轮到金丹丹意外了。金丹丹坚持要写借条，苏慧摁住她的手说："你就别再推让了，收下吧。你看，我能有今天还不是多亏了你？"

可能是心生愧意，苏慧送她出门时，金丹丹没话找话："你们小区，怎么冷冷清清的？"

小区健身器材前只有几个老人在踢腿扭腰。苏慧解释说："晚饭前后都这样，都在外面喝酒K歌洗脚按摩呢，哪个不到半夜回来？"苏慧本想刺激她一句，你以为这儿住的还是你们老师啊？到底没敢说出口。

第二天，苏慧自己找上门。金丹丹拉住苏慧的胳膊，说："你来评评理，他让我请假回去照顾他妈，我能走得开？我们这儿可是一个萝卜一个坑，谁替我代课？"

苏慧想笑，没进门时她就听到了，金丹丹是在逼韩小光出去借钱。苏慧懒得点破她，说："就是，小光轻闲些，自己多回去两趟不就完了？说着，从包里掏出一叠钱。呶，你要的钱我给你带来了。"

金丹丹没有拒绝，昨天那样的底气不是每天都有的。

"苏慧，我……"

苏慧打断她，"同学之间，就别这么客气了。我还有事，先走了，你们忙吧。"

晚上，韩小光急三火四地来找苏慧，说："金丹丹跟他分手了。"

"骗谁啊，上午还亲亲热热的。"苏慧不以为然。

韩小光更急了："真的，戒指都还我了。"

"你那也叫戒指？"苏慧听韩小光说过，那戒指是从夜市地摊上淘来的。一个男人，舍不舍得为女人花钱，其实很重要。

韩小光很尴尬，讪讪地说："到底是信物吧？"

苏慧嘴一撇，说："八块钱的东西你也敢说信物？怎么回事，你打她了？你也不敢啊。"

韩小光吭哧半天才说："吵架了。"

苏慧不满，说："你怎么跟挤牙膏似的，问一句答一句。"

韩小光怯怯地说："你走后，我感慨地说，女人啊，一副好脸蛋抵得上一张本科文凭。"

"你怎么能这么说？"苏慧忍不住，脸上漾起了笑。她比谁都清楚，韩小光说的是事实。

韩小光很无辜地说："丹丹说，我这是在挤对她，明显看不起她。"

"就这些？"

韩小光答："就这些。"

韩小光没敢告诉苏慧，金丹丹转而骂苏慧，说她那张脸再好也是用来卖的！我这张本科文凭，靠的是自己的努力。一个做过鸡的女人，长得再好还能成了凤凰？你韩小光跟她睡也就睡了，那都是先前的事，可我见不得你还对一个鸡怀着令人酸不溜秋的留恋。被虫咬过的苹果真的那么诱人？

苏慧安慰韩小光："没事，你主动认个错就好了。女人嘛，还不就是哄？"

韩小光说："认错？怎么认错？我又没做什么错事。"

这也是苏慧不喜欢韩小光的地方。他这个年龄的男人，至今还没学会逢迎，没学会弯下腰求人，不知道见什么人说什么话，这其实不是本真，是不成熟，是幼稚，是蠢！

6

再次接到金丹丹的电话，已是阳春三月。苏慧一边朝阳台上走一边压低声音问："房子弄好了吗？"

金丹丹说："弄好了，我都搬进来了。苏慧，还真得谢谢你啊！"

"谢我什么啊，买房子是正事。"说完，随口又补了一句："改天我去看看你的新房。"

金丹丹说："毛坯房有什么看头？"

苏慧问："你没装修？"

金丹丹说："装修？说得轻巧，去哪弄钱？"

这金丹丹，又是要借钱。苏慧心头一紧，"我明天去找你，等我电话。"

蔡垒问："谁啊，神神秘秘的，接个电话还躲到阳台上。"

苏慧说："还能有谁，看房子的。苏慧手下还有两套房子等着出售，这两天老是有人打电话看房子。"

自从转了化妆品柜台后，苏慧在县城四处打探哪有独门小院出售。这两年，大城市的房地产商开始把目光转移到中小城市，政府为了扩大经济增长点，把大块的土地都给了开发商，停止发放小块土地使用证。让人不解的是，小县城独门小院的房价反而赶不上成套的商品房房价。苏慧瞅准商机，倾其所有，又用买来的房子抵押贷款，一边买进一边卖出，着实发了一笔小财。

苏慧来看房子，自己都觉得寒碜。这也叫房子？地板砖没铺，门没包，墙上吊着日光灯，卧室里放着不知道从哪弄来的老式木板床。苏慧本来预备了五千元，走的时候，她把包里的现金都翻了出来，凑够八千，全给了金丹丹。在苏慧面前，金丹丹早顾不上谦让了。钱是硬货，没有它，房子从哪来？苏慧看着她假惺惺地要写什么借条，觉得知识分子还真不容易，遮遮掩掩，欲说还羞，也不觉得累？走到门口，苏慧转身说，我出手一套房子，保不齐就是五万十万的利润，这点钱在我手里算什么？嘴上这么说，心里还是疼的，咱这钱也不是大水冲来的啊。除了心疼，还能怎么着？不过，以苏慧目前的状况，钱确实不是问题，最让她珍惜的是自己的家庭。扔点小钱，不足惜。

没过几天，金丹丹又找上门。苏慧没敢埋怨金丹丹没有提前打电话，她猜到金丹丹安的不是什么好心。这个女人，也太不知足了。好在，蔡垒不在家，金丹丹再怎么呱嗒苏慧也不怕。

金丹丹手里提着一箱牛奶，这让苏慧挺意外。

"丹丹，见外了不是？来我这儿你还客气什么啊？"

金丹丹说："一点小意思。老是沾你的光，不好意思啊！房子整了整，差不多了……"

苏慧接了个电话，蔡垒让她把家里的户口本找出来，他一会儿回来取。挂了电话，苏慧问："丹丹，有事吗？苏慧不想让蔡垒见到金丹丹，一想起上次金丹丹的口无遮拦，苏慧还心有余悸。"

金丹丹说："没事，就是来谢谢你！"

"看你客气的！"苏慧看了看表，"对不起啊丹丹，我得出趟门，不能留你了。"

金丹丹不知所以，跟着站起来："没关系，咱改天再聊。"

刚下楼，就碰到蔡垒。蔡垒热情地招呼老乡："怎么，我一回来你就要走啊？"

金丹丹连忙解释："不是，苏慧有事，我也该回学校了。"

蔡垒问她："最近有没有回老家。"金丹丹说："哪啊，心思都放到房子上了，哪有时间回家。"

苏慧正好从楼上下来，忙说："蔡垒，我去送丹丹，户口本在茶几上。"

蔡垒上去了，苏慧随口问："丹丹，还缺什么你只管说。"

"缺什么？缺的东西多着哩。"金丹丹好像对自己的现状很不满意。眼下最缺的，是电视。一下班回家，屋里连个响都没有，多乏味啊。

苏慧说："买个呗，现在电视也不值钱。"

金丹丹叹了口气："你们有钱人，哪知道穷人的难啊。"

第二天上午，金丹丹放学回来碰上苏慧。苏慧开了辆小车，锃亮锃亮的。金丹丹艳羡地拍了拍车门，说："你都开上小轿车了，我还骑破自行车呢。咱这差别，越来越大了啊。"

苏慧说："你也不远了，先搞房子，下一步就该是汽车了。"

金丹丹自嘲："汽车？也可能有，谁知道驴年马月。"

苏慧说："别急，一切都会有的。房子装修好了，我送你一样你最缺的东西。"

金丹丹以为苏慧开玩笑，苦笑着，没有搭话。

苏慧哈哈大笑："你想哪了？我可没能力送你一个男人，送台电视机还差不多。"苏慧来，就是给金丹丹送电视机的，LED液晶。

金丹丹很不好意思，说："我有个小窝就已经很知足了，老是麻烦你。"

苏慧心想："别装了，我走后，你还不偷着乐死。"

金丹丹问她要发票。苏慧装聋，躬着身子朝楼上爬。

金丹丹在后面跟着，说："你别想歪了，发票是个凭据，电视机要是有个什么毛病我也好去找商场维修。"

苏慧哦了一声，把发票递给金丹丹。

房子装修得很简洁。金丹丹嘴上还硬，"我就喜欢这样，像家而不像宾馆。"

苏慧忍住笑，以你金丹丹的实力，也容不得你繁复啊。

"丹丹，你一个女生，不容易啊。"苏慧这句话，倒很实在。

金丹丹噙住泪，怎么不容易，只有她自己心里清楚。

"说正经的，丹丹，你跟小光，就这样算了？"苏慧问。

金丹丹揉了下鼻子，"不算了还能怎样？我们，不是一条道上的。"

苏慧早从韩小光那儿知道了两个人分手的原因。有时候，实话是不能说出来的，比如亲朋好友谁患了癌症，哪个会讲出实情？韩小光的话，也太刺激金丹丹了。

下了楼，苏慧没有急着离开。她编了条短信：丹丹，你以后有事尽量提前打个电话，别朝我们那儿跑了。那么远，我怕你扑空。我来找你，我有车方便，一踩油门就到了。

没隔几天，金丹丹就打来电话说："昨天，我们小区有两户人家的门被撬了。苏慧你在外面见识多，给我推荐两款防盗门吧。"

苏慧眉头一皱，这个金丹丹，还填不满了。好在，金丹丹这次没有上门。丹丹你放心，我有朋友卖防盗门，我明天让他们跟你联系。

7

苏慧开始失眠。

躺在床上，耳朵里反反复复都是"请注意，倒车"的声音，隐隐约约，似有若无。苏慧打开窗户，看不到楼下有车。刚回到床上，那声音又响起来。苏慧干脆穿好衣服，下楼，半夜里哪有车？如是反复，她才意识到是自己神经过敏。

在床上辗转，身下的床也跟着呻吟。这呻吟有点像曾经的欢场，过于夸张。苏慧对这张婚床其实一直都很满意，九千九百块钱，图的就是吉庆。刚结婚那阵，她和蔡垒可着劲儿地在上面折腾，它都能忍着，不娇不喘。前些日子，他们怕床垫变形，给它调了头。这一调不要紧，床上再有个风吹草动的，呻吟声就没再消停过。蔡垒还笑，说是咱买张床还送了个伴奏乐队。苏慧笑不起来，眼睛都睁不开了。蔡垒以为苏慧是生意揪心，劝她，身体要紧，生意能放就先放一放。苏慧自己心里清楚，跟生意无关。她怕影响蔡垒，摆不平床垫，只好自己担当点。苏慧不想搬到另一间卧室去住，分居势必影响夫妻感情。蔡垒这个时候，正贪呢。也不怪他，遇到苏慧，是个男人都会贪。苏慧积累了那么多取悦男人的经验，又不敢一下子全使出来，只好时不时地漏点惊喜给他。这样的惊喜反倒助长了男人的期盼，让蔡垒新鲜、回味无穷。娶了如此风情万种丰富多彩的女人，相当于委婉便捷地满足了男人的纳妾心理。蔡垒上了瘾，天一亮又开始盼天黑。苏慧的心理负担却越来越重，更睡不好。

待蔡垒入睡，苏慧悄无声息地从卧室里溜出来。夜太黑，无边无际，像一张网罩着她，越挣扎，网收得越紧，箍得人透不过气。越等越感觉夜的漫长，东边的曙光像小时候年三十的夜晚，总也撕不破这厚重的黑暗。此刻，这样的夜晚只属于她苏慧。哦，不，还有城里的那些娱乐场所。苏慧曾经那么喜欢夜晚，四年，一千多个夜晚她几乎都没睡过觉。不过，那样的夜晚是她喜欢的，是她追求的。只有在夜里，她才是快乐的。可是，苏慧现在不喜欢夜晚了，不喜欢夜晚只属于她一个人了。

这是苏慧第一次尝到失眠的滋味。她怕扰了蔡垒，关了灯，在客厅里徘徊。屋里跟窗外一样漆黑，远处县城的路灯发出暗淡的光，像是起了雾。看不清墙上的钟，不知道确切的时间。

手机突然响起来，那么不怀好意，吓了苏慧一跳。手机可不像时间，还分个白天黑夜，手机总是睁着眼睛，铃声简直跟学校的高音喇叭一样，高亢，刺耳。天已经大亮，苏慧看看墙上的钟，还不到七点。蔡垒从卧室出来，问："有事吗？起床这么早。"苏慧还没来得及回话，蔡垒又说，"赶紧接电话啊。"

苏慧像是刚睡醒，伸手去摸手机，音乐又停了。生号，苏慧舒了口气。突然，音乐又响了。还是那个号。苏慧摁了拒绝接听键，骂："神经病，这么早就要看房。"

蔡垒上班去了，屋里重又安静下来。手机扔在茶几上，越是没有动静越可疑，像心怀叵测的狗，乘人不备的时候突然冲上来咬一口。苏慧心惊胆战地守着它，隔不一会儿就瞄上一眼，怕它真的扑上来咬她。她得时刻防备着。

白天还好，外面热热闹闹的，也不觉得有多难熬，反倒是夜晚，漫长得让人憎恨。苏慧的时间，好像一到夜里就开始慢起来，有点度夜如年的感觉。按网上的说法，苏慧调暗了卧室的灯光，尽可能地让光线柔和。还是不顶用。有人发帖子说，如果有轻音乐相伴，更有助于睡眠。苏慧也试了，让蔡垒给她放轻音乐。最后，苏慧没睡着，蔡垒竟打起了呼噜。

那天碰巧遇上韩小光，韩小光一脸的惊讶，问她怎么像变了个人，无精打采不说，眼睛里还有血丝。这可不太像美女。苏慧哪有心思调侃？她说："以前睡不着觉吃半片安眠药就行，现在吃两片都不管用。"韩小光说："你是心里有事，吃再多的药都不管用。要不，你加强运动试试——别领会错了啊，我说的可不是床上的运动。"

苏慧信了韩小光的话，每天下午跟蔡垒一起打一个小时的羽毛球。出了一身臭汗，晚上依然睡不着。这个韩小光，那点儿心理学果然是中看不中用。

蔡垒上班走了，苏慧约韩小光过来。"小光，咱这关系，我也不瞒你了。这段时间，我每天都生活在恐惧之中，一直没敢跟蔡垒说。不是因为生意，你猜对了，真是有心事。"

韩小光笑，"什么心事把我们的美女搞得这般憔悴？"

"说正经的。"苏慧给韩小光续茶，"这回，你可真得帮我。"

韩小光故作正经地看着苏慧，说："是不是又爱上某个帅哥了？"

"小光，你现在怎么越来越油腔滑调了？这可不像你！"苏慧坐直了身子，眼睛看着茶几上的杯子。"我以前的事你也知道，你们嘴上不说，心里都明镜似的。你看，我也成家了，蔡垒人也不错，我真的想好好过日子。可我担心蔡垒知道我的过去。"

韩小光松了口气，说："我说什么大事呢，杞人忧天啊。放心吧，我们什么都不知道。再说了，现在是笑贫不笑娼的年代。"

苏慧的脸马上就阴了。韩小光赶紧改口，"过去是过去，现在咱不是改了吗？毛主席还说'改了就是好同志'呢。"

苏慧领会到韩小光的愧意了，不过，话还是说得让人别扭。"小光，你，我不怕，我是怕其他人啊。"

韩小光追问："还怕谁啊？"

"怕谁？你就不要装迷糊了。"苏慧沉吟一下，接着说，"你不知道，我现在最怕的还不是失眠，是电话。电话一响，我的心就提了起来。尤其是她的来电。认识蔡垒后，我不想再把你们朝家里领，就是这个意思。还记得我们结婚后换了手机号码吗？那时候我就开始担心，不想跟你们联系太多，怕你们一不小心就说漏了。"

韩小光说："你怕小丹？你还不了解她啊？她不是那样的人。"

"韩小光，你能不能别叫她小丹？！我身上都起鸡皮疙瘩了。你这么念旧情，人家为什么还甩你？"韩小光愣住了，从来没见苏慧这么激烈地讥讽过人。苏慧也意识到自己的失态，缓了声调说："谁的脸上标着自己是什么样的人？她那天来我家，故意在蔡垒面前说东说西的，差点儿就露馅儿了。她，是在威胁我呢。"

　　韩小光不信，说："不可能！苏慧，你太敏感了。心理学上说……"

　　苏慧打断他："你就别拿你那心理学蒙人了。我见过的人多了，还看不透金丹丹？她就是不想让我好。看到电视上"扫黄"的镜头，她好像解了心头之恨，在蔡垒面前发誓，我就是穷死也不会去卖！她这话的意思还不是明摆着啊？"

　　"她不是针对你，你别太敏感……"

　　"小光，你倒是相信她还是相信我啊？"苏慧急了。"这个金丹丹，迟早要把我卖了。"

　　"我相信你，我也相信金丹丹不会像你说的那样。"韩小光没有叫小丹，也没有再叫丹丹。事实上，她觉得，丹丹比小丹叫起来更腻人。

　　"苏慧，你真是过于敏感了。"

　　"好，就算我敏感，那她为什么一次又一次地……"苏慧想了想，嘴里蹦出一个词，勒——索。"她为什么一次又一次地勒索我？"

　　"勒索？"韩小光很惊讶，"苏慧，你这样说可太严重了。金丹丹怎么会勒索你呢？不可能的。"

　　苏慧急赤白脸地辩解："真的，小光，你得相信我。她老是给我打电话"借"钱。说是借，哪有还的时候？这不是敲诈勒索是什么？我现在的时间可以说是以金丹丹的电话为界线，她来电话我怕，不来电话时我又忐忑不安。"

　　韩小光问："她借钱没给你打借条？"

　　"没有"，苏慧说，"她也说过给我打借条，我没让。唉，她那还不是故作姿态虚让一下。"

　　韩小光说："她没说过将来要还？"

　　苏慧肯定地说，"没有。从来没说过。"

　　"不会的"，韩小光还是不相信："苏慧，你别老想着你的过去，金丹丹没你想象的那么阴暗……"

"别再在我面前提她的名字了"，苏慧不耐烦地说，"她要是几岁十几岁叫丹丹还好，二三十岁的人了还叫丹丹，自己就不觉得矫情？"

韩小光觉得苏慧今天的反应有点让人莫名其妙，丹丹可是她带头叫的。正好监狱来电，有个犯人割腕自杀，让韩小光速回。苏慧送他出门，冲着他的背影说："小光，你不相信是吧？你等着，我会给你弄来证据的。"

8

苏慧在蔡垒的建议下准备出去散散心，再这样下去，身体早晚要垮掉。其实，这也是韩小光的建议，苏慧目前的状况很令人担忧，出去放松放松太有必要了。

苏慧早想好了，去天津找娜娜。人还没走，苏慧就强烈地怀念起那种生活来，单纯，快乐。在她们那儿，男人女人的关系，本质，纯粹。要说忧愁，偶尔也有，风声紧客人少，或者，警察又要行动了。可那些和她现在乱成麻的生活相比又算得了什么？就像金丹丹所说，只要有男人，她们就不愁没生意。警察的行动只是一阵风，风头过去，她们比原来更疯狂。

蔡垒送她到火车站，苏慧突然又改了主意。她不能出去，她得守着蔡垒、守着自己的家。屋里空了，金丹丹还不趁机坏她的事？

她给娜娜打电话，让她过来。她得找个人说说话，她憋不住了，娜娜再不来她就要爆炸了。这是她在电话里跟娜娜说的话。苏慧的过去里，只剩下娜娜这个好姐妹。

娜娜这名字，一听就是假的。娱乐场所的女人，无外乎娜、燕、丽、芳，再高档一点的场所，又变成英文，Anna、Marry或Jane。苏慧也有这样的名字——小丹。回来快两年了，苏慧容不得有人再提小丹，这两个字扯着苏慧的每一根神经。小丹只属于夜晚，小丹只属于过去。好在金丹丹至今也不知道苏慧曾经在那种场合借用过她的名字。其实，苏慧也不是故意要叫小丹，带她的那个妈咪让她给自己取个叫起来顺口响亮的艺名，她没有多想，小丹脱口而出，有点急中生智的成分。毕竟，这是她熟悉的字眼。

娜娜直接，对谁都敞着胸怀。小丹喜欢这样的朋友，彼此交心，不用费猜——两个人相见恨晚。她比小丹小，却是小丹的老师。她教小丹如何识别男人，如何应付难缠的男人，如何让男人在最短的时间内得到他们想要的快乐，如何让男人从兜里掏出更多的小费……最难得的是，娜娜虽然整天在那种场所混，心地却非常单纯、善良。做她们这行的，三五个月就得换宾馆换城市。无论换到哪儿，小丹和娜娜总是一起。后来，小丹变回苏慧回到县城，决定和过去的小丹一刀两断，唯有娜娜，她舍不下。她和娜娜，时不时地通通电话，没想过有一天还要再见。

反正也睡不着，娜娜来的头天晚上苏慧就开始做准备。整理房间，准备新的洗漱用具、拖鞋……还有自己，也得拾掇拾掇。眼袋不用说，太明显。还有眼睛，红红的，带着血丝，一看就知道受过煎熬。出门前，苏慧用热毛巾敷了三十分钟，效果还不错。从南方回来，苏慧就再也没有化过浓妆，染过指甲。吊带裙、镂空的蕾丝内衣，苏慧一件都没带，全留给了娜娜。可以说，凡是与风月有关的，苏慧都远了。有一次，蔡垒约同事去K歌，苏慧借口嗓子不舒适，不去。后来蔡垒专程回家请她，苏慧勉强去了，装着对点唱机很陌生的样子，一首歌都没唱。

火车站入口处，苏慧远远就看到了娜娜。不光苏慧，几乎所有站在出口处的人都注意到了娜娜。娜娜的装束很特别，即使在熙熙攘攘的出站人群中也很容易被挑出来。刚刚进入五月，天还有点凉，娜娜却轻装上阵了。连衣裙是抹胸的，半个胸脯白晃晃地抖在外面。一件短得不能再短的上衣随随便便地披在身上，没能遮住什么，反倒有点欲盖弥彰的诱惑。娜娜自己不觉得，她已经像猴子一样引来无数探究的眼睛。苏慧的脸不自觉地红了，娜娜还不就是她的影子？蔡垒曾经说过，大街上做那种生意的女人，一眼就能看得出来。苏慧不信，她觉得自己和一般的女孩子没什么不同。现在见到娜娜，她信了。娜娜浑身上下好像都写着轻薄二字。

娜娜作势扑过来时，苏慧猛走几步，玩笑似的和她拉开距离。坐进车里，苏慧才放开。"小妖精，一路上艳遇不断吧？"娜娜笑着说："小丹姐还不了解我？咱可是良家少女啊。"苏慧假装不屑地哼了一声："良家少女？良家少女有你这样的穿着？"娜娜故意把胸脯耸到苏慧跟前，这穿着"怎么了？有资本才敢这样穿。"

苏慧接着逗她："谁知道是真是假啊。"

"真假咱还怕验货啊！你摸摸。"娜娜再次晃动胸前的两坨肉。

苏慧专心开车，目不斜视地说："又没有男人，你骚给谁看啊？"

娜娜收起笑，一本正经地说："嘿，说真的，你是不是几个月没嘿咻了？怎么蔫儿巴叽的啊。"

苏慧说："你就没个正经，我都结过婚的人了还差那个。不过，跟你比起来，肯定差得远。"

娜娜作势打了她一下："小丹姐，你别说，女人要是没有男人来滋润还真容易老。"

苏慧停下车，庄重地转向娜娜："娜娜，你得记住，我现在不是你小丹姐了，我叫苏慧。记好了？"

娜娜到底年轻，很快改口："慧姐，嗯，我记住了。"

苏慧重新启动车子："娜娜，我变化大吗？"

"异常的大。"娜娜仿着春节晚会上小品的语言，"慧姐，你还真不像小丹了，太憔悴了。到底怎么了？"

苏慧调整好车里的镜子，里面的那个人素不说，"头发好像多少年都没打理过了。"那时候，苏慧最骄傲的就是自己的头发，比洗发水广告上的都好。娜娜现在的发型还是学她，挑染，人显得俏皮，还不显张扬。

苏慧把车径直开到江国大酒店。在火车站见到娜娜的那一刻，苏慧就改了主意，不能让她住家里。倒不是害怕娜娜会和蔡垒怎么着，苏慧怕的是娜娜这样的言行搞不好就把小丹给整出来。

苏慧问了好多旧人的事，娜娜也叽叽喳喳地没有停过，一顿饭吃了两个多小时。吃过饭，哪也不去，接着回酒店聊。苏慧问娜娜，"打算什么时候洗手。"娜娜说，"还没考虑。想趁着年轻，再干几年。"苏慧劝她，"差不多就收手吧，咱们这行你又不是不清楚，都是吃青春饭，一茬又一茬的新人起来了，逼着人退。"娜娜感叹："我也想学你，找个男人从良，把过去脱下的衣服再一件一件地穿回来。去哪儿找这样的男人？男人在外面偷欢不算什么，要是听说咱们有过夜总会、发廊屋的经历还不气死！"

苏慧也苦笑："我是把脱掉的衣服穿回来了，可穿回来又怎么样？衣服一旦脱掉了，再穿回来就不一样了。"

正聊得热火，房间里的电话欢快地响起来。娜娜看看苏慧，苏慧说："没人知道我在这儿。"娜娜拿起话筒，对方问："先生，要不要按摩啊？"

娜娜笑，"我不是先生，也不要按摩。你们有帅哥……"

话还没说完那边就挂了。娜娜停了笑："真是不公平，男人到哪儿都有女人陪着，咱们女人出来了怎么就没男人陪呢？"

苏慧也笑："急了吧？要不，我去大街上给你招一个过来？"

娜娜作势要打苏慧，苏慧起身躲开。我走，不耽误你找帅哥。明天再来陪你。

娜娜看看手机："还不到十一点，你回去这么早？"苏慧点了点娜娜的鼻子，"你以为我跟你一样啊？我才是真正的良家妇女！你看大街上这个时候哪还有好女人的身影？我现在可不比从前，除了挣钱还得宠着自己的男人。总之，得活得体面。这体面可不容易，尤其是咱这样的女人，得比别人更小心……"

苏慧也想过要陪娜娜一夜，反正回去也睡不着。可结婚后，苏慧还从来没有夜不归宿过。她不想破了这个规矩，她如今可是正经女人，拒绝夜生活，拒绝莺歌燕舞。

娜娜第二天就憋不住了，她受不了清汤寡水的生活，要去KTV，唱歌，喝酒。苏慧硬着头皮说好，打电话叫来蔡垒。娜娜大老远从天津过来，不让她见见她姐夫也说不过去。

知道你跟苏慧是好姐妹，可我们跟父母住在一起，不方便，所以也没邀请你去家里。这是苏慧的安排，蔡垒只是背台词。

娜娜倒也客气，见个面就行了，在酒店反而自由些。

苏慧这两年没沾过啤酒，根本不是娜娜的对手。蔡垒呢，两瓶啤酒下肚就脸红脖子粗了。娜娜虽说离晕还早，在男人面前的本性已经下意识地表现出来，说话开始嗲声嗲气不说，连媚态都有了，攀着蔡垒的脖子灌他酒。

到底耐不住小县城的孤寂，娜娜要走，口里嘟囔着："我看你们这儿根本就算不上县城，一点儿都不开放。"苏慧不拦她，走就走吧，早走苏慧早安生。姐妹一场，苏慧送了块玉给她。上火车之前，苏慧不顾人们的鄙视，紧紧地拥抱了娜娜。苏慧没说再见，心里已经下定决心，这是她最后一次温习小丹的生活。

9

韩小光再来，苏慧简直不成人形了，整个一尊掉落镀金外漆的佛像。瘦不说，还憔悴，眼睛也无神，狼狈如枯萎的尸体。韩小光觉得老家那句咒人的话"不得好死"还不算狠毒，最狠毒的应该是不得好活，像苏慧这样。韩小光心疼不已，他想到了他姐，此时的苏慧跟戴着脚镣去指认现场时的韩小荣有什么两样？

"苏慧，你不能再这样下去了，时间久了，会出事的。"

苏慧说："出什么事？大不了就是一死。"

韩小光说："你愿意死？你舍得丢下你这个家？"

苏慧说："我这样，也是生不如死。"她找到手机里的录音，放给韩小光听。

——苏慧啊，好长时间没见你了，还好吧？

——好啊。丹丹，你没事吧？

——没事，就是想和你聊聊。你在哪儿啊？

——家里呗，还能在哪？天还没到六月就这么热，还是待在屋里凉快。

——哈，我们哪能跟你比啊，家里没空调，还不如在外面转悠凉快呢。

（有一会儿没人说话，手机里只有沙沙的噪音。）

——空调花不了几个钱，我明天给你送一台过去。

——不不不，苏慧，真的不用，我这儿有电扇，总比过去上学时强吧。

……

韩小光不解："没什么啊？"

苏慧说："还没什么？真是一夜夫妻百日恩啊，金丹丹甩你可真不凭良心。"

韩小光说："别瞎说，咱书归正传。人家哪提钱了？是你主动说给人家的。"

苏慧说："她是没提"借"钱的事，可我也不是傻瓜，总不能等着她明要啊。她说她家没空调，热，这暗示还不够明显？"

韩小光说："苏慧，你不能那样理解……"

"小光，你是不是还恋着金丹丹？"苏慧非常不满韩小光的态度。"恋不恋的我不管，我和金丹丹在你面前你应该一碗水端平。别忘了，你不光跟金丹丹恋过，还跟我好过，你就忍心看我这样人不人鬼不鬼地活着？"

韩小光说："苏慧，你得看前面，别太跟自己的过去纠结……"

"谁跟自己纠结啊？你搞清楚好不好？"苏慧声音提高了。

韩小光问："你让我怎么办？"

"现在只有一个办法，除掉金丹丹。"苏慧咬牙切齿，好像用尽了力气，脸都变了形。

韩小光劝她："你听我说，我去找金丹丹沟通，别……"

"别什么？别再提你那心理学了，没用！听我的，我已经决定了，不干掉金丹丹我这辈子都别想安生。"苏慧的脸狰狞起来。"我只问你，愿不愿意帮我？"

韩小光不同意，说："除掉了金丹丹你照样睡不安稳。"作为一名警察，韩小光想过自己将来某一天有可能渎职，有可能受贿，也有可能交通肇事，但从来没想过自己会故意杀人。

苏慧恶狠狠地说："金丹丹甩了你，你不恨她？她还不是嫌你窝囊不会来事？你也撑直腰杆做一回男人！"

韩小光低下头，他宁愿不做男人。

"好，你不帮我，我自己来。你这个缩头乌龟！"苏慧站起来，准备送客。

韩小光坐在那儿，没动。他们监狱里也有杀人犯，杀人犯哪个不是一时兴起犯下的错？这个苏慧，情急之下指不定会采取什么过激行为。

韩小光抬起头，重新审视这张在他心里曾经抵得上一张本科文凭的脸。"苏慧，我答应你。但不能急，咱得从长计议，争取做得神不知鬼不觉。我觉得，这事放在暑假最好。"

"暑假？"苏慧犹犹疑疑。

韩小光劝她，"再有几天就放暑假了，咱哪在乎这两天？暑假好，金丹丹放假了，出了事学校也不至于那么早知道……"

"好，就依你。"苏慧走上去，捧住韩小光的脸响响地亲了一口说："其实，我是一天也等不及了。"

10

江国饮食城无疑是金丹丹清淡生活中的又一次牙祭。苏慧笃定金丹丹喜欢赴这样的饭局，就让这个贪得无厌的女人再心安理得一次吧。我承认，我苏慧能有今天的幸福多亏了你金丹丹，分点红给你理所当然，可人总得知足吧？不就是一大学生嘛，翘什么尾巴？要钱没钱，要长相没长相，男朋友还不是我帮你搞定？

见到金丹丹，苏慧又开始犹豫。金丹丹就像高中时代的自己，朴素得令人心酸。苏慧记得，去年初见面时金丹丹也是这身装束，奶白色的裙子，上面镶嵌着淡淡的白花。上身一件掐腰的衬衣，有点长，但更像教师。

金丹丹没有觉察到两个人都在观察她，她的心思全在满满一桌菜上。菜是好菜酒是好酒，苏慧肯定又大赚了一笔。金丹丹拍拍苏慧的肩膀，"你也别光想着挣钱，得注意自己的身体。你看你，这么瘦，尽是骨头了。"

苏慧强装笑脸："瘦好啊，哪个女人不想苗条？"转念一想，金丹丹这不是善良，是虚伪！现如今，什么都假了，假货、假证，连笑也假了。除非你独自一人时，笑里才没有逢迎。苏慧又狠下心。这个可恶的女人，挤对人的时候竟然还能笑得出来。

金丹丹说，"你这不是苗条，你这是病。都皮包骨了……"

苏慧的心不由自主地又软了一下。不管是真是假，金丹丹的话里还是有关心的。韩小光这个时候挺身而出了，他客套地请金丹丹开吃。分手之后，韩小光还是第一次和金丹丹同桌吃饭。吃吧吃吧，别做饿死鬼！

服务员过来问，上不上主食。金丹丹下意识地打了个饱嗝——这次是真的，金丹丹真的吃撑着了。"主食？刚才吃的还不是主食？"

苏慧其实也看出来了，金丹丹这会儿不仅胃口好，精神也好，她这是想和服务员白话呢。"有没有白吉馍？一人上一个。最好，要那种纯肉馅的。"

"没有。"服务员很无辜地眨了眨眼睛说，"真没有。"

金丹丹笑："这个，可以有。"

服务员笑了。

屋里的人都笑了。

金丹丹的兴奋有点过，不像是金丹丹了。苏慧脑子里突然蹦出一个词，回光返照。

就在苏慧有些动摇的时候，金丹丹要去卫生间。这可是个难得的好机会。

苏慧陪金丹丹回来，韩小光偷偷做了一个OK的手势。刚才还盼着韩小光得手，真得手了苏慧又有些后怕。

金丹丹端起高脚杯，一口，两口，三口……苏慧数到五，金丹丹不自在了。"你老盯着我干吗？"

苏慧心虚，忙说："看不够你啊。说的也是实话，再不多看几眼，恐怕就没机会了。"

金丹丹说："你都看得我瞌睡了。"说话间，头已经伏在餐桌上，没了动静。

金丹丹没有挣扎着站起来指着他们破口大骂，也没有吐血，这跟苏慧预想的有点远。电影电视里，人被害死前可不是这样。

两个人把"醉"了的金丹丹朝外扶。门口有人吵架，好像是一辆比亚迪刮了一辆别克。饮食城当初的设计者们没有想到小县城会有这么多车，停车位少，车停得就挤，经常有人为争车位吵闹。苏慧心想，吵吧吵吧，吵得越厉害，注意他们的人就越少。

一切按原计划进行，韩小光开着苏慧的车，到淮河岸边的树林里抛尸。

心病除了，苏慧再也不用担心那个小丹来骚扰她了。没想到，这么容易。

苏慧早早上了床，今夜，终于能睡个囫囵觉了。谁家的猫在不远处叫春，苏慧打开窗户，轰它。春天早过了，还发什么情啊。可猫毕竟不是人，它不知道廉耻，不知道收敛，躲在阴暗处一个劲地叫。有时候，人还不如猫呢。苏慧寻思，猫很直接，人呢，弯弯曲曲的，绕圈子。

蔡垒以为老婆是在发求欢的暗号，身体覆上了苏慧。春天过了，该发情也得发情啊。还是人好，不是春天也可以发情。苏慧想，也好，正好借一场欢娱入眠。

事后，蔡垒很快又睡着了。外面的夜又恢复到先前的样子，黑暗幽深，不动声色，只有猫，急火火地叫着。苏慧始终不能闭眼，一闭眼，那些活生生的金丹丹——不动声色的，旁敲侧击的，妩媚的，假惺惺的，慵懒的，无辜的，难为情的……都争先恐后地涌来跟她算账。苏慧惊出一身虚汗。她掀起毛巾被，坐起来喃喃自语，"我杀人了，我杀人了。"好在蔡垒迷迷糊糊没当回事，嘟囔她："神经病啊，大半夜的！"翻身又睡了。

睡不着，苏慧脑子里一遍一遍回放他们离开江国饮食城的细节。她定不下神。她躲到厕所里给韩小光打电话。

"你确定咱们出来的时候没有被人发现？"

"你确定丹丹已经断气了？"

"你确定抛尸的时候没人看见？"

"你确定尸体腐烂之前没人能发现？"

……

韩小光叹了口气："苏慧，除掉了金丹丹，你应该高兴才对啊，怎么还这么纠结？"

"是啊，除掉了金丹丹，我应该高兴才对啊。"苏慧苦恼地坐在马桶上，盼着天亮。金丹丹就像一根刺，扎在苏慧的生活中。而除掉她，就像拔掉那根刺，疼痛没了，替换的却是空洞的恐慌。

天还不及亮，苏慧就把车开到小区外面的洗车行。说是洗车行，其实只是一间简易敞棚。店老板是一对夫妻，苏慧也跟着人家喊那男人赖毛。赖毛不见赖，只是话少。苏慧的车一直在这儿洗，近，方便，人家活也做得细。

天太早，洗车行还没人。苏慧等不及，敲门叫赖毛。有钱赚，赖毛并没有疑问干干净净的车子为什么要洗。车洗得跟以前一样认真、仔细。苏慧问："这么热，能睡得着？"赖毛一副没睡醒的样子，"能。有电扇。"这是赖毛说话的特点，简短。

车洗好，苏慧顺便去街上吃早餐。路上隐约听到后备厢里有动静，停下来检查，没见异常。后备箱里存着半件矿泉水，苏慧怀疑是矿泉水瓶子的撞击声，转移到车子里。回去的路上，后面还是扑通扑通响。苏慧不放心，车子开到洗车行让赖毛试。

洗车久了，赖毛也能开车了。赖毛绕着小区跑一圈回来，没听到什么异常。苏慧不信，自己开，让赖毛坐在副驾驶上听。响动又没有了。

苏慧自己开的时候，后面又扑通扑通地响。苏慧害怕，莫不是，金丹丹阴魂不散？苏慧不是坚定的唯物主义者，或者人真有魂灵，金丹丹到死也不肯放过她？

11

苏慧沉不住气，给韩小光打电话说金丹丹阴魂不散，附到她车里了。

韩小光在手机里"喊"了一下："女人就是喜欢一惊一乍！怕什么，我这个警察都不怕你怕什么？"

苏慧说："我真希望咱们国家的警察都跟你一样。"

韩小光问："跟我一样怎么了？都跟我一样聪明什么案子破不了？"

苏慧说："都跟你一样我也就没什么后怕的了。"

蔡垒下班回来，苏慧还坐在电视机前。餐桌上什么也没有，这可不正常。

苏慧看了一天电视，可电视里演什么，她不知道。不过，你要是问，屏幕上方的滚动字幕打的是什么，她记得。但她其实又不想从电视上看到这样的通告，比如哪里发现尸体了，某地发生凶杀案了，警察让最近有走失家人的人家速去认领，或者，请知情人提供相关信息，协助破案……

傍晚的时候，苏慧抖着声音给韩小光打电话："小光，警察怎么这么快就找到尸体了？"

韩小光似信非信："不会吧？哪有这么快！"

我刚在电视上看到，警方发现一具尸体，正悬赏知情人。

你再仔细看看，尸体在哪发现的，有什么特征。韩小光本想提醒苏慧，别太敏感。苏慧却认了真，反复回想，还真拿不准警方发现尸体的位置及性别。电视台的广告都是循环播放，苏慧只好巴着眼盯着电视机，等下一轮通告出现。夜深人静时，苏慧终于等来了那个通告。这回她看得清清楚楚，"尸体由淮河岸边的村民发现"。

屏幕上接着滚动出"二十多岁"几个字，苏慧看得心惊肉跳，下意识地捂住了胸口。

好在很快又滚出了两个字，"男性"。苏慧喜不自禁，哭了。她起身去了卫生间，镜子里的人似哭非哭，似笑非笑，哪儿都不像自己。打开手机，她哽咽着告诉韩小光："我看错了，尸体是男性。"

过了一会儿，苏慧又想起一件事。"小光，警察要是悬赏的话，我们早晚还不是被抓住？"

"不会的。咱做得神不知鬼不觉，他们怎么能找到咱？韩小光有些不耐烦，再说了，天这么热，尸体很快就会腐烂掉，警察从哪儿查？"

苏慧被鼓动："嗯，到最后肯定是不了了之……"

"苏慧，咱也不能掉以轻心，还得时刻警惕着。"韩小光突然一反先前的自信，告诫苏慧，警察现在可是命案必破，还是小心为好。

苏慧的心又紧了起来。警察真是多事，民不告官不究嘛。

刚刚进伏，天气如他们所愿，越来越热。连树叶都无精打采，像是也受不了日头的蒸晒。大街上冷冷清清，只剩下为生计坚守摊位的生意人。苏慧本不愿出门，可油盐酱醋她不买谁买？

不远处有警笛响，苏慧握着方向盘的手抖了一下。警报很刺耳，像夏天的火炉，热上加热，让人徒添烦躁。

是火警警报，苏慧又镇定下来。

进了量贩，迎面就碰上自己原先柜台的新老板。苏慧想不起她的名字，只记得她姓屈，一个不太常见的姓。屈姓女子脸上的妆容一丝不苟，头发挑染过，有几缕黄色，很耀眼。一年前她还畏手畏脚，现在几乎算得上时尚达人了。

正是那抹黄色，唤醒了苏慧的记忆。

苏慧从量贩逃出来，钻进车里向韩小光报告。她记起来了，那天扶着金丹丹从包间里出来，屈姓女子曾经向她招过手。当时心慌意乱，又隔了几张桌子，苏慧并没太在意。

"都几天了，那个姓屈的还没报警说明你记忆有偏差。再说了，即使她真看见我们了，还能看出什么破绽？"韩小光的话，既是安抚，又透着隐忧。

苏慧不语，身子却在哆嗦。

韩小光又说，"离那么远，她看不出破绽的。"

苏慧还是说不出话。

韩小光又说："怎么了，你想学我姐啊？自首保命？"

苏慧哆哆嗦嗦地说："小光，万一姓屈的看出了破绽呢？"

韩小光说："你是做贼心虚，能有什么破绽？"

"万一呢？"苏慧像是喃喃自语，"万一被她看出了破绽呢？"

"不会吧？"韩小光似乎受到感染，声音也开始抖起来，语气没有了先前的笃定。

挂了电话，苏慧甚至连启动车子的力气都没有了。空调没有开，她的衣服湿漉漉的。很快，韩小光发过来一条短信：咱把屈也做了？苏慧没理他，真是个疯子，还嫌麻烦少啊！这么笨，怎么就做了警察！

晚上，韩小光打来电话，说是金丹丹的父母找他了，问他最近两天有没有见过金丹丹。他嘱咐苏慧，做好思想准备，金丹丹的父母很可能也会去找她。还有，这两天少打电话，防止被人监听。

苏慧更紧张了。她心里清楚，见到金丹丹的父母她肯定掩饰不住自己的慌张。正不知所措呢，有电话打过来："我是丹丹的爸，你在哪儿，我有事要问你。"

苏慧情急之中扯了句谎："哦，我出差了，暂时回不了。叔叔有什么事？"

"听说你和丹丹是好朋友，我想问问你，最近几天有没有见过丹丹？我们一直联系不上她，别是出事了。"

苏慧说："我也没见她。您别急叔叔，丹丹喜欢玩失踪。她放假了，说不定正在外面旅游呢。"

挂上电话，苏慧自认还算镇定，没露出什么马脚。

金丹丹的父母准备报警，金丹丹的父母知道最近他们和女儿在江国饮食城吃过一次饭，金丹丹的父母发现了女儿的日记本……韩小光不断地给苏慧带来坏消息。话还没说完，苏慧就把手机摔了。

苏慧心力交瘁，要崩溃了。

金丹丹是不得好死，可她苏慧呢？得了报应，也没得好活。

苏慧见到了金丹丹的日记本，有一页专门记着她的债务，某月某日，借苏慧一万（未写借条）；某月某日，借父母两万；某月某日，借苏慧一万（未写借条）；某月某日，借小姨两万四千（有借条）；某月某日，借表叔六千（有借条）；某月某日，借苏慧七千（未写借条）；某月某日，借苏慧两千八（附一台液晶电视机的发票）；某月某日，借苏慧一千三（附防盗门的发票）；某月某日，借苏慧一千九（附空调的发票）……

韩小光说："冤枉金丹丹了吧？人家这分明是准备还钱的，哪有敲诈勒索的意思？"

"苏慧能看不出来？是她错看了金丹丹。有什么用呢，人已经死了，后悔也晚了。"苏慧泪流满面。

下午，韩小光又带来了更坏的消息。"据说，江国饮食城有监控，肯定录下了咱们扶金丹丹出门的画面。"

苏慧最后的侥幸也被彻底浇灭，说："怎么办？咱跑吧？"

韩小光说，"不中，咱不能跑，跑了就是此地无银三百两。"

电话里，苏慧很动情。

"小光，我对不起你，对不起丹丹，我害了你们啊……我罪有应得，不连累你了，我这就去自首……"

"这事，不是你说扛就能扛的事。无论如何，我脱不了干系。"韩小光慢条斯理地说，"明天再说吧，今天我生日，过完生日明天咱们一起去自首。"

12

挂了韩小光的电话，苏慧掉转车头去了江国饮食城。这可能是韩小光在外面的最后一个生日了，得隆重点。

苏慧想订他们上次聚会的那个房间，不巧，已经有人提前订了。也好，免得旧地重游败了韩小光的兴。苏慧是老主顾了，服务员很热情，介绍说还有更大的房间。苏慧塞给服务员一张钞票，"就我们两个人，随便安排个房间就行。你带我去那个房间看看，反正客人还没来。放心，不会误事的，我只待一小会儿。"

开了门，服务员就退了出去。苏慧不放心，跟上去闩上门。苏慧找到上次金丹丹坐过的地方，把椅子挪端正，跪下，烧掉她带来的巨额冥钞，磕头。这是跟父亲学的，父亲给爷爷上坟的时候也这样，规规矩矩地跪在地上磕三个头，一边还喃喃自语：爸，我们给您送钱来了。苏慧这会儿真希望人死后会有魂灵，让金丹丹看到自己的忏悔。以前，她觉得父亲太矫情，对着一个土堆说什么痴话。如今呢，她却对着一把椅子矫情起来："丹丹啊，咱啥也别说了，我先给你送些钱过去，你在那边好好过，明儿个我就去自首，咱一命抵一命。到了那边，咱俩还做朋友，我今生欠你的下辈子还你。"

给韩小光报了订的房间之后，苏慧回去拿酒。这个别号江国的县城，没有山，也没有多清秀的水，招待客人的唯一形式就是酒。除了洋酒，小县城什么好酒都不缺。红酒却少，红酒是女人们喝的酒，喜宴上才有，市场需求不大。苏慧不喜欢喝那种饮料一样的低档红酒，只好回屋去取。最后的晚餐，她不想亏了自己。

苏慧把车停在赖毛的洗车行里，几天没洗了，汽车跟苏慧的心一样灰秃秃的。赖毛正跟老婆吵架，听那语气，好像是千斤顶丢了，彼此埋怨昨夜忘了收回去。苏慧不急，不远不近地看着他们。小两口，偶尔吵吵架也挺好啊。吵架是想求同，求同才表明两个人心在一起。如此平凡的场面，竟然让苏慧唏嘘不已。这是夫妻生活里的小甜蜜，穷点苦点也值。只可惜，自己一念之差，毁了金丹丹，毁了韩小光，也毁了自己。

进了小区，苏慧远远看到前面好像是韩小光。韩小光的旁边，还有一个女生，亲密地挽着他的胳膊。这个时候，韩小光还有心发展新恋情？刚要叫他，苏慧突然发现女生那么像金丹丹，个头、身材，甚至走路的样子，都像。

天热，屋里的纱门开着。苏慧听到蔡垒的声音："丹丹，喝茶。"

女生说："好，你别客气。"

苏慧一惊，金丹丹的声音！她掐了一下大腿，疼。

接着是韩小光。"苏慧当时决心已定，我怕警察也无法阻止她铤而走险……我不想让她重走我姐的悲剧……"

苏慧又掐一下大腿，疼，钻心地疼。低头一看，大腿上有血。不像是梦，梦不会有疼痛感啊。韩小光的声音断断续续："我用的是安眠药……我想通过假'杀人'，让她尝尝谋杀者的滋味，这在心理学上叫……"

苏慧站不稳，扑通一声瘫到地上。

雷小曼的翅膀

1

"你那个同学的哥自杀了。"

电话那头很热闹，范所长的口气像是新闻发言人。

"哪个同学？"雷小曼其实已经知道所长指的是庞亮，但她不敢相信。严格来讲，是不愿相信。

"你还有哪个同学我认识？"挂电话之前，范所长又福利性地丢给她两个字：跳楼。

雷小曼正在职业高中调查一起抢劫案。职业高中属寄宿制学校，在市郊。110指挥中心把学生的报案转到雷小曼所在的派出所，说是有人强行"借"学生兜里的300块钱生活费。要依范所长，所里人手少，根本无暇顾及这样的小案子。雷小曼他们这个派出所，成立不过七年时间，管辖原先的蔬菜基地这一块。蔬菜基地是过去的说法，现在改成天明区开发区了。菜地被城市化的浪潮吞没了。开发区派出所总共有九名正式干警，既要维护开发区的经济秩序，又要保证开发区的和谐安定，300块钱当然是小案子了。雷小曼主动请缨："范所长，抢劫性质恶劣，交给我吧，我抽时间办就是了。"

上学时候的雷小曼从没想到过自己会做警察，虽然作文本上的理想不停地随着年龄变化，科学家、作家、空姐、教师、医生，甚至护士……却从来没有出现过警察这种打打杀杀的行当。除暴安良，那都是男人的事。大学毕业，雷小曼先是报考市审计局，未中。接着又考市财务局，还是面试未过。两次考试，耗去了她一年的时间。雷小曼急了，老这样飘下去可怎么办啊。后来就碰上警察招考，雷小曼各项条件都符合，就报了。也没想着能考上，反正闲着也是闲着，有点愈挫愈勇的感觉。真的穿上警服了，镜子里的那个女生倒也英姿飒爽。倘若再皱皱眉头，刹住笑，还真能看出点男警察的威武气概。警察的职责很多，培训警官总结得好，通俗点说，就是荡污涤垢。杀人越货就不用说了，渎职侵权贪污腐败也都等着雷小曼他们去惩治哩。再遇到周围的人议论社会不公，雷小曼就觉得脸红，这是做警察的惭愧。

可是，雷小曼都入行一年多了，工作不外乎打扫卫生，替领导开会，或者搞一些材料、总结。真正参与破案，哪怕是去查赌博，都没有过。她很珍惜这次机会，幻想着这个小案子能像电影电视剧那样，一下子扯出个大案来。到那时候，她雷小曼，一个新警察，马上就会成为警界英雄，中国的福尔摩斯。没想到，一个这么小的案子，雷小曼竟花了快一个月时间才理出点头绪。

雷小曼火急火燎地朝金银小区赶。上个月庞亮还带她来过这儿，问她想要什么风格的装修。庞亮在这儿按揭了一套房子，二号楼19层。市郊，又是高层，窗户外，一望无际，天高地阔，一伸手就能拉过来一片云彩似的。雷小曼当时还开玩笑，没想到，这么快就一步登天了。

暮色四起，像一群寻衅滋事的匪徒，突然就包围了雷小曼。空气中充满了浓浓的血腥味，雷小曼停靠在路边的树上，腿软得挪不动脚步。这才过去几天？庞亮登天不成，反倒入地了。小区里的装修工人围着地上的血迹正讲新鲜。庞亮肯定流了不少血，水泥地上好大一摊，洇成一个人形。

认识庞亮，是在两次招考失败之后。那一阵，雷小曼自卑死了，从天之骄子，到无业游民，落差太大。后来碰到高中同学庞娟，百无聊赖的雷小曼黏上人家，一早一晚地跟在她屁股后面。就这样，雷小曼认识了庞亮。

殡仪馆也在郊外，可能是灯泡坏了，院子里黑漆漆的，屋里暗淡的灯光溢出来，照出门前不大的一小片地方。隐隐约约的哭声，好像拐了很多弯，压抑，低缓，像争吵后受了委屈的女人，又不想让外人听到。太冷清了，要不是因为那哭声，雷小曼简直不相信庞亮的尸体真的停在里面。进到屋内，豁然开朗。冰棺摆在正中，房子显得空落落的。想想也对，活着的时候住得逼仄，死了还不让奢侈一回啊。

庞娟跟父母缩在大门旁，石东海在对着墙角打电话，听起来很急切，像是在联系灵车。雷小曼跪下烧了几页纸，祝愿庞亮在另一个世界真正升入天堂。她恨自己没好好学语文，这个时候，竟然找不到可以用来安慰庞娟父母的语言。雷小曼讪讪地把手搭到庞娟肩上，被对方粗暴地甩开。雷小曼很尴尬，手足无措地站在那儿，眼睛落在对面的墙上。雷小曼差一点就没注意到北墙上还挂着一个横幅。沉痛悼念庞亮同志。黑底白字，墨迹好像还没有干透，在暗红的灯光下闪着莹莹的光。之前，雷小曼一直屏神凝气，怕自己控制不住。这会儿实在忍不下去了，眼泪扑嗒扑嗒地砸下来。要说对庞亮的感情，应该还没有到撕心裂肺的地步。也可能正因此，雷小曼才下决心跟他分手。那是三天前，雷小曼发去短信：庞亮，我们分手吧。庞亮像是一直等着这条短信，回复也很简短：对不起，我没有给你想要的。庞亮没有一丁点儿留恋的色彩，雷小曼觉得自己做女人真是失败。此刻的眼泪，雷小曼是可怜那个年纪轻轻的人，名字老早就被庄重地挂在一个不该挂的地方。

庞家几乎没通知任何人，也无心为庞亮搞什么仪式，第二天早晨匆忙将尸体火化。对于一对老人而言，儿子的轻生显然太不负责任。安顿好庞亮的骨灰，石东海在雷小曼身后轻轻说了声，谢谢。雷小曼转过身，表情复杂地看看石东海。按理说，这声谢谢搁在庞家哪一个人身上都是应该的，却让庞亮的战友说了出来。

2

快下班的时候，范所长办公室没人，雷小曼赶紧过去汇报。

这事我查了两三个星期了，还没进展。后来反思了一下，觉得可能是方式不对。这不，上周日下午，我穿便衣混在学生堆里，才听到学生指认……

"你就长话短说吧，查到什么程度了？"范所长打断她。

雷小曼脸红了，自己邀功的企图被领导发现了。"最近这几周，总有一个校外青年趁着职高学生周日返校，兜里揣有生活费，在路上搂住学生装作亲热的样子'借'钱。他们校报的小记者在报道学校秋季运动会时，无意中拍到了嫌犯。"

雷小曼把照片递过去，指着其中一人："呶，就是那个寸头。"

电话响，范所长扫了一眼照片，拿起话筒："我知道了，你先回去吧。"

没有等到预期的表扬。不过，雷小曼还是很开心的，这可是自己做警察以来亲自发现的第一个恶。雷小曼把各种违法乱纪统称为恶，它们是社会的肿瘤。警察呢，就是医生，发现一个恶就得根治。有时候他们是内科医生，用药，耐心地调理。有时候呢，他们就是外科医生，拿起手术刀，切除掉那些腐败的肌体。恶太多，不过，警察也不少，雷小曼就是其中之一。雷小曼很有成就感，自己到底也做了一回医生，望闻问切，总算查到病源了。接下来，就是下药或手术了。

还没到家，所长的电话就来了，让雷小曼赶紧去尼罗河。

尼罗河是天明区最耀眼的一家酒店，三星级。那儿不属他们所的辖区，难道是去抓捕那个抢劫嫌犯？不至于这么快吧。

"我回去换制服，马上就到。"雷小曼不敢细问，一切服从指挥，这是每个警察都应该遵守的规则。

范所长说："不用换了，便衣就成。你抓紧，见面再说。"

雷小曼不敢怠慢，打的赶到尼罗河。没有同事，就范所长一人，坐在大厅的沙发上。小曼，叫你来，是陪客。陪领导，也是工作。

雷小曼缓了口气。

"那个案子，就算了。"范所长又说。

"寸头？"雷小曼马上就联想到，寸头跟今天的饭局有关。

范所长点点头："区审计局郑局长的儿子。"

雷小曼说："局长的儿子咱就不查了？他这是强索财物啊。"

范所长说："也不能这样说。咱公安机关的职责并不单纯是打击，还兼有教育的职能。像他这种小孩子，我们就应该多教育。"

雷小曼说："所长，他不小了。要是老百姓的儿子，咱还以教育为主吗？"

"当然。"范所长急了，"人家虽然是强索，但钱数小，离犯罪还有一段距离。"

雷小曼不同意："过去抢五毛钱就能判刑。"

范所长说："是啊。过去那五毛钱多值钱啊，你看看现在的一百块钱，能买什么？也就一包烟。"

雷小曼说："不是钱多少，关键得看性质。范所长，我虽然没上过警校，可培训的时候教官讲了，索取财物的过程中实施了暴力威胁，迫使被害人恐惧不敢反抗，就属于抢劫罪。那个寸头，可是明显的暴力威胁啊。"

范所长说："小曼，别太死脑筋。这可不是我个人的意见。我跟分局汇报了，领导让慎重。"

"怎么慎重？把这个案子搁置起来就是慎重？"

雷小曼不相信地看着范所长。

范所长说："你不信？不信进去问问咱的头儿。"

"局长也来陪他？"雷小曼觉得不可思议。

范所长说："郑局长的小家伙，从小就调皮。我给你举个例子，高中毕业的鉴定，你也知道，一般都是拣好的说。可是，老师实在太为难了，怎么也找不到合适的话。说好了，不合乎他。说歹了，他不爱听。老师左思右想，整出两行结论：该生成绩稳定——太稳定了，一直都是最后一名；积极参与社会活动——这句话更客观，外面哪儿有打架斗殴的事，一问，都与他有关。"

都表现那样了，还叫调皮？雷小曼没心听寸头的八卦，他又不是名星。可从范所长的话里面，不难看出两人的关系。分局领导发话了，所长也说了，她一个头上没帽子的警察还能说什么？

范所长说："有情绪可以理解。分局领导毕竟站得高看得远，从大局着想。谁不怕审计？哪个单位的账审计不出毛病？"

"身正不怕影子歪。"雷小曼不服气，"你不违法，不乱纪，为什么怕审计？想归想，警察还是得服从指挥的。"

怕她不明白，范所长反复解释，"领导考虑的是全盘工作，对内指导业务，对外协调关系……"

"我明白"，雷小曼打断范所长的话。

进了房间，范所长一一向雷小曼介绍在座的领导。分局副局长，雷小曼见过，开会的时候人家坐在主席台上讲话。郑副局长，区审计局的。雷小曼脸上的表情还没化开，但语言在努力亲近："郑局长，咱们也算有缘分啊。"

郑副局长不知所以。

雷小曼解释说："我大学毕业报考的第一个单位就是审计局。落榜了。要不，现在的贪官也会少一些。"

郑局长干笑。

雷小曼解释："我要是进了审计局，决不会放过贪官的。"

郑局长还是笑："好，有冲劲！年轻人就得有这股冲劲。"

考审计局的时候，面试官也这样夸过雷小曼。人家问："你对审计有什么看法？"雷小曼老实地说："我不太了解这个行业。想想不妥，还是有些了解的。"雷小曼听人浮光掠影地说过，审计局去哪儿查账都是罚款。雷小曼赶紧补充："审计局是审计账务、惩治贪官的。我要是考上了，我不罚款，我非把渎职和腐败的官员送进检察机关不可。"面试官点点头："不错，有冲劲。"雷小曼没想到，面试这么轻松。

"可惜啊，我们审计上错失了你这样的一个将才。"郑局长开玩笑。

雷小曼乘兴问："郑局长，现在社会上那么多贪官，有多少是审计局审出来的？"

"审计出贪官只是我们工作的一个方面，或者说一个很小的方面。"说到自己的工作，郑局长简直像新闻发言人。"我们最主要的工作是服务，比如为政府或国有企业审计预算执行情况。"

大家都笑。气氛很好。

第二天周六，雷小曼上午洗涮打扫卫生，下午去蹲守。不让动手术，至少得给病人一副药。她打听好了，郑副局长住在虎拜路审计局家属院。

虽然已经是秋天，天气还是这么热。雷小曼的警服穿得规规矩矩、一丝不苟——警服有震摄作用。三点二十分，寸头出门。雷小曼从对面茶楼里出来，径直迎上去。寸头果然被震住，先是一愣，但旋即又换回先前的无所谓表情。只有一个警察，不会是大事。

"你是郑健吧？"雷小曼问。

寸头点点头。

"我是开发区派出所的民警。9月16日你去过职高吧？"

"没有。"寸头想都没想。

"再想想？那天是星期天。"

寸头坚定地说，"没有。"

雷小曼从包里取出照片："这是你吧？"

"是啊，"寸头痞着脸笑，"操场可不在校园里。"

雷小曼不想再跟他绕，直截了当地说，"根据我们掌握的材料，你已经涉嫌抢劫。考虑到数额小，情节轻微，危害不太大，我们不打算追究你的刑事责任。但你的行为警方已经备案，希望你引以为戒，好自为之。"

这是雷小曼昨晚就设计好了的。不查下去可以，但必须要让对方知道，警察不是吃闲饭的，他的犯罪事实警方已经全面掌握。雷小曼的目的是，敲敲对方的警钟，让他悬崖勒马。发现患者，既不下药也不手术，这是对患者的不负责任，也是医生的失职。

"谢谢！谢谢警察姐姐！"寸头痞着脸笑。

看他这副样子，雷小曼不得不承认，这副药下得太轻，没有达到预期效果。不做手术，这个病很难根治的。

时间还早，雷小曼打算去市中心逛逛，她想买一双高靿马靴。在职高，她见一个女老师穿过，特别帅气。周末，街上到处都是人。雷小曼在公交站点等了十多分钟，过来两辆公交车，没挤上去。其实，雷小曼根本就没敢挤，一身警服，怎么挤？只好打车。

正好有一辆出租车靠路边下人。雷小曼坐上去，师傅却突然打开车门，"姑娘，你能等一会儿吗？我早晨鎏了车，一直在跑，午饭还没顾上吃。我，我血糖低……"师傅声音发抖，语不成调。趁师傅狼吞虎咽吃饼干时，雷小曼下去买了瓶水，递给他。这是谁的家人啊？要是他老婆孩子见到这一幕，还不心疼死啊。

车子重新启动，师傅问去哪儿。雷小曼临时改了主意，去金银小区。

一进小区，远远就看到庞娟。庞娟拿着水管，正冲洗那片血渍。血已经渗进水泥，冲不掉。旁边有去污剂和刷子，可能是庞娟带来的。雷小曼二话没说，挽起胳膊，拿刷子刷水泥地。庞娟一看，扔下水管就去夺雷小曼手里的刷子。"滚！别弄脏了我的东西！"

雷小曼没滚，站到一边。雷小曼理解庞娟。别说人家朝夕相处了一二十年，就是两个刚认识的人，突然生死两隔，也让人难以接受啊。

等庞娟刷了一遍水泥地，雷小曼适时地打开水管冲洗。

没用，水泥地上还是一个鲜红的人形。

庞娟无助地俯下身子，眼泪同时啪嗒啪嗒地落在地上。"你滚！要不是你这么狠心，我哥怎么会跳楼？你滚，你滚！"

雷小曼也哽咽了，"庞娟，我不知道该怎么跟你解释。你哥，你哥其实根本就不喜欢我……"

从金银小区出来，雷小曼决定去庞娟家里看看。这个时候老爷子在外跑出租车，屋里只有庞娟母亲。老人比庞娟冷静些，但一句话没说。雷小曼冷冷清清地坐了会儿，眼看天就要黑了，只好起身告辞。刚出门，雷小曼带来的果篮就被扔了出来。

3

周一照例比较忙，例会开过之后，大家便各忙各的工作。雷小曼没走，从包里掏出一捆钱。"所长，今早我拿包，发现里面有一万块钱，想来想去，可能是郑副局长放进去的。"

范所长一脸的怀疑："不会吧？是郑局长？"说着就拿起电话。

打完电话，范所长看看雷小曼。"你都听到了，钱不是人家的。我还有事，得出去一趟。你再好好想想，是不是你自己取了钱忘了？还是，亲戚拿给你的？"

雷小曼坐在那儿，把这两天的事在脑子里重新过了一遍，嫌疑人只有郑副局长。雷小曼的包比较大，里面能塞一套衣服，上班的时候带着便服，下班时带警服。周末这两天，雷小曼一般都拎小包，装点钱，装上手机钥匙就行了。对了，她还去过庞家。给庞家打电话，庞娟妈接的，一听是雷小曼的声音就挂了。很明显，庞家不可能无缘无故地往一个仇人的包里塞钱。

一中年妇女来报案，说是自家的闺女找不到了，请警察帮忙找找。闺女叫高彩凤，昨晚从皇后酒店下班后就联系不上了。雷小曼安慰她，"别急，你女儿有可能去同学家玩，手机没电了。"

"不会的。我闺女从小到大，就没有夜不归宿过。不管去哪儿，都会打个电话知会一声的。"说着，中年妇女的眼泪就下来了。"请你们相信我，赶紧帮我们查查吧，别出什么事……"

雷小曼递给她一包纸巾："再等等。按规定，失踪不到24小时不能立案。"

晚上快下班的时候，中年妇女又来了，遵照雷小曼的关照，还带来了闺女的照片，要求警方立案寻找。范所长说："请谅解，失踪不到24小时我们不能立案。我们得依法办案。"

中年妇女说："你们不能特殊情况特殊对待吗？再说了，还差两小时不到24小时，请你们通融一下吧。"

雷小曼说："范所长，我先作笔录，等符合规定后咱再立案。"

范所长跟中年妇女介绍说："这是我们的夜班警察，详细情况跟她讲吧。"

高彩凤下班时还跟一个姐妹说了，得赶紧回家。"头天晚上我们就约好了，吃过晚饭去医院看一个亲戚。等到8点还不见她回去，打手机，已经不通。"

雷小曼问："这几天跟家里谁生过气没？"

"没有。她会跟谁生气啊？"

"有没有谈朋友？"

中年妇女肯定地说："才18岁，谈什么恋爱？"

雷小曼心想，现在的女孩子，15岁都可能谈过几个对象了。谈没谈，跟年龄没关系。这一点，还得去找高彩凤的同学同事调查。

"她性格怎么样？一个小姑娘，因情因仇都有可能被挟持或绑架。"

中年妇女说："不是夸自家闺女，我闺女从小到大没跟谁红过脸。"

送走报案人，雷小曼给所长打电话，请示是否转交刑警队，失踪可不是小事。

范所长说："小曼，你也工作一年多了，可不能听风就是雨。现在的女孩子，谁能说得清？她不呆不傻的，怎么会失踪？很可能跟朋友出去玩了，或者玩一夜情去了，外面花头多着呢。网上叫什么来着？对，叫闪。人家这是闪了。我看过她照片了，长得那么漂亮，自己没那心思也挡不住男人勾引啊。你说是吧，小曼？咱这冒冒失失地报上去，改天人又回来了，咱怎么跟领导交代？再说了，即使是真失踪，咱也没责任。报案人提供不出失踪人可能被害的证据，我们怎么立案？材料先放那儿，慢慢查。"

雷小曼凭直觉，高彩凤可能真失踪了。就是玩一夜情，也早该结束了。手机没电了也有可能，但现在哪儿找不到电话？拾垃圾的都有手机。雷小曼没敢讲自己的感觉，一个警察，办案不能靠感觉的。

夜里没事，雷小曼给庞娟发短信。

庞娟意外地回复了，而且很快："知道无耻怎么写吗？我哥待你那么好，而你说分手就分手了，你这个忘恩负义的人！"

庞娟没考上大学，下了学就去了石东海的店。石东海是庞亮的战友，家在金城市郊，部队转业后就跟着庞亮来市里打工。后来开了一家男士化妆品店，生意还不错。雷小曼第二次报考财政局未中，庞娟执意拉她入伙。雷小曼那时候已经对考试心灰意冷，庞亮却鼓动她再考，一个大学生，搞得跟我们一样，学不白上了？雷小曼于是重新捧起书本，又入围了。庞亮说，这一次，无论如何也不能再失去机会了。"庞娟，你哥真的对我没感情。分手的那条短信，你哥早就等着哩。"

庞娟回："无耻。别狡辩了，我哥去了另一个世界也不会放过你的。"

雷小曼再回："庞娟，哪天你有时间，咱见面谈吧。"

庞娟回："我哪天都有时间。"

雷小曼纳闷，哪天都有时间？庞亮死后，听说庞家的出租车换了班，夜里老爷子开，白天庞娟开。

4

八点刚过，范所长来电话，想让雷小曼代表开发区派出所参加市局的表彰会。会议通知雷小曼看过，要求各派出所所长参加。不过，雷小曼经常替他开会，早习惯了。

范所长说："正好，你去接受接受教育，也是一种激励。"

"哈，领导占用了我半个休息日，还找了个高尚的借口！"雷小曼跟他开玩笑。所里值夜班的民警，第二天上午可以休息。

表彰会唯一的亮点是，雷小曼见到了传说中的邓中。邓中并不高大，精瘦，透着中年人少有的干练。他虽是一个小派出所的副所长，全市警察却没有不知道他的。令雷小曼不解的是,邓中的事迹电视广播中找不到,都是小道消息。他一年抓的小偷数目,创了金城市新高;他违犯刑侦纪律,未经领导同意私自抓人;他不顾同事劝说,执意追查一起与市委某领导亲戚相关的绑架案,从分局副局长被将成普通民警……这一次,他是追逃英雄,获一万元奖金。

雷小曼很惭愧,与那些台上被表彰的警察相比,她没有成绩,也没有取得成绩的机会。会议还没结束,雷小曼就溜了,她得去创造下次被表彰的机会。晚一秒,高彩凤的生命就可能有危险。

雷小曼见了高彩凤的几个同事,高彩凤果然如她母亲所言,在酒店客房部人缘极好,没与人有过争执,也没人见过她煲电话粥。找不到她有男友的证据。

雷小曼又去移动公司,把高彩凤当天所有的通话都查了一遍,没有发现疑点。

离下午上班时间还早,雷小曼顺道去找庞娟。

庞娟的活很轻松,店里有导购小姐,庞娟只负责收银,像老板娘。第一次进石东海的店时,雷小曼很惊讶。在她的想象中,男士化妆品也就是大宝。想不到,那两大间房子摆得满满的,货架上,柜台里,都是:洁面,爽肤,滋养,唇膏,面膜,防晒……比女人用的还复杂,还精致。

见到雷小曼,庞娟也不言语,开始清理桌面。雷小曼问:"石东海不在?"

"嗯。"庞娟惜字如金。

庞娟在前引路,推开麦当劳的大门。雷小曼说:"你还敢吃麦当劳啊?电视刚刚曝光,说是麦当劳把过期鸡腿鸡翅当新鲜肉卖。"

庞娟退回来,夸张地叹了口气:"是啊,现在还有什么可以让人相信?连人都又虚又假!"

雷小曼知道庞娟的意思，不想在大街上跟她斗嘴。

两个人找了个小饭馆，炒了两个小菜。雷小曼开门见山："庞娟，我跟你哥，根本不像你们想象的那样。"

庞娟问："我们想象的是什么样子？"

雷小曼想了一会儿，才说："恋人。"

"雷小曼，你真无耻。"庞娟脸都气红了，"你们不是恋人是什么？都谈一年了，还用我们想象？"

雷小曼说："庞娟，是不是恋人，你哥自己清楚。"

"是啊，我哥清楚。我哥不是被你害死了吗？他清楚我们不清楚。"庞娟不放过任何一个挖苦雷小曼的机会。

"庞娟，我怎么害死你哥了？请你以后不要这样说好不好？"

"我哥秀秀气气的一个人，谁不说他脾气好？你这一提分手，他能受得了？"

"庞娟，你这是在逼我啊。我索性不要脸一回。你知道吗，我们谈一年了，你哥只拉过我一次手。我说他没碰过我，你信吗？"

庞娟当然不信，眼睛盯着雷小曼。

雷小曼不好意思，低下头。

既然迈出了第一步，雷小曼也没什么顾虑了。她重新抬起头，迎着庞娟："他没碰过我，没吻过我，没亲近过我……要不是咱们四个人天天在一起，我真以为他还有其他的女人。"

庞娟一脸的不以为然。

雷小曼豁出去了："要不，我去做个检查？"

"什么检查？"庞娟问。

"还能有什么检查？处女膜检查。"

反正我哥没有外心，庞娟声音比先前低了八度。

雷小曼说："我也没说你哥有外心，但你哥的心确实没在我身上。

这一点，我可以肯定。换句话说，你哥选择跳楼，原因不在我。"

"不在你在谁？"庞娟这时候明显底气不足。

"我倒是想担责任，可人家不稀罕。"雷小曼说。

关于男朋友，雷小曼也不是没做过梦。高中时代，她对男朋友的界定是，高大，青春。再具体点，得双眼皮，最好国字脸，干净利索……庞亮出现了，高大，双眼皮，国字脸，也干净利索。而且，干净得比女人尤甚。庞亮特别心细，连化妆品都分得很细。连雷小曼都分不清。雷小曼淋了雨回去，庞亮会抢下她手里的毛巾，替她绞干头发；雷小曼洗头，庞亮会在一旁添水递洗头膏……庞亮是个好人，像父亲一样的好人。小时候，雷小曼的父亲也这样，冷了嘱她加件外衣，热了替她扇扇子赶蚊子。雷小曼24岁生日，庞亮买了蛋糕为她庆生。点燃蜡烛，"祝你生日快乐"的音乐也机械地响起来，一遍又一遍。雷小曼的心被庞亮弄得潮潮的，主动搂住庞亮的腰。庞亮简直跟圣人无几，手规规矩矩也就算了，嘴也是。雷小曼还以为他矜持，主动贴上去。庞亮应该能感觉到她凸起的胸。他胳膊加了力，但也仅仅是拥抱。电快耗尽了，"生日快乐"越来越微弱，雷小曼的身体也在慢慢冷却……

每次约会，庞亮都客气得像个陌生人。雷小曼没这方面的经验，不知道其他恋人是不是也这样。

5

雷小曼向范所长复命，该受的教育受了，会议结果呈给领导。

范所长说："听说你逃会了？"

雷小曼很惊讶："你怎么知道？"

范所长说："别忘了，我的警龄都快赶上你的年龄了。"

雷小曼说："看到人家受表彰，真的很受激励。开会的目的已经达到。后面的，还不都是老一套，领导总结，警察务必扬善弃恶，等等等等。最后，大家鼓掌，散会！"

范所长说："邓中拒绝领奖你知道吗？"

这事发生在邓中身上，雷小曼信。可我亲眼看见他上了台……

范所长接着爆料："哈，不知道了吧？会议背后还有料啊，人家领了奖状没领奖金。"

雷小曼觉得这人有意思，跟她的心思不谋而合。社会太不正常了，一个警察，抓了一个罪犯嫌疑人还要受表彰，那扫大街的环卫工人岂不每天都得表扬？行业腐败。

"范所长，那笔钱要是没人认，我可要自行处理了。"雷小曼说。

范所长愣怔过来："怎么自行处理？"

雷小曼说："捐给灾区，捐给贫困家庭，捐给孤寡老人……"

"你傻啊？自己都没钱花还捐给这个捐给那个。"范所长不耐烦地挥挥手，示意她出去。

雷小曼还没走出门，范所长又扔过来一句话："钱到你这儿了，没人认，就是你的了，想怎么花就怎么花。捐出去，你傻啊？！"

晚上在家里上网，雷小曼在本市论坛发现一则寻人启示：许兰兰，女，39岁，家住东府区，10月12日14时失去联系。许兰兰的照片。提供线索者的酬金。

招警面试时雷小曼认识一男生，正好分在东府区分局。电话打过去，人家说没接到这样的报案。雷小曼心想，肯定是跟他们一样，基层派出所按下没报。

雷小曼按启示上的号码打过去，对方很激动，一上来就问："你有兰兰的下落？"

雷小曼反问："你们怎么不报警？"

对方说，"报了报了，派出所说正在查。"

许兰兰当天下午14时与丈夫从家中出门分手，晚上18时，幼儿园老师打电话，说孩子没人接。丈夫感到奇怪，平日里，许兰兰就是再忙也会准时去接儿子放学。打她的电话，一直联系不上。从那以后，许兰兰便人间蒸发了。

雷小曼没有透露自己的警察身份，对方急着找人，也没有深究。如果说，抢劫几百元是小案子，那么这两起失踪案可是人命关天的大事。雷小曼决定尽力查下去。

许兰兰年龄大，又独自经营一家塑钢铝合金门窗厂，社会背景肯定比高彩凤复杂。怎么查？雷小曼知道，像这样的案件，仅凭自己一个人的力量远远不够。一是自己没有资格让其他分局、派出所协助查找；二是缺乏头绪，个人的智慧毕竟有限。

当晚，雷小曼再次去见高彩凤家人。高彩凤家是做冻肉批发生意的，家里很有钱。原本家里不主张她出去工作，但高彩凤看不起父母的生意，脏不说，还市侩气重。正好皇后酒店招聘酒店管理，高彩凤体态端庄大方，一去就应聘上了，月薪两千六。还没做满三个月，人就不见了。

雷小曼问："高彩凤当天晚上6点36分打到家里的电话都说了什么？"

高彩凤的母亲说，"也没说什么，就说下班了，她马上就到。我们都等着她饭后去医院看她姨呢。"

"你能复述她的原话吗？"雷小曼问。这次来，雷小曼是想找到一些更细的细节。雷小曼读过好多案例，都是因为办案人员没有放过任何蛛丝马迹，才找到突破口的。

"原话？"高彩凤的母亲想了想，"嗯，是这样的：妈，我刚坐上车，正在路上，一会儿就到啊，别急。就这些。对，还有，拜。"

雷小曼认真地记下来。"那两天，高彩凤就没有什么异常？"

高彩凤的母亲看看雷小曼，又看看自己的丈夫："要说，也有，就是闺女身上来了。她身上一来就惊天动地的，老喊疼。"

雷小曼装作埋头记录，掩饰脸上的涨红。这毛病，她也有。

派出所里，一天到晚总是忙。邻里纠纷，小偷小摸，嫖娼赌博，哪一桩都刻不容缓。好不容易又熬到下班，雷小曼才有闲暇问那两起失踪案。

在许兰兰家门口，雷小曼等了一个多小时才等到王军。王军是许兰兰的丈夫，中学教师，现在请了长假找老婆。许兰兰一失踪，塑钢铝合金门窗厂几近瘫痪。王军不懂生意上的事，也无暇他顾。雷小曼等他安顿好儿子，请他再详细地回忆一下许兰兰失踪前的事。

话就那几句，很容易就回想起来了，都是跟家务有关的。许兰兰14时以后的事，王军自己也多次到厂里去问过，无非是指挥工人加紧操作。厂里接了个大活，给一家宾馆安装门窗。整个下午，许兰兰只打出过一次电话，给一家电脑公司。王军也去问过，对方说，许兰兰是想让公司去解决电脑故障的。当天他们比较忙，答应第二天一上班就派技术员去看看。厂里看门的说，五点左右，许总出了厂，就再也没有回来。

雷小曼问："你儿子什么时候放学？"

王军说，"五点半。"

雷小曼问："许兰兰五点左右出厂，是不是去接孩子了？"

王军肯定地说："是。一般都是她接，如果有事，她会提前打电话让我去。"

"厂子离幼儿园多远？"雷小曼又问。

"开车也就十分钟左右吧。那天她的车有点毛病，送修理厂了。"王军说。

雷小曼问："许兰兰打车去幼儿园？"

"应该是。"王军说，"她喜欢提前到。幼儿园旁边有一家麦当劳，儿子喜欢吃那儿的鸡翅。她提前去买好，儿子一放学就能吃上。"

"你确定她打车去幼儿园？"

"差不多"，王军说并没有十分的把握。"坐公交车也很方便的，厂门口正好有个公交站点。"

6

高彩凤的家人又来派出所，询问他们调查的结果。范所长说："警方正在调查，请你们耐心等候。"雷小曼听着别扭，怎么这么像香港警匪片里的台词？

人家不放心，想知道他们都做了哪些工作。

范所长安慰道："你们就回家等着吧。"高彩凤很快就会回去的。只要能先哄走人，范所长什么话都敢说。

雷小曼一整天都在忙着处理两个女人打架的事。中年女人去浴池洗澡，撞见老公的小三。女人不动声色，等小三脱光了衣服开始动手。小三没防备，挨了一顿好揍。看看小三受伤的样子，着实让人心疼。头发被揪掉一绺不说，身上还青一块紫一块的。小三是可恨，可现在是法治社会，小三没触犯法律，哪能白白挨一顿打？好说歹说，总算把两人弄出了派出所。

半小时不到，两个女人又回到派出所。原来，小三觉得吃了亏，心有不甘，出派出所不远又追上女人打了起来。一个老女人，怎么能敌得过年轻力壮的小三？女人被报复，头发揪掉两绺，喊着全身都疼。但小三显然比老女人更会打架，身上没见伤。

晚上下班前终于送走了她们两个，庞娟在大厅里等雷小曼。

"我有事求你。"这是两个人见面的第一句话。

雷小曼说："别，你这个求字我可受不了。你说，你求一个小警察能帮你做什么？"

庞娟说："石东海的母亲找来了。"

见雷小曼一脸的不解，庞娟赶忙解释。"石东海死活不愿意见我。我想让你替我劝劝他，他听你的。"雷小曼跟庞亮处的时候，石东海整天跟听差一样，随时等着雷小曼的吩咐。

雷小曼心想：他凭什么听我的？我又不是他什么人。石东海的身世，雷小曼也有所了解，他从小父母离异，跟着父亲长大。可是，离婚那是大人的事啊，现如今母亲找来了，怎么能不认？

庞娟说："进你办公室坐会儿吧，一时半会儿也说不清。"

雷小曼说："我饿了，咱找个地方先吃饭，边吃边聊。"

雷小曼的生活中，时间从没有这么快过。一晃就下班了，一晃天就黑了，再一晃，又要上班了。上学的时候，她无所事事，一上午好难打发。毕业这两年，先是等考试结果，漫长而无奈。然后是扫地、看报，像一个家庭妇女。

庞娟把石东海幼年的经历又细述了一遍。当年，石东海的母亲跟一个外地来的木匠好，被父亲发现，于是离婚。9岁的石东海想跟着母亲，但被拒绝。石东海跟庞娟说，他永远也忘不了母亲离家时的决绝表情。这辈子，他说他最不能原谅的就是母亲，还有他曾经的女朋友。因为家境贫寒，那个女朋友最终弃他而去。

雷小曼叹了口气，有这样的背景，恐怕谁也难做通他的工作。雷小曼还是安慰庞娟："这种事，不能急，得慢慢来。再等等，看他会不会改变主意。"

吃过饭，已经九点多。雷小曼建议，去金银小区转转。她们吃饭的地儿离金银小区不远。

路过一家养老院，雷小曼问庞娟带没带钱。庞娟说，没带钱，有卡。雷小曼让庞娟在附近的ATM机上取了一万元。养老院院长不在，两个值班人员一听人家要捐款，热情地要打电话叫院长回来。雷小曼说：
"不必了，你俩接收就行。但我有个条件，你们得打个收条给我。"
这个要求有点出乎人家的意料。一般来捐款的，都是遮遮掩掩不好意思
直接提这样的要求，但心里却巴巴地等着对方主动。人家爽快地回答
说："放心吧，我们不仅给您打收条，还会通知媒体去采访您。"雷小
曼按住那摞钱："不！你们要是通知媒体我就不捐了。"对方眼里闪过
一丝困惑，旋即应承下来："好，好，我们不通知就是了。"

从养老院出来，雷小曼说："庞娟，我知道你会问，我有钱为什么
不还你们？你放心，那四万块钱我一定会尽快还的。但这一万块，谁也
不能动。也不敢动。"

庞娟没吭声，跟着雷小曼进了金银小区。小区里并没有搬过来几户
人家，绝大部分窗户都没亮灯。好在，头顶上一轮圆月。地上原来的血
渍不见了，庞娟解释说，小区里的业主埋怨，血不吉利，让他们想办法
弄掉。有什么办法？水洗不掉，只好找工人用钢钎一点一点地剜。不剜
还好，剜掉了，血是不见了，又留下一个人形的凹。

庞娟说，"我爸妈再也没来过这儿，他们无法面对。我不怕，我
想我哥的时候就来这儿看看。那片人形的凹痕，老给我一种错觉，我
哥他还活着，他只是累了，躺在那儿歇息。说不定什么时候，他又回
来了。"

雷小曼仰望星空，不知道该怎样安慰她。

庞娟也仰头，感叹。老天真是捉弄人啊，天上月圆，地上人却
不圆。

雷小曼也借景生情："庞娟，你说，天上两颗星的距离有多远？"

"地理课上不是学过吗？"庞娟说，"得以光年计吧。"

"看起来那么近，却隔着千山万水。"雷小曼感叹，"真有
意思。"

7

雷小曼正愁两起失踪案没有头绪，第二天就接到市局的传真，说最近本市已连续接到两起女性失踪案件，各派出所如果还有同类案件，务必立即电话上报到市局刑警一大队。

范所长看了传真，让雷小曼不要急着向上面汇报，再等等。这段时间，好好整理整理当时的案情记录，别等上边检查的时候被动了。

雷小曼觉得这事不能再等了，多拖一分钟，失踪者就有生命危险。趁范所长出去的空，雷小曼跟市局刑警一大队汇报了高彩凤和许兰兰的失踪案。听对方的语气，好像人家已经掌握了许兰兰的情况，但还是问了句："你怎么知道许兰兰？"雷小曼说："许兰兰是我在网上看到的。我也是怀疑这两起失踪案有关联，就顺便去找当事人问了问情况。"对方又问："你对这两起失踪案有什么看法？"雷小曼小心翼翼地说："一个市接连发生多起这样的案件，是不是可以并案侦查？凭直觉，我判断她们可能有生命危险。"对方并不急于挂断电话，问雷小曼对这几起失踪案有没有兴趣。雷小曼听出了对方的意思，紧张起来："我一个新手，当然希望能参与破这样的大案。"

上午10点多，范所长通知雷小曼，立即到市局刑警一大队报到，有任务。

市局昨晚收到一派出所女文员离奇失踪的报告，再加上近期外面到处都是悬赏的寻人启示，市局很重视，发了协查传真。想不到，一下子拢来五起失踪人口的报告，失踪日期分别是12日、14日、16日、18日及19日。失踪者均为女性，而且，都是在大白天。市局于是决定并案侦查，以最早发案的时间为代号，成立"1012"专案组，以防外界抨击警方行动迟缓。市局关政委亲自任专案组组长，抽调各分局刑警队骨干七人，参与破案。

大家都在议论，怎么把办公室设到19楼，这么高，不方便快速行动。关政委解释说：碰巧这两间房子刚刚腾空。咱们毕竟是临时机构，再调整其他部门，太麻烦。巧合的是，庞亮的新房楼层也是19层。自从庞亮出事，雷小曼再也没有上过高层楼房。会议开始之前，雷小曼特意打开窗户。外面天高云淡，雷小曼并不觉得离天近了多少。

关政委特意讲了两点纪律。一是保密，所有成员都不能私自接受媒体采访，不能对外公布案件进展情况。二还是保密，我市在这么短时间内连续失踪5人，一旦被公众知晓，将会引起恐慌，不利于社会的安定、和谐。

邓中也在这八个人之列。开会的时候，雷小曼眼睛不时瞟向他。关政委把五名失踪人员的情况给大家作了介绍，最后总结说，从目前的情况看，极有可能是同一伙歹徒所为。既然并案侦查，说明五起案件有相同的地方。歹徒是劫色还是劫财？歹徒有没有失过手，有没有受害人脱逃？下面，大家谈谈自己的看法。

邓中先站起来，他建议警方向公众公布案情，一是提醒老百姓注意出行安全，二是征集线索。如果真像关政委刚才讲到的，有受害者脱逃，看到消息，会主动与我们联系的。

关政委不耐烦地挥挥手："我刚才就讲了，要保密，只有保密才不至于引起社会性恐慌。这是上级的意见。"

"我赞成邓老师的提议，政府应该考虑接受。"众目睽睽之下，雷小曼站起来，声音发抖，但一字一句，表达完整。"这样做一举两得，不仅可以防止类似案件再度发生，还有助于破案"。"这么大的失踪数字，谁也不能保证歹徒会就此收手。市民没有获得相关消息，缺乏应有的警惕，万一再有人失踪，责任谁负？"

雷小曼本来没准备发言。对于她这样的新手来说，进专案组是个很好的学习机会，可以趁此机会多向这些一线的老警察们学习，看他们怎么分析案情，怎么破案。但邓中的谏言没人附和，雷小曼觉得这是对英雄的孤立。还有一点，雷小曼可能不愿承认，自己之所以能鼓起勇气反驳关政委，主要因为他收了庞亮送上去的四万元。没见到关政委时雷小曼还能理解，现在听他如此严肃地讲话，雷小曼总觉得很有讽刺意味，好像在给道貌岸然这个词作注解。这样的领导，怎么让她相信？

关政委的注意力转移到另一个站起来支持邓中的警察身上，没有注意到雷小曼挑衅的表情。

关政委只得退出办公室。几分钟后回来，关政委否决了邓中他们的提议。专案组的工作重点是，重新调查失踪者最后两天的详细活动、通话内容，明天10点准时来这儿汇总。

8

巧的是，雷小曼跟邓中一组。

雷小曼表达自己对他的敬仰，邓中笑："哈，我也有粉丝啊。我还以为，咱们警察没有一个待见我的呢。"

雷小曼说："你有那么多荣誉，说明你这样的警察还是主流的。"

"也不知道我还能坚持主流多少年"，邓中无奈地说。"对了，你们派出所的头儿可是我警校同学。"

雷小曼开玩笑："以后还要仰仗邓老师美言。"

"晚了，范所长可能要高升了。"邓中悄声说，"听说，正在考核。"

范所长八面玲珑的一个人，提拔是早晚的事，雷小曼并不意外。她说："问你一个问题，那次表彰会的奖金？"

"怎么了？"邓中问，"是不是大家都说我作秀？"

"至少我不这么认为。"雷小曼说，"这样的秀，作作也不妨。"

邓中说："领导后来找我单独谈了，说我要是不领，显得其他获奖的同志觉悟低。没办法，领到钱，我就偷偷捐到区敬老院了。"

雷小曼暗自得意，两个人不谋而合。

邓中没注意，接着感慨："你说，咱现在的社会，是不是特别功利？什么都得用钱来衡量。"

这会儿，雷小曼甚至有了相见恨晚的感觉："走，我请邓老师去通风大酒店吃饭。"

"通风大酒店？"邓中问，"在哪儿？怎么没听说过啊？"

"通风大酒店都不知道啊？"雷小曼忍不住笑。

邓中不好意思地挠挠头，"我哪有钱老在外面吃啊。"

雷小曼说，"地摊。四面通风，多好啊。"

邓中终于意识过来，说："不诚心啊，请我吃饭还去地摊？"

雷小曼说："地摊上都是货真价实的东西。那些大酒店，还不都像电视上曝光的麦当劳一样，坑蒙顾客。咱去吃正宗的韭菜馍。"

"韭菜馍？"邓中不解，知道其中肯定另有说头。

"果然。"雷小曼笑了笑说："这韭菜馍，有个典故。我有个朋友，没上过几年学。有一天我带他去吃夜市，他看到人家的招牌，跟我埋怨说，还以为是什么好吃的呢，原来是非菜馍。其实招牌上写的是韭菜馍。"雷小曼没提石东海的名字，提了他也不认识。

邓中也笑。

馍上来了，两面都烤得黄灿灿的。邓中尝了一块："嗯，味道还不错。"

雷小曼问："邓老师，您干这行快二十年了，失踪案都怎么查啊？"

邓中沉吟了一下，说："像高彩凤这样的失踪，对她家人来说很不幸，但对于这个案件本身来说，又是幸运的。因为，咱们市一下子失踪了六人，上面不得不重视了。大多数失踪，只是上报信息，请各基层派出所协查，除非报案人有确凿的证据证明失踪者有可能被绑架、受到伤害。"

雷小曼说："据说，东京警事厅的大门口有一块液晶显示屏，上面每分每秒都在刷新着日本国内的失踪人数。"

"是的，我也听说过。"

雷小曼说："邓老师，你不知道失踪者的家属有多伤心。我大学的同学给我讲过一件事，他中学老师三岁的孩子失踪了。老师停下工作找了三年，没找到。现在，他们又生了一个孩子，也两岁了。去年他去北京出差，你猜怎么着？对，不期撞上了自己失踪六年的孩子。那孩子身上有记号，耳垂那儿有个月牙记。但是，儿子已经面目全非了，脸脏兮兮的，头发蓬乱。最关键的是，四肢被弄成了畸形，摊在一个木板上，讨钱。老师在附近徘徊了一上午，最终还是悄无声息地离开了。走的时候，他想把兜里的现金都留给那孩子，尽管他知道这钱孩子自己得不到。但他始终没勇气接近孩子……"

邓中说："那个做父亲的，心里肯定纠结极了。"

雷小曼说："是啊。咱们警察的工作，多重要啊。"

"还别说，这家的非菜馍还真不错。"邓中岔开这个沉重的话题，"八宝粥也熬得好，黏乎乎的，养胃。"

雷小曼说："您要是喜欢吃，下次咱还来这儿。"

9

从皇后酒店出来，雷小曼收到同事发来的短信。

邓中问，"有情况？"

雷小曼说："没。同事。"

顿了顿，雷小曼又问："邓老师，好多事我这个新警察一直搞不明白。我们的电视这边强调不要搞封建迷信那一套，那边广告又让发短信测名字看运气；这边刚刚播了聚众赌博的禁令，那边接着又播足球赛竞猜的广告……"

邓中讪笑："我也有很多搞不明白的地方。"

"你同学一直被上级表扬，表彰，甚至嘉奖。今天上午，就刚才，突然就成了坏人，被停职。"雷小曼突然把疑问推到他们共同的生活中。

邓中说："我昨晚听说了。据说他包庇。"

"到底怎么了？"雷小曼喃喃自语。这两年，雷小曼有太多这样的疑问。她像一只从水塘转入大海的小舢板，满怀对大海的美好向往。可迎接她的却是那些汹涌澎湃的波浪。任雷小曼想象力多么丰富也难料到。

邓中说："你们头儿也太胆大了。你们区一个副局长的儿子把人打成轻伤，你们头儿竟然想把这事搁置起来。前几天，人家炒到网上了，市检察院都介入了。"

雷小曼问："那个副局长是不是姓郑？"

邓中说，"是，好像是审计局的。"

雷小曼想，真是罪有应得啊。看来，做坏人早晚是要付出代价的。

邓中问："怎么，不喜欢你们头儿？看你这高兴劲儿。"

雷小曼分辩道："我哪里高兴了？我笑了吗？"

"不用笑，人一高兴，脸上就亮了。咱做警察的，这还看不出来？"邓中也笑。

雷小曼忙解释，"不是，我是觉得做人还是端正点好。我做过那个孩子的案子，范所长后来压下了。要是当时对他进行制裁，说不定就不会有这事。"

邓中看着她。

雷小曼解释说："抢劫。头儿说，分局领导有话，放他一马。"

邓中问："他没做你的工作？"

雷小曼说，"做了。"

邓中没接着问。

雷小曼接着说："他不承认，我只好捐给养老院了。有证人，也有证据。"

"英雄所见略同啊。"邓中笑，"你比我有经验，还知道留证据。"

"差远了，向你学习。"雷小曼让邓中看，路边商店的外面赫然写着：本店出售各种男女真皮。

"雷人吧？"邓中表情淡定。"我们身边这样的标语太多了，爱护野生动物就是爱护我们自己，一人结扎全家光荣……"

雷小曼笑。

邓中问："小曼，你最理想的职业是什么？"

"警察。"雷小曼回答。

"没入行之前就有这理想？"邓中惊奇。

"你问以前啊？"雷小曼反应过来，"诗人。"

"诗人？"邓中笑，"这可跟警察的工作南辕北辙啊。"

雷小曼说："你别笑，我说的可是真的。我抽屉里，现在还存着上学时写的两大本诗。"

邓中说："不是笑你，是笑我自己。说起来恐怕你也不信，我年轻时候的理想也是当作家。"

"啊？"雷小曼很意外，"写过诗吗？"

"当然。"邓中答，"我们那个时代，会认几个字的都喜欢诗。"

"还能记住其中的一两句不？"雷小曼问。

邓中夸张地伸出双臂："啊，理想！"

雷小曼没忍住，大笑起来。

"我给你来段我的原创。"邓中停住笑，开始朗诵。这首诗给夜半/给阳台上不断张开的翅膀/给细雨中不断返回的身体/于一小点光中/低声地吟咏……

"不断张开的翅膀，好。"雷小曼由衷地感叹。

邓中说："见笑了，在一个真正的诗人面前。"

雷小曼问："邓老师，你说，我算不算有翅膀的人？"

"谁没有翅膀？谁都有！"邓中目光投向空中。

"给阳台上不断张开的翅膀。这是我们活着的光，太棒了！可是，为什么要给夜半？白天不好吗？还有，翅膀为什么非要在自己私密的阳台上张开？"雷小曼连着追问。

邓中反问："谁敢说城市没有鸟？郊区，野外，有树林的地方……鸟夜晚在那儿休息，白天张开翅膀，自由飞翔。人也一样，好多人的翅膀一直都折着，没有张开过。时间长了，可能就废了。人啊，还是得不时张开一下翅膀，哪怕是在夜里。"

雷小曼也仰起头，把目光投向空中。

"飞翔是全人类的梦想。怎么飞？我们不敢试验，不敢学习，久了，翅膀就废了。但是，你总得有个梦吧？哪怕在夜半的阳台上，试着张开翅膀，亲近纯净、浩瀚的天空。这是我们现代人对自己的安慰。邓中手脚比画着，一点儿也不像人到中年的警察。"

雷小曼点点头："说得好！邓老师，作为一个警察，你有什么理想？"

"我的理想就是铲除世间不平事。邓中转向雷小曼，你别笑我书生气啊。"

雷小曼没笑："咱们俩，还真有点像。"

"别学我，我是失败者。"邓中认真地说，"你昨天看关政委的眼神，有点轻慢。这不好，一个成熟的人不应该这样。"

"邓老师是说我幼稚？"雷小曼问。

"不是。"邓中无奈地说，"其实我自己也搞不清是成熟好还是幼稚好。有太多的不平事，可惜我们这样的小警察管不了。"

10

案情分析会刚开始，下面又报来一起失踪案。10月22日，也就是前天，18时许，高速公路某收费站24岁女工作人员杨茜，在黄河花园附近失踪。

邓中和雷小曼会心地交换了一下眼神。

关政委派四名警察立即去寻找杨茜失踪的线索，其余人员，继续开会。

昨天夜里，雷小曼反复过滤五名女性失踪的细节。共同点显而易见。女性，都发生在大白天。另一个可能的共同之处就是，失踪者最后消失前都乘坐了出租车。高彩凤失踪前让母亲不要急，她马上就到。皇后酒店到高家，坐公交车得40分钟。如果高彩凤那晚乘坐的是公交车，她怎么能说马上到？许兰兰失踪时，她自己的车送去修理了。依她的经济条件，不太可能去挤公交车。

但这都是推测。如果此推测被证实，案件的侦查就有方向了。

雷小曼不敢贸然提出自己的想法，毕竟，她面对的都是有着丰富经验的一线警察。现在，唯一有确凿证据证明其失踪之前乘坐了出租车这一交通工具的，只有那个派出所文员，有人亲眼看到她出门上了出租车。也就是说，雷小曼得从这剩下的五名失踪者中再找出一例或两例证明其失踪前乘坐过出租车的依据。

中午，庞娟来电话："小曼，你告诉我，你和我哥到底为什么分手？"

"我现在正忙！"雷小曼有些不耐烦。"我都说过多少遍了，是你哥心中根本就没有我。"

"我哥除了不碰你，他还有哪方面不好？"庞娟追问，不像是问罪，反而有讨好的口气。

雷小曼说："人都死了，还说那干吗？"

"小曼，你不知道，石东海跟我哥一样……"庞娟几乎哭着说。

雷小曼没吭声，她的猜想基本得到了证实。

"我，我跟石东海一起住了。"庞娟以为雷小曼没明白她的意思。

雷小曼继续沉默。

庞娟吞吞吐吐："我怀疑，石东海有问题……"

"我也是怀疑。"雷小曼接过庞娟的话，"有两次，我去石东海家找你哥，敲了好长时间门才开。两个人出来时，脸色潮红，衣衫不整。前天，你讲到石东海的身世，又让我联想到石东海的性取向，还有你哥……"

"委屈你了……"庞娟的歉意很诚恳。"我，我一直没朝那方面想。不，是没敢朝那方面想。"

"石东海恨女人可以理解，可你哥，为什么？"雷小曼自言自语。

挂断电话，雷小曼找邓中交流了自己对"1012"案的看法。邓中表示支持，两人当即行动，实地验证许兰兰当晚是乘出租车还是公交车接儿子。

许兰兰的塑钢铝合金门窗厂门口正好有一公交站，16路车直达许兰兰儿子所在的幼儿园。全程下来，共计36分钟。雷小曼他们试验的时候是早晨，7点钟之前。许兰兰出厂时5点左右，正是下班的晚高峰，公交车走完全程至少需要50分钟。很明显，许兰兰不会选择公交车。保险起见，邓中他们又乘出租车从幼儿园返回塑钢铝合金门窗厂一次，总共用时14分钟。即使加上高峰期堵车造成的延误，24分钟也足够了。

在回办公室等待关政委的过程中，雷小曼在谷歌上输入失踪人口四个字，电脑上马上显示约1 330 000条结果。但是，雷小曼没找到国内每年失踪的确切人口数。

11

雷小曼还没来得及谈自己的看法，电视就播放了本市东郊团庄村一枯井内发现六具女尸的新闻。各大网站夏是以"金城市半月内连续失踪六名年轻女性""枯井惊现六具年轻女尸"为题，报道此事。有的论坛上竟然说，金城市已经发现19起类似的失踪案。整个城市，大街小巷都在议论。金城市民陷入恐慌。

团庄？雷小曼觉得这个名字有点耳熟。

办公室里，电话、手机响个不停。关政委一气之下，抠掉了手机电池。

关政委打电话证实了电视上的新闻。专案组既惊又喜，这六具尸体很可能就是"1012"案的六名失踪者。失踪者已遇害，此为惊；这么快就找到尸体，此为喜。

关政委命令，立即联系失踪者家属，去殡仪馆辨认尸体。邓中和雷小曼这一组，去团庄村调查。

雷小曼让邓中跟关政委汇报一下他们的思路。邓中站起来："关政委，我觉得雷小曼的思路不错，您听听。"

大家都停下手里的工作，眼睛转向年轻的雷小曼。关政委也看看她，继续在电话里协调车辆……

雷小曼紧张得讲不出话，她没想到邓中突然把她推到了前台。

关政委火了："年纪轻轻的，有话就说！都什么时候了还婆婆妈妈的。"

这一骂，雷小曼反而清醒了。她可不想让领导还以为自己是黄毛丫头，到专案组混饭吃。雷小曼谁也不看，一口气把六名失踪者失踪前乘出租车的可能性给大家分析了一遍。结论是，歹徒很可能是出租车司机。

正好，调查杨茜失踪案的专案组成员刚刚返回，他们反馈的信息再次印证了雷小曼的判断。杨茜最后一个电话是打给她男朋友的，说是10分钟就到。而黄河花园离杨茜男朋友家，坐公交车最快也得30分钟。

"太好了！"关政委擂了下桌子，大叫，"小曼啊，你可是立了大功啊。团庄村的工作交给其他人去做，你和小邓先把重点放到出租车上。"

"留下的成员分头去调失踪案发地附近的监控，看看都有哪些出租车在现场出现过。"

邓中下去准备车，屋里只剩下关政委和雷小曼。关政委问："是去年招的那一批吧？"

"是。"雷小曼规规矩矩答。她犹豫，该不该说出来。

关政委说："不错，好好干。"

"谢谢您啊，关政委。"雷小曼故意抛出个话头，这是个很好的机会。

"谢我什么？"关政委纳闷。

"面试时您要是不照顾我，我今天就不可能站在你面前。"雷小曼刻意表现出很真诚的样子。

"你是？"关政委还是没想起来。

"您有个外甥女婿，姓宋。他是我前男友的战友。想起来了吗？"

雷小曼问。

关政委若有所悟。

雷小曼豁出去了。直说了吧，"我前男友给您送了四万块钱——瞒着我送的。之前，我考了两个岗位，都是面试没通过。"

关政委额头上沁出了汗。

"我前男友跳楼自杀了。"雷小曼接着讲，"快一个月了，您可能也听说过。撇下两位老人，我哪有钱还他们啊？"

"对不起……"关政委压低声音，"等案结了，咱们再谈这事。"

12

因为有人亲眼看见派出所女文员登上出租车，雷小曼他们先调来女文员失踪地的录像。遗憾的是，监控里的车牌号不清晰。

关政委急不可耐地打来电话，问小邓查得怎么样了。邓中只得如实汇报："监控太远，画面一团模糊。要是这样查下去，咱们的工作量可太大了，大海捞针啊。"

关政委说："别查监控了，小邓你忘了？咱们市的出租车去年不是安装了车载GPS定位系统吗？查查那个时段所有经过发案地点的出租车嘛……"

邓中挂上电话，笑了。好家伙，车载GPS定位系统本来是保护出租车司机安全的，想不到先用它来查司机犯罪了。

两个人在电脑前把女文员上车的时间前后各延长了五分钟，扩大搜索范围，防止漏掉嫌疑车辆。经过筛查，他们发现那个时段路经当地的出租车共有九辆。

两人很兴奋，终于找到了突破口。而且，范围越来越小。

"真巧，还有我同学的车。"雷小曼觉得很有趣，A86664。

"咱也别费劲了，告诉我你同学的地址，抓过来就行了。"邓中跟小曼开玩笑。

"哈，人家是女的。"雷小曼说，"高中同学。"

"怎么？女的就免检啊？"邓中绷紧脸，紧追不放。

雷小曼说："以前是她哥开夜班，她爸开白班。这一个月来，换成白天她开，晚上她爸开。"

见邓中不解，雷小曼赶紧解释。"她哥死了。跳楼。"

接下来的筛查，让雷小曼不得不严肃起来。对事发当晚高彩凤失踪地皇后酒店方圆两公里之内出现的出租车筛查发现，6点32分至50分之间共有24辆出租车经过该地区。两组出租车唯一重复出现的，只有A86664。

刚才还谈笑风生的两个人，马上安静下来。

"不可能。"雷小曼擦了一把额头上的汗水。"我凭直觉判断，庞娟不可能是作案人。"

"警察办案不能凭直觉"，邓中提醒她。

邓中跟关政委汇报筛查结果。得到的指令是，继续筛查与其他四宗失踪案有关的出租车信息。

邓中转身又去忙活。雷小曼坐在那儿，突然像一个外人。等结果的这段时间，很长，也很短。

"另外四宗失踪案现场，只有许兰兰案发现有A86664。"雷小曼舒了一口气。

邓中说："你别高兴得太早。虽然你同学的车在另外四起失踪案案发地只出现过一次，但跟另两起失踪案合并考虑，这个几率已经不小了。你同学有重大嫌疑。"

走出去，雷小曼才发现天已经黑透了。雷小曼始终不相信，"1012"案竟然与庞娟有关。她舒展了一下腰肢，这段时间太紧张了。

好在，案件即将告破，专案组就要解散了。如果真是庞娟，那也是她罪有应得。雷小曼很留恋这段日子，紧张，充实。

回到专案组，认尸工作也基本完成。说基本，是因为还有两名失踪者的家属不在本市。那四具尸体，确认属于"1012"案受害者。

关政委说，出租车GPS定位系统记录了A86664四次进入过团庄村境内。而且，日期与失踪者失踪日期相吻合。A86664有重大嫌疑，立即监控。

关政委问："雷小曼，你确定A86664白天是庞娟开？"

雷小曼说："确定。前天在一起吃饭时我还问过她。"

不过，雷小曼不甘心："庞娟的作案动机是什么？不是我偏袒同学，庞娟一不缺钱，二又不是男人，难道她也同性恋？不可能……"

邓中说，"作案动机很难说，变态凶手多着哩。"

关政委下令，先抓捕，审讯后再说。

雷小曼提出回避。

关政委想了想，说："也不用回避了，你把通信工具交上来，留在办公室做点儿文案工作吧。"

13

为避免凶手狗急跳墙，专案组制定了好几套抓捕方案。最稳妥的方案是诱捕，联系庞娟，看她现在在哪儿，然后见机行事。当然，最合适的执行者还是雷小曼。

凌晨三点十四分，雷小曼打通庞娟的电话。

"庞娟，在哪儿呢？"

"还能在哪儿？开车呢。"

雷小曼一惊，看看关政委。关政委向她点头，示意她稳住。

"你不是开白班吗？"

"唉，我没跟石东海干了。那个变态佬！以后，开车就是我的专职了。"

"什么意思啊？"

"什么什么意思啊？以前我爸心疼我，让我开白班，晚上能跟石东海在一起。现在我们分手了，总不能还让老人开夜班啊。"

"等等，你是说，你的白班以前是石东海替你开的？"雷小曼没掩饰住自己的惊喜。

"嗯。前天以前都是这样。我替他守店，他还不该替我开车？"

……

情况又有变化，出乎所有人预料。

关政委不放心，让雷小曼给庞娟家里打电话，进一步证实。

电话响了好久，庞母才接："谁啊？"

雷小曼刚想发问，那边就传来一个老男人的埋怨声。半夜三更的，"谁的电话啊？还让人睡不？"

雷小曼赶紧叫了声阿姨，对方仿佛怔了一下，旋即挂断了电话。

排除庞父。庞娟的话得到证实，石东海有重大嫌疑！

关政委出去向上级汇报。

雷小曼打开办公室窗户，天像是突然压了过来，近在咫尺。那一天，庞亮是不是也像现在这样，觉得自己跳起来就能够得着天？

外面漆黑一团，只有遥远的东方泛出一片白，像黑幕后浸透出的一点点亮光。

雷小曼想起来了，团庄村是石东海的老家。

谁是米的爸爸

1

关于张周，杨罗倩却跟郭班头的意见相左。杨罗倩宁愿自己成绩平平，只要能像张周那样无所不知就行。当然，张周也不是无所不知，比如课后的习题，考卷上的方程式。杨罗倩呢，跟张周恰恰相反——除了课本，她一无所知。周围的同学把杨罗倩当作学习的榜样，杨罗倩也有榜样的，她的榜样就是张周。

上个月，张周被调到她邻桌。郭班头的意思是，杨罗倩不声不响的，看你张周还怎么闹腾。

张周根本不在乎她这个全校的尖子生。第一天见面，他就用一个脑筋急转弯小小地调笑了一下杨罗倩。"有一头笨猪，无论别人问什么它只会回答'没有'。人家问它吃过了吗，它说'没有'；人家问它你多大了，它还说'没有'……喂，你听没听过这个故事啊？"杨罗倩矜持地摇了摇头，"没有。"张周笑得站了起来，"你……你，真是个笨猪啊！"

这句话，班里的同学都听到了。张周也太狂了，竟敢说杨罗倩是笨猪！杨罗倩是什么人？用他们郭班头的话说，像杨罗倩这样优秀的学生，一个学校十年能出一个也就不错了。张周哪管这些？张口就说她是笨猪。张周还不屑杨罗倩1.72米的身高，一个女生，长得高有什么意义？浪费的资源多不说，还容易碰着头。至于杨罗倩的成绩，张周照样不艳羡。只知道学习有什么意义？有人调查过，全国各省的高考状元工作后都普普通通，真正有能力的是那些中上等的学生。

两个人第一次交锋是因为校服。如果不是学校有集会，张周很少穿校服上学。这样一来，学生堆里的张周就显得流里流气，不像个学生。课间的时候，杨罗倩忍不住，说学校里不穿校服的男生跟街上的阿飞差不多。张周反唇相讥："杨罗倩，你也不先看看自己穿着校服的样子。"张周这么一点，杨罗倩心就虚了。她其实也不喜欢校服，穿最大号的还嫌小，上衣吊着，一抬胳膊就走光。那裙子，套在杨罗倩身上简直就是超短裙，都快露出白花花的大腿根了。"可是，你一个学生不穿校服像什么？"杨罗倩说，"校服代表着学校，是一种荣誉。"这是郭班头讲过的话，杨罗倩记不全，想了半天才又接上。"校服一方面约束自己，另一方面可以培养集体精神。"发现张周笑，杨罗倩急红了脸："有什么好笑的？你一点儿都不爱咱这个班。"张周停下笑，问："杨罗倩，你讲完没？校服就是校服，一套衣服，它上面还有那么多的思想？都穿成你们这样，我还叫张周？"

杨罗倩嘴上不服气，心里却开始动摇。校服还是其次，她甚至对自己的一切都产生了怀疑。张周比她聪明，这一点，杨罗倩已经意识到了。张周不仅机智、幽默，懂的也多，社会新闻、明星八卦、左邻右舍……杨罗倩一进教室耳朵就像雷达一样支棱起来，随时准备接收张周从教室任何角落发布的信息。张周喜欢扎在男生堆里神侃，偶尔，也会专门讲些八卦新闻给杨罗倩。他脑子里的事，都在杨罗倩的世界之外，跟二元一次方程无关、跟ABCD无关。杨罗倩喜欢这样的世界，比课堂更纷繁，比课本更有趣。她宁愿自己学习平平，只要像张周一样就成。有时候她也会反问自己，倘若真的成了张周这样的一个女生，还会有爸爸妈妈的呵护吗？还会有老师的笑脸吗？……学校到底有什么意义？杨罗倩借张周的口头语自问自答，学校应该是为学生踏入社会做准备的。这也是郭班头的话。要真是这样，人家张周刚上到八年级就达到目的了。也就是说，他现在就可以投入社会了。而杨罗倩，似乎离这个目标还遥遥无期。

下午第一节课是郭班头的数学。杨罗倩趴在课桌上，浑身发冷，小腹下坠，还有些痛，好像尿裤子了。张周递过来一张纸条，好学生也有不认真的时候啊。杨罗倩没心思理他，一下课就飞奔进厕所。

脱下裤子杨罗倩才发现内裤上有咖啡色的血。是初潮。杨罗倩虽然早有心理准备，这个时候还是有点手足无措。六年级到七年级这两年，杨罗倩其实一直都揪着心。有一段时间，杨罗倩书包里总是装着卫生巾，她在等那个神圣的时刻。等了半学期，还不见动静，杨罗倩灰了心，悻悻地把它们从书包里撤出来，扔进未头柜里。

杨罗倩十三岁，是班里来月经最晚的女生之一。六年级时，她的同学大部分都有了这方面的经历。生理书上说，初潮是女孩子发育成熟的标志。她羡慕那些体育课上涨红着脸请假的女同学，老师早就说过，只有女生请假可以不讲原因。她也羡慕厕所里那些手忙脚乱的女生，一堆有经验的女生围着她们，手把手地教她如何处置。杨罗倩等了一年又一年，始终不见动静，她害怕自己是石女。其实，杨罗倩并不知道石女到底是什么意思，但她知道石女就是不正常的女人。经常有人说，这个世界很公平，缺憾无处不在。盲人听力好，哑巴视力好。你这方面有缺陷，上帝会在另一方面给你补偿。杨罗倩个子高，学习又好，总得有一方面不正常吧？她越来越坚信，自己的缺陷就是发育不正常。

学校女厕所的蹲位是开放式的，没有隔板。学生多，一个人在那儿方便，旁边几个人排队候着。现在杨罗倩的面前就有好几个这样的女生，其中一个不知道从哪儿拿出一片卫生巾，热心地指导杨罗倩怎么垫上去。裤子上粘了点血，杨罗倩用卫生纸擦了几遍，血迹便模糊了。好在裤子颜色暗，血迹并不显眼。

从厕所出来，杨罗倩舒了一口气。一切正常了。她既紧张又兴奋，真是难得的完美啊。杨罗倩这才有时间回忆刚才厕所里的女生，有多少是她的同学。她希望她们尽快把这个消息传给班里的女生。杨罗倩还回忆起张周的神情，她从教室出来时张周是不是会察觉到什么。

第二节课，杨罗倩迟到了。好在是自习，没老师。进教室的时候，杨罗倩一再告诉自己要放松要放松。张周正在写作业。这个张周！该用功的时候不用功。杨罗倩后悔自己刚才进来的时候不该收着，应该稍稍夸张地机械式挪动双腿。至少，给班里的部分同学一种她来月经的迹象，她是一个正常的女生了。

身子发冷，肚子发胀，杨罗倩坚持不下去了。这个时候，她就想舒舒服服地躺在床上。走的时候杨罗倩没有请假。怎么跟郭班头说？本来想让张周转交请假条的，又怕他跟喇叭似的到处广播，犹豫了一会儿，杨罗倩最终不辞而别。

阿姨正在家看电视，见杨罗倩突然回家，赶紧站了起来问怎么提前放学了？

杨罗倩无心解释，匆匆进了自己房间。

将床头柜里的卫生巾翻出来，杨罗倩又钻进卫生间。这个时候不能洗澡，书上说过。杨罗倩只好用热水把粘到身上的污迹擦干净，裤子、内裤都换下来。量并不大，杨罗倩还是换了新的卫生巾。卫生间里其实还有半包，应该是妈妈没用完的。杨罗倩把自己买的那包又拿回卧室，像战时的武器一样，放在枕头旁边。

那只猫又来了。昨天晚上它就这么出现在窗台上，脏兮兮的。不过，隐约还能看出黑白相间的毛色。杨罗倩纳闷，它怎么爬上23层高的窗户啊？打开窗户，杨罗倩扔了块饼干给它。猫并不警惕，衔起来咽了。怕它从楼上掉下去摔死，杨罗倩小心地把它抱下来，送到防盗门外。

很快，爸爸回来了。肯定是阿姨报的信。爸爸妈妈都很忙，白天很少在家，各管一个汽修厂。杨罗倩四年级时，他们给闺女请了一个保姆，洗衣做饭捎带辅导功课。阿姨是大学生，虽然不是什么重点大学，到底是师范大学，辅导杨罗倩正好专业对口。

"倩倩，怎么了？"爸爸敲门。杨罗倩的门上粘着一张打印纸，上面写着"女生卧室，请敲门！"

"头有点痛。"杨罗倩的语气却不是有点，是非常痛。她自己也不知道，一见到爸爸妈妈就不由得想放大自己的感受，好像受了多大的委屈似的。

爸爸进来，手摸摸她的头。"不发烧啊。"爸爸给汽车校油泵是高手，人出了问题他就束手无策。妈妈说过，你爸只要一听汽车发动机响，就知道问题出在哪儿。杨罗倩不懂油泵，但在外面看到"河南老杨校油泵"的广告牌子，就知道爸爸跟她在学校一样，了不得。

"没事，爸，一会儿就好了。"杨罗倩注意到，爸爸的手很干净。现在爸爸很少亲自干活了，真有什么疑难杂症，爸爸最多也就上前动动嘴。

"咱去医院看看吧？验验血检查一下，别耽误了。"爸爸跟她商量。

"不用。爸，你去忙吧，我没事。"杨罗倩其实不想让爸爸离开，她喜欢爸爸干干净净清清爽爽的样子。

妈妈也回来了，杨罗倩会心地笑了笑。

"老杨，你闺女怎么了？"只要爸爸在场，妈妈总是用"你闺女"指代杨罗倩，外人听起来，还以为杨罗倩是爸爸二婚带过来的女儿。

爸爸站起来，让妈妈坐到杨罗倩床头。

妈妈伸上来的手被杨罗倩挡下。妈，不用摸，我没发烧。

倩倩头痛。

头痛不是病，睡一会儿就好了。妈妈站起来，朝外走。我还以为你闺女怎么了呢，急得连厕所都没顾得上去上。

"头痛，今天的作业咱就不写了。"爸爸说，我跟你老师讲。

"老杨，你闺女跟你学不了好！"妈妈在外面听到了，大声嚷嚷。"头痛就不写作业了？那将来刮风下雨你闺女就不上班了？真是个粗人，什么也不懂！"

隔了一会儿，妈妈喊爸爸："老杨，你赶紧回你厂里去，家里有我。"

爸爸出去了，两个人小声在外面嘀咕着什么。然后，妈妈大声让阿姨去买红糖，可不要搞错了，要红糖，不要白糖。

妈妈掀开薄被子，和杨罗倩并排躺在床上，轻声说："倩倩，你是一个女人了。"

"妈，什么女人啊，别说得那么难听好不好。"杨罗倩抗议。

"哈，我闺女是大姑娘了，这样说好不好？"妈妈讨好地朝杨罗倩这边靠了靠。"这几天，可别沾冷水，也别洗头……"

"别洗盆浴，别剧烈活动。"杨罗倩得意地抢过来。

"你怎么都知道？"妈妈很惊讶。

杨罗倩不好意思地把头扭到一边，"我又不是小孩，为什么不应该知道？"

手机来了短信，妈妈也挤过来看："闺女，爸爸祝贺你长大了！"

"我上厕所看到了，就跟你爸也说了。"妈妈一脸歉疚，"没关系的，他是你爸。"

杨罗倩不知道该怎么给爸爸回复。"妈，我以后是不是就不长了？"

"你还想长啊？"杨罗倩都比妈妈高出一头了。

"当然，我还没赶上我爸呢。"杨罗倩故意和妈妈作对。爸爸1.83米，杨罗倩随爸爸，身高，臂长。

妈妈讲起了她自己的初潮。"我那时候也很晚，比你还晚一年，14岁吧。是夏天，一院子的人都坐在那儿说话。我旁边的男孩子先看到的，说我身上流血了。我站起来一看，天啊，凳子上一摊血。我哭着叫你姥，快送我上诊所，我活不了了。院子里有两个妇女，不吭不响地把我拉进屋里。从那以后，村里的人看我的眼光都怪怪的。再见到他们，我老远就低下头，羞死了。"

那个晚上，妈妈破例没有再去汽修厂。长大后，杨罗倩这是第一次和妈妈睡一个被窝。

"妈，你又不姓罗，我为什么叫杨罗倩啊？"这问题杨罗倩憋了好长时间。上次张周问她：杨罗倩这名字多别扭啊，为什么中间非要加上你妈的姓？张周还以为杨罗倩的妈妈姓罗。

我先去喝杯茶，回来再给你讲你的名字。妈妈披上外衣，到客厅倒了杯水进来。"倩倩，你喝不？"

"还不如叫杨倩，中间这个罗特别别扭。"杨罗倩急着续上刚才的话题，手挡开水杯。

妈妈慢腾腾地坐进被窝。"我上学的时候语文课本里有个美女叫罗敷，你们书上也有吧？我们想，直接叫你罗敷吧，多不谦虚。干脆，给你取了个接近的名字，罗倩。再加上你爸的姓，不就成杨罗倩了吗？"

杨罗倩笑得被子都动了。"哈，原来我是大美女罗敷的妹妹啊！"

妈妈伸出胳膊搂住杨罗倩，"我们倩倩绝对配得上罗敷的妹妹！"

"妈，你要这样说我这可是好名字了！"杨罗倩说，"我有一个同学叫张周，直接就用爸爸妈妈的姓作了自己的名字。开始叫着也挺别扭的，时间长了，就顺嘴了。"

说笑着，爸爸又回来了。爸爸带回来一个大黑塑料袋，里面装着两包卫生巾，还有一本《少女生活指南》。爸爸也不说话，把东西放下就回自己的卧室了。杨罗倩看了看妈妈，没忍住，大笑起来。

早晨一睁眼，杨罗倩就朝卫生间跑。卫生巾跑了，内衣上到处都是经血。好在量不大，都是点点滴滴的。杨罗倩接了热水，把身上擦干净。正手忙脚乱地换内衣，妈妈也追过来。"女人这辈子，就是麻烦多。"妈妈木着脸。她不明白大人们为什么对一切都那么漫不经心，做饭的时候是，洗碗的时候是，垫卫生巾的时候也是。她们真是，太不知足了。

待杨罗倩收拾停当，妈妈懒散地褪下睡裤，顺势坐到马桶上。"以后，有你烦的。"

这句话就像一句谶语，杨罗倩的麻烦从此开始。

2

杨罗倩到车站等车，意外碰到张周。

"张周，你怎么在这儿？"班里的同学都在学校门口那个站点等车，杨罗倩还得穿过一个十字路口，四月天这个站点才有直达她小区门前的23路车。两年了，张周要是在这儿乘车，她早应该碰到过他啊。

"你怎么也在这儿？"张周哼了一声，表示不满。"这公交站点可是公共的，又不是哪个人的。"

"真有意思，我以前怎么没碰到过你呢？"杨罗倩没掩饰住自己的好奇。

"以前你怎么能见到我？"张周笑，"你脑子里都是语数外，哪有我们？"

杨罗倩也跟着傻笑。"张周，你不是反应快吗？我也给你出道脑筋急转弯。知道谁是米的妈妈吗？"

"稻谷啊"，张周脱口而出。"稻谷去了皮不就是米吗？"

"哈，傻了吧？"杨罗倩得意地笑，"是花！"

张周还是一头雾水，"花？花怎么是米的妈妈？"

"花生米啊！"杨罗倩手指着他，"笨猪吧？"

"哎，你还记仇啊？"张周说，"真小气。"

从那以后，每次放学张周都在四月天那儿等杨罗倩。杨罗倩笑他，"你一个男生，老是跟在女生后面不嫌丢人啊？"

"谁跟在你后面啊？"张周指着站牌，"不来这儿我去哪儿坐116？再说了，就是跟在你后面也不丢人啊，老师可是让你带我的。我的成绩上不去，你也有责任。"

杨罗倩停下来问："你成绩上不去跟我有什么关系？"

"你别瞪眼"，张周痞着脸，"有本事你去找郭班头。一个先进生带一个后进生，这可是咱郭班头的话。"

"老师真是这样说的？"杨罗倩盯着张周。这个张周，狡猾着哩。郭班头原话说，一个好学生带一个坏学生。张周当时就在下面抗议，谁是坏学生？

"甭管怎么说，反正意思就是这。"张周嗫嚅着。

张周成了杨罗倩唯一的朋友。在班里，他们很少说话。正是敏感的年龄，班里的男女生都很少说话。男同学，大多都变声了，变成男人腔了。女同学更是迫不及待，早大大小小地鼓了起来。只剩下杨罗倩，豆芽菜似的，只顾朝上长，胸前背后都风平浪静。但她也学其他女生，经常绷着脸，不太理男生。不是怕老师，是不想让爸爸妈妈唠叨她。还有，男生个个蔫头耷脑的，哪有男生相？

四月天像是杨罗倩和张周网上的聊天室。早晨他们只是偶尔碰到一起。下午放学，张周必然在那儿等着杨罗倩。正是下班的点儿，站台上永远都那么拥挤。

那天下着雨，但不大，细细的，行人手里的伞都懒得撑开。张周从人群里钻出来，陪着杨罗倩站在站牌后。

"你见没见过雪？"

"我妈说我小时候见过。"杨罗倩说。

"小时候？你是说你长大后就再没见过？"

"是啊，这有什么奇怪？南方人有多少见过雪的？"

"你在广州出生？"张周又问。

"不是，俺是河南乡下的。"杨罗倩想学电视小品中的河南话，但不像，即使带了"俺"字也没河南味。

"你爸你妈都是河南的？"

"你怎么跟警察似的，问题一个接一个？"杨罗倩有点不耐烦，"河南人也没靠你们广州人养活！我爸还是我们区的优秀农民工呢。"

116来了，杨罗倩推了推张周，"赶紧走你的。"

张周站那儿不动。"我没有看不起你爸。我不是广州人，我爸是湖北的，我妈是四川的。不过，我们每年都回老家的，不是回四川就是回湖北。你春节不回老家？"

"我爸我妈回。"杨罗倩眼看着116的车门关上，又走了。"我爸不让我回，怕我适应不了农村的条件。"

"真是大小姐啊！"张周不屑，"你爸你妈是怕耽误你学习吧？有什么适应不了的？现在的农村跟城里差不了多少。"

"不是！"杨罗倩辩解。

"哦，我明白了。"张周点头，"你要是男生，你爸肯定让你回去！"

"女生怎么了？"杨罗倩白了张周一眼。

"女生……女生回不回老家都没多大意义。"张周喜欢用意义这个词。

"都什么年代了，还重男轻女！"杨罗倩再次白了他一眼。

"不是，我爸说了，老家是男人的根儿。"张周把矛盾转嫁给爸爸。"你没看电视上老说，寻根问祖。男人不能忘本，回老家就是寻根问祖。"

张周也是，放学了还不回家，他爸他妈就不责怪他？她可不想学张周，一个女生，宁愿不坐车去和一个男生聊天，多不好。23路车来了，杨罗倩跟张周挥挥手："我走了，你去找其他男生寻根问祖吧。"

第二天早晨，杨罗倩提前一个小时到了四月天。雨好像憋了一夜，下得很急。站牌下挤满了等车的人。其实，杨罗倩不是等车，她等人，等张周给她拿主意。杨罗倩撑着伞，一边在人行道上来回晃，一边眼瞅着116。这公交车很有意思，你要是等它吧，它总也不来。你要是不等它的时候，它偏偏示威似的老是朝你面前挤。

终于到了。张周下来人还没站稳，杨罗倩就递给他一张照片。是彩照，五寸的。上面三个人，一个婴儿，两个大人。昨天晚上，杨罗倩在爸妈的衣柜里找袜子，无意中发现了这张照片。

"谁的全家福？"张周很快恍然大悟，"那个傻了吧叽的小孩就是你？"

杨罗倩从张周手里又抢回照片，重新看了看，不傻啊？小孩小时候都一个样，他怎么就断定是我？杨罗倩无心和他贫嘴，说："那女的，是我妈。男的，不是我爸。你说，怪不怪？"

张周伞一斜，雨水滴到了照片上。"那，这小孩肯定是你！"

"不是我"，杨罗倩很笃定。"我问我妈了，我妈说那男人是她打工时的同事。"

张周神秘地说，"你妈跟那男人肯定不正常。"

"你妈才跟那男人不正常！"杨罗倩猛推了张周一把。"我爸当时也在旁边，还说那男人他也认识，是他们的同事。"

"那，你妈跟他们合影有什么意义？"张周不相信。

杨罗倩说："我也不清楚。这不来问你吗？"

张周挺了挺腰："大人的事，很复杂的。告诉你吧，我爸就有一个情人。那女人，妖怪似的，脸上涂的都是化妆品。"

"你怎么知道是你爸的情人？瞎想！"

"我看过他们的短信，还跟踪过他们。"张周生怕杨罗倩不信，急慌慌地解释。

杨罗倩对张周爸的情人不感兴趣，嘴一撇说："张周，你那脑子里除了八卦，什么都没有。"

"就是，我这脑子太空了。"张周头伸过去，一本正经地说，"你敲敲看，都能听到回声。"

"别贫了"，杨罗倩不愿离开这张蹊跷的照片。"我爸说，2000年他们在老家打工，一位同事的老婆骨折住院了，为了在老家办低保，临时找我妈抱着同事的孩子照了这张照片寄回去。"

"这理由有点扯"，张周说。

杨罗倩也觉得有点牵强。可是，妈妈真要是有问题，爸爸怎么还会替她说话呢？

快到学校了，杨罗倩让张周快点走，免得别人看见他们俩一起。

放学的时候，杨罗倩比张周早到四月天。离老远，张周就说："杨罗倩，我觉得你妈有问题。"

"你妈才有问题！"杨罗倩骂他。

张周用眼白瞥了她一眼，走到一边。

其实，杨罗倩心里也觉得妈妈有问题，她只是不喜欢一个外人以这样的口气说自己的妈妈。张周不理她，她只好主动搭话说："张周，你说我妈能有什么事？"

张周像侦探一样煞有介事地帮她分析："照片是2000年拍的，而河南农村低保从2006年才开始，他们为什么要撒谎？这里面有秘密！你妈的历史真有问题。张周像大人一样，喜欢用大词，意义啊、问题啊、历史啊，等等。"

"你怎么知道低保是从2006年开始的？"杨罗倩问。

"上网查啊，"张周不以为然。

"今天班上没计算机应用课啊"，杨罗倩还是不解。

"嗨，这还不简单，手机上网啊。"

"学校明令不准学生带手机进校。"不过，杨罗倩早该想到，对于张周这样的学生，规章制度形同虚设。也不能说他不守纪律，这叫灵活。就凭这，自己怎么能与张周比？

"有几种可能。"张周停下来，看杨罗倩是不是愿意让他说下去。

"张周，你就别再卖关子了好不好？"杨罗倩急切想知道，爸爸妈妈到底为什么说谎？

"我没有卖关子。"张周说，"第一，你这个妈是你亲妈，但你爸不是你亲爸，你妈跟你爸结婚之前可能结过一次婚……"

"不可能！"杨罗倩打断他，"要说我妈不是亲妈还像。我爸在家时，我妈老是用"你闺女"指代我。"

"这很正常。"张周说，"大人喜欢这样称呼自己的孩子。"

"为什么？"

"你问我，我问谁？我爸跟我妈说话也是你儿子怎么怎么了。"

"那也不对。"杨罗倩说，"要不然，我为什么这么像爸爸？谁看到我们父女都会说，这闺女，多像她爸。爸爸便咧着嘴笑，一脸的骄傲。"

"别急嘛，我还有第二呢。"张周说，"你这个妈也可能不是你亲妈，是你爸的二奶。你亲妈被她赶走……"

"张周，你是电视剧看多了吧？"杨罗倩再次打断他。

晚上回到家，那只猫又出现在卧室的窗台上，一副可怜相。肯定是只野猫，杨罗倩猜。放它进来后，杨罗倩下楼去买猫食。上次的饼干没了，她不知道猫平时吃什么。宠物店里还有猫的专用浴液，正好可以给它洗个澡。

把猫打发走，杨罗倩又看那张照片。张周的分析有一定的道理，如果她家真有问题，那也是妈是后妈。爸肯定不会是后爸。她给张周发短信：不跟你争了，晚上爸爸妈妈回来我直接问他们。

张周没有再回短信，电话直接拨过来。"你傻啊？既然你爸帮你妈说话，你能问出来真相？搞不好，还打草惊蛇。"

"你说话干净点好不好？谁是蛇啊？"杨罗倩觉得张周太不尊重爸爸妈妈了。

"我凭直觉判断，你们家有问题。"

"别神神叨叨的！你倒是说啊，到底是什么问题？"说这话的时候，杨罗倩很心虚。打开卧室的门伸头看了看，爸爸妈妈还没回来。

"那照片不正常"，张周说。

"我知道不正常。"杨罗倩还端着腔，"哪儿不正常？"

"你在家里再找找，看还能找出什么线索。"张周就是凭爸爸的不正常，发现了爸爸有情人，发现自己还多了个同父异母的妹妹。

"搞得跟警察似的"，杨罗倩"喊"了一声。

"我还有个建议"，张周突然刹住话，想卖个关子。

"什么建议，快说啊！"杨罗倩急切地问。

"你回老家一趟，应该能找到蛛丝马迹。"张周像是自言自语。"正常的家庭都会带着小孩回老家过春节，你们家为什么这么多年都不让你回老家呢？"

"你有病啊，老跟蛇马蜘蛛这样的动物作对？"杨罗倩并不是真生气，她学着张周的腔调说，"我一个女生，回老家有什么意义？"

"你这人，好记仇，小气！"

斗嘴是斗嘴，下午一放学，杨罗倩还是动脑筋找了张周说的线索。她关上爸爸妈妈卧室的门，一边翻箱倒柜，一边心存侥幸，千万别有什么不好的线索。现在这样多好，她能感受到自己在爸爸妈妈心目中的分量。尤其是爸爸，不讲原则地爱她。

还好，除了衣柜顶上的铁盒子里有一沓爸爸妈妈的情书，没发现什么异常。说是情书，更像便条。最长的一封也就两页纸，大多数，只短短几行。内容呢，不外家长里短、日常见闻，偶尔也会有回顾过往约会的文字，三言两语，中规中矩。最肉麻的不过"我想你"，或者"我爱你"。错别字也多，字写得歪三扭四，没有多少情书的样子。情书到底什么样子，杨罗倩也不知道。也难怪，爸爸妈妈初中都没读完，还能指望他们写出花来？

第二天见面，杨罗倩就跟张周说，"可能真没什么事。"张周却不赞成："傻啊，咱们惊动他们了，即使有什么线索也早收拾干净了。快放寒假了，你用回老家过春节试探一下他们，看他们有什么反应。"杨罗倩没太放在心上，她认为张周过于敏感了，很符合他们刚学过的一个成语，风声鹤唳。

杨罗倩提出回老家过春节的建议时，爸爸妈妈非常支持。杨罗倩放心了，要是心虚的话，他们哪会这么痛快？杨罗倩向张周转述当时的情景时，张周不相信。"你爸妈以前是不是特别反对你回老家？还找了各种理由？"

"是啊。"杨罗倩问，"怎么了？"

张周说："他们这次一反常态，你不觉得不正常吗？"

"不让回你说不正常，让我回了你还说不正常。总之，你就是希望我们家不正常。"杨罗倩终于发现了张周的企图。

张周分析说："照片的事可能真惊动他们了。这次他们有准备，你大了……"

杨罗倩脸红了，她下意识地收了收胸，以为张周是看出了自己胸前的秘密。

"他们很可能预判到你寒假想回老家，提前商量好了应对的话，不想让你怀疑……"张周自顾自分析。

"他们不怕露馅儿？"意识到自己用词不当，杨罗倩赶紧补救，"要是真有什么事，他们肯定会有所顾忌的。"

"就看你了。"张周说，"如果你爸妈有什么事，老家肯定瞒不了。人家不是常说吗，打回老家现原形。"

"打回老家现原形？"杨罗倩困惑地看着张周。

"反正，人一回到老家，什么都藏不住。"张周说。

3

王畈这两个字，杨罗倩早就熟悉了，爸爸妈妈成百上千次地提到过。下了车，杨罗倩的好奇心正旺，她想仔细看看王畈的样子。月光很好，把高低错落的房屋照得跟课本里的剪纸一样。没有灯光跟月亮争辉，一切都被无声无息地画上了一层金子般柔和的光色。比白天柔和，是一种褪去了锋芒的美。

总算盼到天亮了，杨罗倩起了个大早。眼前都是些什么房子啊？这三间平房，在城里都能充文物了。老家老家，真是老啊。杨罗倩怀疑头天晚上的夜景只是个梦。

爷爷不让杨罗倩乱跑，说："村里有狗，别咬着你。"

爸爸许是听到动静，也起来了，说："走，我带你转转。"

让杨罗倩纳闷的是，都这个时间点了，外面依然静悄悄的，空村一样。挨着爷爷的那一家，房子更破，虽然红砖红瓦，但千疮百孔。乍一看，跟地理书上新疆沙漠里风化后的古城长得很像。奇怪的是，房子没有门，取而代之的是一堆新砌的红砖。爸爸说，这一家人都在新疆讨生活，几年也不回来一次，就把门封了。

全村封门的有六户。爸爸说，"你爷爷之前，农民都是靠土地捞食。现如今，土地只能管个温饱，一年的收入还不如打工两个月的收入。农民都去城里当工人了，村里只剩下老弱病残。要不是赶上过年，你想在村里找个年轻力壮的都难。"

也有新房子，都围在公路两侧，像城里的别墅，一栋一栋的两层小楼，外面贴着鲜艳的瓷砖。杨罗倩随爸爸进了一户人家，屋里空荡荡的，当门的大盆里盛着一个大猪头。主人把破沙发上的衣服收拾走，让他们坐。爸爸说，带着孩子四处转转，回头再过来坐。

村子紧贴着一个长方形的水塘。说是水塘，其实更像一个大的垃圾坑，须仔细端详才能看到垃圾下面的污水。

杨罗倩很失望，她就像一个转校的学生，原本期望着能转到一个更好的学校呢，谁知道新学校还远不如旧学校。一整天，杨罗倩都蔫蔫的，提不起精神。语文课本里有关故乡的文字都是骗人的，哪里有青山绿水？

"狗呢，一条都没见着。"爷爷早上还拿狗吓她呢。爸爸说："哪能养得住狗？陡沟街上那些收狗的，一天从这里过几趟。说是收，跟抢差不多。乘人不备，给狗喂三步倒。老头老婆能奈何他们？看到也撵不上啊。"

第二天晚上，看不到月亮了，天阴沉下来。从各家门缝里泄露挤出来的灯光，稀稀落落的，只映出一小片昏暗的亮。村子里静悄悄的，像是电影电视中的荒山僻野。杨罗倩更相信昨晚只是个梦了，哪里有张周说的诗意？黑灯瞎火的，不知道的还以为是没有人烟的地方。广州的夜晚可是比白天热闹多了，霓虹灯、KTV、夜市，笙歌不断。杨罗倩躺在床上百无聊赖，把白天用手机拍的照片发给张周。张周在四川，短信很快回过来。我爸我妈说，我们生错时代了。他们那时候，农村就是农村。天是蓝的，水是绿的，庄稼是长在地里的，猪肉是可以放心吃的，耗子还是怕猫的，结婚是先谈恋爱的，理发店是只管理发的，药是可以治病的，照相是要穿衣服的，欠钱是要还的，孩子的爸爸是明确的，学校是不图挣钱的。杨罗倩看出来了，张周这是转发大人们的段子。他还说，虽然现在的农村各方面都接近城市了，但农村人的质朴还是有的。最后，张周问她，有没有发现情况。杨罗倩这才意识到回老家不止是过春节，还要探究那张照片的真相。

可家里老不断人，杨罗倩根本没机会在屋子里翻箱倒柜。相框倒是有，东墙西墙各挂了一个，一大块普通玻璃压着十几张照片。里面只有一张杨罗倩的照片，站在爸爸妈妈中间，像是四年级时拍的。

因为要回广州过年，小年是当大年过的。爸爸带杨罗倩到村南头的高岗上，那儿是杨家的老祖坟。杨罗倩从来没见过这样的坟场，一座连一座的坟，就像村里的房子，高低不一，大小不同。早有人来过，有的坟前还有些零零星星的炮灰和烧过的纸。也有一些，芳草丛生，寂寥寥的，多年没有人来过的样子。爸说，在外打拼不容易啊，没挣到钱的，哪好意思回来见人、见老祖宗？

爸爸指着其中一个大老坟跟杨罗倩介绍，"这是我爷我奶，你该叫太爷太奶了。旁边的小坟是我小叔，你叫爷。"杨罗倩心里记下来，学着爸爸的样子，分别跪下磕三个头。但她没像爸那样，嘴里念念有词。杨罗倩张不开口，太矫情。爸在一旁替她念叨："我们家倩倩来给老祖宗送钱了，老祖宗千万要保佑我们倩倩考上大学。"

临走的时候，爸爸指着这坟场说："将来我死了，也回来埋在这里。这儿热闹，都是我的亲人。"

杨罗倩突然就想起某本书上说过的话，故乡，就是有你最亲的人的坟茔的地方。她也指着一片空地，说："爸，我死了，也埋在这。在爸爸的坟前起一座小坟，跟躺在爸爸怀里一样。"

爸爸一把将杨罗倩揽进怀里："傻孩子，你不能埋在这里。女孩子，嫁到哪儿哪儿才是你的坟。"

"为什么？杨罗倩抱住爸爸的腰，我姓杨，我就要埋在爸爸脚底下。"

"好好，我们倩倩百年之后也埋在这儿，埋在我脚底下。"爸爸没跟杨罗倩再争。

接着去姥姥家。

姥姥那个村子比王畈热闹，村西头的大沙厂一天到晚都有汽车轰鸣。相比王畈的冷清，杨罗倩更喜欢这里。这里的喧闹接近城市。

线索就出现在他们回广州的头一天晚上。

这个时候，农村就像一次大的家庭聚会，你来我往。有时候是爸爸妈妈去亲戚家吃饭，有时候是村里有人家来客了爸爸妈妈去作陪。这儿待客很有意思，一大早就要喝酒。说是早晨喝了酒，一天都有精神。杨罗倩听到最多的劝酒词是：马上就是2013年了，头一遭到我家，多少得喝点。爸爸就这样，从早到晚都晕乎乎的。那天晚上，杨罗倩照例老早填饱了肚子，要回姥姥家。宴席没结束，主人不放爸爸妈妈走，说是得喝尽兴。来之前爸爸妈妈就跟杨罗倩说过，这儿不比王畈，外地人多，治安乱，去哪儿都得有妈妈陪着。

主人留得实在，爸爸妈妈脱不了身。杨罗倩找不到说话的人，坚持自己先回家准备准备，明天就要走了。主人说："那，我送闺女回家。"妈妈像被绑架了，不答应也得答应。

"有什么送的？村东头到村西头，杨罗倩这两天早熟了。拐过一座大院子"，杨罗倩就停下了，说："舅妈，您回去吧，前面就到了。"

屋里还有一大摊子，那个应舅妈的妇人没再坚持，指了指姥姥的家就反身回去了。前面第三家就是姥姥的房子，三间平房。又走过一家，杨罗倩听到有人压低着声音叫倩倩。那音调，那亲切劲儿，跟妈妈如出一辙。可妈妈分明正坐在人家家里吃饭啊。

"是倩倩吧？"

杨罗倩这才看到这个废弃的院子里有一个老婆婆，正步履蹒跚地走过来。杨罗倩迎上去，搀住她。

"好孙女儿！"老婆婆抓住杨罗倩的手。

"奶奶"，杨罗倩礼貌地叫了一声。

老婆婆哽咽着，抬起衣袖擦眼泪。

"孙女儿啊，奶奶对不住你啊。"杨罗倩感受到对方的身体在颤抖。

"倩倩？倩倩？"许是妈妈给姥姥打电话了，姥姥立在门口喊。

老婆婆匆忙把一个小包袱塞到杨罗倩手上，依然压低声音说："孙女儿啊，记住，你姓罗，你是罗家的闺女……"

我还真是罗敷的妹妹？杨罗倩的心怦怦乱跳，似要蹦出来，我的出身真有问题啊。

夜黑漆漆的，无边无际。杨罗倩一直没习惯这种没有生机的夜晚，外面静悄悄的，好像世界就这样静止了。杨罗倩能清楚地听到自己呼气的声音，像打雷。爸爸妈妈回来了，他们在和姥姥聊天，声音压得很低。杨罗倩睡不着，在黑暗里试着念自己的名字，罗倩、罗倩、罗倩。去了杨字，顺多了。张周的感觉是对的，妈妈有问题。那爸爸呢？老婆婆说我姓罗，这个突然冒出的罗姓爸爸，现在的爸爸肯定不是亲爸爸了。杨罗倩啊杨罗倩，你还真是不正常啊。

张周也一夜未睡。杨罗倩的短信一条接一条，他怎么睡？张周分析了很多种可能，杨罗倩的亲爸爸是个赌徒，赌光了家产，妈妈一气之下带着她离开了他；亲爸爸发达了，甩了妈妈；亲爸爸得了不治之症，死了……

可我为什么那么像现在的爸爸呢？杨罗倩反复问同一个问题，问张周，也问自己。

杨罗倩很纠结，但她嘴上还是很硬。她对张周说：爸爸就是后爸又怎么样？这么多年过去了，无论什么原因亲爸爸也该来看看我啊？他不来看我，再亲有什么用？我对亲爸爸不感兴趣。

4

过年头一天，一家人回到了广州。趁着爸爸妈妈忙活，杨罗倩关上房门摊开老婆婆送的包袱。一件夹克，红艳艳的，特别刺眼。料子不好，做工也粗，比校服还难看。这样的衣服杨罗倩是不会穿的。这就是张周说的根？杨罗倩对着它，愣怔了好久。

晚上，咪咪又回来了。咪咪就是那只野猫。按理说，杨罗倩应该给它起个英文名字的。但她忙于功课，哪有心思放在一只猫身上？回老家之前，杨罗倩曾在小区的宣传栏里贴了招领启示，还附了咪咪的照片。一直到回来，咪咪都没人认领。

看到杨罗倩，咪咪隔着玻璃叫了起来，爪子扑扑地扒着窗户。看这阵势，咪咪这段日子应该是每晚都来的。第一次，杨罗倩觉得咪咪像是她的亲人。她打开窗户，放咪咪进了屋。

城市里过年，热闹是热闹，但那热闹都是人家的。杨罗倩偶尔随爸爸妈妈串串门，剩下的就是在家里看电视。熬到工人开工，离开学还早。阿姨没有回来，杨罗倩不会做饭，正好可以去看看爸爸的汽修厂。

"河南老杨校油泵"的牌子远远就能看到，黄底蓝字，耀眼得很。牌子上这样写，说明河南老杨已经是这一行业的品牌。修理厂很拥挤，满眼都是锈迹斑斑的轴承、废弃的汽车驾驶室、车厢等。所谓的厂房，也是简易板房，十几间，里面停着正在修理的汽车。院子中间的空旷地带也被利用上了，汽车下面冷不丁就冒出个一身油渍的人来。爸爸的办公室也好不到哪儿去，除了油腻的工作服，桌子上、椅子上都是灰。汽修厂就在公路旁，没有灰才怪哩。杨罗倩问爸爸，为什么非把厂房建在这偏僻的地儿。爸爸指着来来往往的车辆，这算偏僻？左边是高速公路出入口，右边是去沙厂的必经之路。这儿热闹，生意好。

一整天，爸爸几乎都在忙活，有时候是工人遇到难题了，有时候是车主非让他亲自出马。杨罗倩也没闲着，到底了解了爸爸的工作内容。油泵是汽车的灵魂，稍有偏差就会影响到汽车的动力。如果油泵喷油的时间不对，就会造成汽缸内燃不正常，不仅损害发动机，还会造成耗油率升高。所以，油泵要定期清洗，必要时还得更换柱塞、出油阀、油封。这些零件长期使用都会磨损，导致供油压力下降。校，顾名思义，就是校正修理。油泵的油量调整得好，喷油就标准，油泵就有劲，省油。这些需要专业知识，但经验更重要。有经验的修理者凭声音就能判断出油泵哪些地方出了问题。

到了晚上，厂里每个人都是一身油污。爸爸也是，手上全是黑油黄油。冲过凉，爸爸又跟早晨来的时候一样干净了。杨罗倩问："爸，你每天都这样啊？"爸爸边朝嘴里扒饭边说："也不是。爸爸是老板啊，大多时候都是只动嘴不动手。"但做饭的那个叔叔说："别听你爸的。他现在除了不钻车底，啥活不干？"

吃过饭，爸爸带杨罗倩回家。还没出厂，迎面进来一辆大卡车。爸爸把车停在一边，跟杨罗倩说，这车出油阀有毛病，喷油不正常。

司机跟爸爸熟，还没下车就老杨老杨地叫。年前车坏到湖南了，修过之后还是不行，车明显没有原来有劲了。爸爸说，"我刚才听你发动机的声音了，油泵喷油过多，油阀也得换。"司机说，"你们今晚加加班，帮我整整。校油泵都是急活，耽搁一天不仅少挣钱，还会因此和雇主断线。"爸爸说："行，我让他们抓紧给你整。"司机说："老杨，你不能走，你不在这儿看着我心里没底。我刚刚接了个工地的活儿，人家催得紧，可不能再耽误了。"爸爸说："今天不行，我得送闺女回去。"司机这才看见杨罗倩，说："嘿，个头这么高！太像你老杨了。我在这儿也攒不上劲，我替你送闺女回家算了。"

爸爸看看杨罗倩，一脸的无奈。杨罗倩安慰道："爸，你忙你的，我没事。你早点回家。"

回到家，杨罗倩把那件夹克收好放到衣柜的最底层。亲爸怎么了，亲爸不尽父亲的义务还能叫爸？她再次坚定下来，她不姓罗，姓杨。

开学第一天，发新书，打扫卫生，学校里乱糟糟的。好不容易等到放学，张周见面第一句话就是："杨罗倩，接下来，你准备怎么办？"

杨罗倩讲了自己的想法，即使她真的还有一个亲生父亲，那又如何？过完年，我已经十四岁了，到现在我也没见过他，更不用说他对我尽一个做父亲的责任了。我就这么贱，非要哭着喊着去寻他去认他？

"你怎么知道他没尽一个父亲的责任？大人之间，很难说的。电视上不是总有一个老男人远远地关注着自己的孩子吗？你爸，说不定一直在暗地里照顾你哩。"张周好像突然想到了什么，调侃杨罗倩。"咱学校的教务主任不是姓罗吗？说不定他就是你亲爸哩。要不然，怎么对你那么好？"

"咱数学老师姓张，明天你问问他是不是你亲爸？"杨罗倩也板起脸，"说不定，数学老师就是你妈从前的恋人。"

"你这人怎么打击报复心这么强啊？人家不就是开个玩笑嘛。"张周好像真生气了，正好116来了，一转身跳上了车。

走了一批等车的人，四月天一下子显空了，就像杨罗倩此时的心。

晚上，杨罗倩主动给张周发短信："你还真生气啊？哪有你这样小气的男生！我是说，你别搞得跟电视剧一样，哪有那么多的巧合？"末了，忍不住又问："你说，我该怎么办？说实话，嘴上说不想那个亲爸，可心里又放不下。这几天，我根本静不下心。"

"这就对了。你是谁，从哪里来，到哪里去，这可是个有意义的哲学问题。人一辈子都是在解这个难题。这几天我一直在想，干脆，你直接问你妈，看她有什么反应。最好背着你爸问，给你妈留点面子。"

杨罗倩想笑，张周越来越像一个大学问家了，连哲学这样高深的词都用上了。我是谁，我从哪里来，到哪里去，杨罗倩还真琢磨不透。她想，这人啊，肯定天生就是有分工的。比如她杨罗倩吧，可能分工就是解方程式，证明原理、定义。多难的题，一到她手里，三下五去二就有了答案。张周呢，就不同了。别看受力方向他分析不出来，杨罗倩家里的事他倒分析得有板有眼。

白天上课，杨罗倩开始恍惚。讲完《我的母亲》，语文老师问，谁有什么问题？往常这句话就像一个语气词，没有实际意义。但张周举起了手。老师很意外，一时怔住。张周迎着老师的目光，手举得更高："老师，课文第八段说母亲是当家的后母，为什么作者自始至终都没有称她为后母呢？"

"这个，课文里是没有多交代。胡适父亲的第一个妻子死了，第二个妻子生了胡适。胡适的大哥二哥都是父亲的前妻生的。"语文老师很了解课文背景，介绍完，又问张周，还有不明白的地方吗？

"我妈妈也是书上那样的慈母，脾气好，和气。"杨罗倩没举手，直接从座位上站起来。"老师，是不是所有母亲的过去都被孩子们忽略了？"

语文老师又是一愣。快两年了，杨罗倩还从来没在语文课堂上提过问。语文老师示意杨罗倩坐下。"这个问题好。不光是母亲的过去，母亲的一切都是做儿女的容易忽略的地方……"

张周低声跟杨罗倩说："跟我们没在一个频道上。"

下午回去，妈妈竟在家里。杨罗倩若无其事地放下书包，妈妈主动解释说："今天活少，我提前回来了。杨罗倩凭直觉判断，妈妈肯定有事。现在，杨罗倩也学会张周那样知道凭直觉行事了。"

果然，吃罢饭妈妈就进了杨罗倩的卧室，问："倩倩，你最近有事瞒着我们？"

"没有啊"，杨罗倩随口说。

你们班主任郭老师反映，你最近上课总是心不在焉。

郭班头舌头也太长了。杨罗倩无语，她还没学会找借口。

倩倩啊——这是妈妈开始教育杨罗倩的开场白。"像咱们这样的人家，没权没势，靠干些最脏最累的活才得以在城市里生存……"

"妈！"杨罗倩打断妈妈的话。妈妈只会悲情教育，你不打断她，她接着又会兜来折去地讲做一个农民工如何不易、如何没有尊严、如何没有工作时限……

"怎么？烦了？"妈妈问。

杨罗倩鼓起勇气："妈，我问你一个问题好吗？"

"问我问题？什么问题？"

"你是不是也有事瞒着我？"杨罗倩盯着妈妈。

妈妈低下头，妈妈肯定是心虚了。

杨罗倩紧追不放："我以前，是不是姓罗，叫罗倩？"

沉默。

漫长的沉默。

"在姥姥村里，有个婆婆说我姓罗。"杨罗倩豁出去了。

"死老婆子。"妈妈松了口气，"她不守信用。"

杨罗倩等着妈妈揭开真相。

"倩倩，是这样的。妈妈朝杨罗倩挪了一下屁股。你是姓罗，以前叫罗倩。你那个爸，出车祸死了。"

　　杨罗倩一点也不难过。那个没了的亲爸，除了生下她，再与她没有其他的瓜葛。杨罗倩暗地里松了一口气，甚至有些高兴，自己的身世不像张周分析的那么复杂，没有二奶，没有爱恨情仇，家就还是这个家。人一死，什么事都没了，多好。妈妈也是，多大的事啊，还弄了个大美女罗敷的妹妹来敷衍她。

　　说出了真相，妈妈似乎也轻松了。"不是故意瞒你。我和你现在的爸结婚的时候你还小，不记事。后来你长大了，我们怕你接受不了自己有个后爹，就没有明说。妈妈像一个临考的学生，紧张地等着杨罗倩的下一个问题。"

　　"那张照片上的小孩子是不是我？"

　　"是的。"妈妈说，"本来那次就想跟你说明白，你爸嫌麻烦，多一事不如少一事，就没说。"

　　"瞒了我这么久。"杨罗倩的语气已经很亲热了。"那个老婆婆是谁？"

　　"还能是谁？你叫奶。"一提到那个婆婆，妈妈气又上来了。"说好的，不让她跟你提这些事……"

　　"你咋不让我认她啊？"杨罗倩小心翼翼地问。

　　"为什么要认她？当时你刚一周岁，你奶家的人个个眼睛都追着赔偿款，哪个在乎咱娘儿俩了？"妈妈越来越激昂，好像那个老婆婆就在面前。"你是女孩，你要是个男孩他们早来认了。"

　　真是怪了，那为什么妈妈老是当着爸爸的面叫她"你闺女"？杨罗倩没有问妈妈，自己心下琢磨。

5

　　周末，爸爸妈妈带杨罗倩去广场放风筝。这是杨罗倩最自豪的时候，几乎每个周末爸爸妈妈都会放下手里的工作陪杨罗倩，哪怕只是在家里坐着。

广场人太多，好几个风筝在空中绞到一起。大人们在争吵，孩子们怯怯地仰面看着他们。杨罗倩也怯怯地："爸，咱不放了吧？"杨罗倩不想给爸爸妈妈添堵。

爸爸说："好，咱去郊外。郊外人少。"

"放个风筝，跑那么远啊？"杨罗倩始终怯怯的，谁都听得出其中的生疏。

看到妈妈眼里闪过的无助眼神，杨罗倩很快改变主意，换上一副期待去郊外的兴奋表情。她上前抱住爸爸的胳膊，力度有点大，显得过于夸张。好在两个人已经到了车跟前，杨罗倩不得不松开爸爸的胳膊。她想起昨天张周问她的话，继父是不是曾经对她动过手脚。杨罗倩当时是真生气了，扭头离开了四月天。那是她第一次步行回家，耗时四十五分钟，正好一节课的时间。回到家，杨罗倩才平静下来。公平地说，张周用词还是很小心的，至少，他避开了性骚扰这个热词。也不怪他，谁让电影电视里的继父都那么猥琐呢。

出城的人一样很多。车开到郊外，已近中午。爸爸买的风筝很复杂，蜈蚣的造型，一节一节的。郊外的风并不大，杨罗倩拉着线，爸爸在后面托着蜈蚣，一次又一次地给风筝助飞。风筝就像人一样，灌满了心思，始终飞不起来。

妈妈心急，接过杨罗倩手里的风筝线。这次，杨罗倩在旁边观看。爸爸托着蜈蚣的尾巴，在后面跟着跑。此刻他多像一个新来的服务员啊，既认真又笨拙。

风筝到底没飞上天。爸爸自嘲，老了，跑不动了。要是速度再快点，肯定能飞起来。

回去的时候杨罗倩坐在爸爸后面。坐着的爸爸依然很高大，挡住了杨罗倩的视线。杨罗倩又想起了张周的话，动手动脚当然有过，不过不是爸爸，都是杨罗倩。五年级之前，杨罗倩最喜欢的一个动作就是坐到爸爸腿上，让爸爸的胡子扎她的脸。刚刚刮过的胡须若有若无，蹭上去，柔中有硬，痒痒的。爸爸虽是搞修理的，但他身上总是干干净净的。杨罗倩喜欢干净整洁的人，张周就是。

杨罗倩不得不承认，她跟爸爸——应该叫继父吧，下意识地生疏起来。好像总有个声音在提醒她，她跟这个人没有血缘关系。要不是因为妈妈，他只是大街上匆匆走过的万千个男人中的一个。广场上她是抱住了他的胳膊，当时，她觉得自己像个英雄一样勇敢。认识张周之后，杨罗倩也开始变得有心计了。

凌晨一点钟，杨罗倩发烧。低烧，38度。可能是白天跑出汗，被风激着了。爸爸紧张地要去医院，妈妈责怪他，你闺女只是发烧，别搞得惊天动地的。

天快亮时，爸爸又过来给杨罗倩量体温。39度。"倩倩，你快穿好，咱们去医院。"

输完两瓶液，烧退了。医生要查血，杨罗倩不情愿，妈妈也反对。听医生的，一个小病他们恨不得给你搞个全身大检查。爸爸没争辩，顾自去交了钱。

结果当然虚惊一场。妈妈笑，"你爸平时挺聪明的，一到你身上，就显得傻。"

"没事更好。"爸爸针锋相对，"你妈是守财奴，多花一分钱的冤枉钱就心疼个半死。"

妈妈走了，爸爸催的。爸爸让她去厂里转转，看看有什么情况，他也去补会儿觉。

妈妈一走，爸爸就嘱咐阿姨去买鱼，买芫荽，买荆芥。爸爸经常跟人家说，他熬的鱼汤，比酒店的都香。现在王婆卖瓜的人多了，大家并不当回事。可妈妈和杨罗倩清楚，爸爸这绝不是自夸，她们还从来没有喝过比爸爸熬的更好的鱼汤呢。

整个上午爸爸都在厨房忙这道菜。透过卧室的门，杨罗倩可以看到爸爸忙碌的背影。这个离她最近的男性，突然就模糊起来。杨罗倩去卫生间重新洗了脸，爸爸的背影又清晰了。她现在才理解上学期学过的课文《背影》了。爸爸的背影，让孩子重新认识自己的父亲。

在四月天，杨罗倩问张周："你爸苛你去看过病吗？你爸为你放过风筝吗？你爸为你戒过烟酒吗？你爸带你去郊外钓过鱼吗？你爸有没有长时间地看着你？你爸有没有半夜三更在小区门口等过你？"

张周"喊"了一声："哪个爸爸没做过这些事？"

杨罗倩急了："我是问你，你爸深更半夜带你看过病吗？你放风筝的时候你爸在后面托着风筝笨拙地奔跑助飞吗？你爸因为你的一句话戒了烟酒吗？你爸宁愿放弃一单生意也要苛你去郊外钓过鱼吗？你爸看着你的时候总是一副永远也看不够的样子吗？你爸因为联系不上你，凌晨两点还冒雨在小区门口等过你吗？"

这次张周没有喊。

"我爸还是亲爸爸"，杨罗倩心想。

"张周。"杨罗倩突然想起一件事，"你不是说你爸有情人吗？"

"有情人怎么了？有情人他也是我爸啊。"张周也护起自己的爸爸来，他还有一个爸爸的秘密跟谁都没讲过，他爸和那情人生了一个小孩。

张周爸都有情人了他还认他这个爸，她爸可是一心一意为她为这个家的。杨罗倩感慨，还是我们家简单。

张周黯然。是啊，比起他爸爸有情人还有了小孩，杨罗倩家确实够简单的了。可张周嘴上不服气。"你们家那也叫简单？简单到你现在才知道你爸是继父？"

杨罗倩一跺脚。"张周,你别用那个词好不好?!我爸比亲爸还亲!"

时不时地,杨罗倩会拿出那张照片。照片上,那个姓罗的男人没有爸爸高,没有爸爸威武。怎么看,杨罗倩都觉得那个人不如爸爸。

周五下午,杨罗倩发现爸爸妈妈都在家。杨罗倩一时愣住,不知道该说什么。都不说话吧,明显不像一家人。

"阿姨呢?"

"给她放假了。"妈妈跟着杨罗倩进了卧室,"倩倩,你最近怎么了?"

郭班头又告我黑状了?杨罗倩快速回想了一下,自己这阵没出什么事啊。但杨罗倩还是不自信,反问妈妈:"我怎么了?"

"你对着镜子看看你自己。"妈妈拉她站到穿衣镜前,"看看你成什么样了?每天都恹恹的,对什么都提不起精神,还像个十几岁的孩子吗?你本来应该像一朵正盛开的花。你看你现在,是花也是蔫了的花。"

怪不得他们回来这么早。杨罗倩盯着镜子里的自己,妈妈的比喻还算贴切。最近她精神老是无法集中,连冲凉的时候都恍恍惚惚的。她还安慰自己,可能是发育的缘故。年前,杨罗倩的胸部就隐隐地痛,从老家回来第一次洗澡,竟然发现胸前也鼓起了两个包。《少女生活指南》中说了,发育期的女生常常心绪不宁。

"倩倩,爸爸妈妈在外面没日没夜地忙活可都是为了你啊。"妈妈试图将杨罗倩朝怀里揽,可是女儿太高了,妈妈倒像被杨罗倩拥在了怀里。

杨罗倩抱住自己的双肩。

爸爸敲门进来。爸爸的眼睛里有血丝,没睡好。杨罗倩心生歉疚。

"倩倩,爸爸这十几年过得一直很纠结。"爸爸坐到对面的小凳子上，"那起车祸纯属意外，大雨，罗本耀又闯了红灯——也可能他根本就没看见。你不相信？这是交警大队最后的事故责任认定书。"

爸爸将一张纸塞到杨罗倩手上。那是一份道路交通事故责任认定书。事故经过一栏写着：2001年8月12日22点33分，罗本耀驾驶"五菱之光"以80多公里的时速由五一路向东行驶，发现杨光明驾驶的东风大货车由北向南驶来时紧急刹车，但由于车速快，路滑，车翻倒在路边护栏上，"五菱之光"的司机罗光耀被护栏钢筋刺穿胸部，当场死亡。罗本耀违反了《道路交通管理条例》第四十三条"车辆通过没有交通信号或交通标志控制的交叉路口，必须遵守'支路车让干路车先行'"的规定，未减速慢行属违反《道路交通管理条例》第三十五条"机动车遇道路宽阔、空闲、视线良好，在保证交通安全的原则下，最高时速规定城市街道为七十公里"的规定，根据《道路交通事故处理办法》第十九条的规定，罗本耀负事故全部责任。

"交警队的话，你该信了吧？"妈妈拍拍杨罗倩的肩膀。

"可是，可是，爸爸怎么又成了肇事车主了？"杨罗倩越来越迷糊了。

爸爸妈妈睡了，杨罗倩睡不着。对着镜子，她穿上老婆婆送的那件夹克。夹克明显短了，还不如校服，老婆婆肯定没想到杨罗倩能有这么高。折腾到半夜，还是睡不着，杨罗倩又拿出那张照片。杨罗倩无数遍地端详那个陌生男人，始终亲近不起来。

这是杨罗倩的第一个失眠夜。

6

"你们家真像一部电视剧。"张周纳闷，"你妈怎么能嫁给肇事车主呢？是不是还有更多的悬念等待下回分解？"

是啊，妈妈怎么就嫁给了肇事车主呢？杨罗倩越来越佩服这个张周，同样一件事，杨罗倩思忖的是，爸爸怎么成了肇事车主，而张周考虑的则是，妈妈怎么就嫁给了肇事车主。

"大人的事真复杂。"张周靠在站台的挡风墙上，像个大人似的。"上次不是跟你说我爸有个情人吗？我跟踪了他们几次，发现那个女人其实是我爸养的二奶。那女人真是花啊，你猜他们的女儿叫什么？小米！花生米，还真让你说对了……"

"他们还有小孩了？"杨罗倩问，"你妈知道不？"

"不知道。"张周说，"要是知道了，依我妈那脾气，非闹翻天不可。不说我们家了，还是你们家有意思，像一部悬疑片。"

"张周，你什么意思啊？看笑话啊？"杨罗倩板起脸。

"别生气，别生气。我是说，我们家那事，太俗，没意思。我问你，你爸那时候是不是特别有钱？车祸那年你还不到一岁吧？你爸或许看你们母女生活艰难，舍身娶了你妈。"怕杨罗倩插话，张周做了一个容他先讲完的手势。"你先别反对，我说舍身，是因为你爸可能条件好一些，当时还未婚。其实你爸应该有赎罪心理，尽管车祸没他的责任。这么一分析，你爸这人还真不错。"

"那是！我爸绝对是世界上最好的爸爸！张周，就这点算你说对了。"

晚上，妈妈比爸爸先回来。杨罗倩问妈妈："你当初怎么就嫁给了我爸？是不是因为他很有钱？"

妈妈笑："他有钱？那时候，他就一工地上的卡车司机，哪来的钱？"

"那，你怎么会嫁给他呢？"杨罗倩提醒道，"他可是肇事车主啊。"

"我一个结过婚的女人，还拖着你，讲什么条件？"妈妈这时候眼睛亮起来，可能女人一生中都愿意回忆那段时光吧，杨罗倩猜。"不过，说实话，你爸真是个好人。出了那样的事，家属心理都扭曲，都会把责任推给人家。我也是。去过现场之后，我还是坚信你爸逃脱不了责任。警察在作出事故认定之前，你爸就来看过我们几次。你那时小，还不会走，我们母女俩孤苦零仃的，失去了依靠，谁看了都心酸。你爸心里愧疚，老想做一些补偿，每次来都给你带几袋奶粉，或者小孩的玩具。一开始我不理他，还骂他。他也麻木了，怎么骂都不吭声。他很有眼色，发现煤气没了，提起煤气罐就去换。没米没面了，他不声不响就去超市买了来。后来，交警队的事故责任认定书下来了，你也看到了，你爸一点责任也没有。我想，这人肯定不会再来了。没想到，第二天他又来了，还带了一个存款本来，说这就是他全部的家当，算是他自己的一点心意。我纠结了好长时间，是要呢还是不要？我刚生了孩子，哪有经济收入？其实存款本上钱也不多，4500块。我后来才知道，那是他零存整取攒下的，每月500，刚存了9个月。我怀着报复的心理收下了，心想，这是你欠我们孤儿寡母的。开始的时候，你爸是每周来一次。后来，两三天来一次。再后来，几乎每天都来。我住在郊区，出事后没钱也没心思换个住处。再加上还拖着你，出门都难。你爸慢慢成了咱们娘儿俩的依靠，哪一天他要不来，我这心里就没了主意。等我发现自己竟然开始为他担心受怕时，已经晚了。他也是司机，我怕他再出事，老是嘱咐他车开慢点，不行就换个工作，别摸车了。我喜欢上他了。你爸也感觉到我的变化了，他要求搬过来住，说是照顾我们母女。我嘴上却拒绝了他，我怕他可怜我。那年过年，你爸追到你姥姥家。他说，我没可怜你，我是为我自己。你想啊，你们要是不让我照顾你们，我这一辈子都不会心安的。你们忍心看我难受一辈子？都说到这份儿上了，我还能不答应？"

　　一口气讲完，妈妈笑了："倩倩啊，你也别埋怨我们什么事都瞒着你，我们是想等你十八岁时再告诉你这一切。我们老是怕你小，不理解。"

"怎么理解不了？"杨罗倩也笑了，妈妈这是成人之美啊。

妈妈指着柜子顶上的那个铁盒子："咦，那就是当年你爸写给我的情书。那可是物证，哪天你爸要是不待见咱娘儿俩了，我就拿出来让他再温习一遍。"

杨罗倩装作很惊喜的样子，作势要拿下来看。妈妈拉住她："有什么看头？你又不是不知道，你爸哪是那甜言蜜语的人？"这倒是大实话，搁现在，那都称不上情书。杨罗倩在心里笑了，不管怎么说，所有的怀疑总算都圆住了。圆了，也圆满了。杨罗倩放心了，但她还是睡不着，兴奋。她给张周发短信："你说，谁是米的爸爸？"

"张荣发！"张周发来三个字。

杨罗倩还没来得及回复，张周电话打过来，声音压得低低的。"张荣发是我爸的名字。我爸我妈打起来了。前天晚上我爸洗澡，我妈翻我爸的手机，发现一条短信：小米想你了。我妈问：谁是小米？哪个骚婆娘？我爸不得已，情急之下只好招了。我上次跟你说过，小米就是我爸和那个女人生的小孩，都快两岁了。爸爸在我跟前打电话跟讲暗语一样，他以为我听不明白，我早知道了。但我哪敢跟我妈说？我妈气死了，骂他在外面花也就花了，竟然还弄出了小孩，这日子算是没法过了！我爸这两天都不敢出门，他脸上都是我妈挠的血道子。"

"活该！谁让你爸花心。你也有责任，你这叫姑息养奸！你要是早跟你妈说实话，事情不就简单多了？"爸爸妈妈都清白了，杨罗倩说话的语气也硬了。杨罗倩不懂爱情，也不懂什么大道理，但当爸爸妈妈在超市日化柜台挑选洗发水时，杨罗倩从爸爸耐心地跟妈妈的讨论中看到了爱情的形状。将来找男朋友，她希望爸爸就是标准。爱情不只是激情，更多的应该是日常生活中的互相关照。

张周说："我也不想复杂啊。我妈要是不知道，我们家不就风平浪静了？谁让我爸不小心的！烦死了，家里算是没法待了。明天我准备去图书馆躲躲，让他们在家里闹吧。"

杨罗倩想了想说："我陪你，我正好也想去图书馆。这样才够朋友吧？自己有事的时候人家那么热心。"

约了时间，张周问："我去你那会合，咱们再一起去？"

杨罗倩说："不用了，还是去你那儿吧。你那儿顺路。你住哪儿？"

"人和小区。"张周说。

杨罗倩上网一查，人和小区在他们学校东面。要是乘37路车的话，六站路就能直接到学校。要是乘116，还得再转一次车。这个张周，每天跟她去学校西面的四月天坐车，岂不是绕了一个大圈子？

第二天见面，张周老远就吹起了口哨。杨罗倩苗条身材，配着长裙子，亭亭玉立。在张周的注视下，杨罗倩手足无措，说："张周，别那么流氓好不好？"张周走近，说："杨罗倩，以前没发现你这么好看过。"杨罗倩脸红了，赶紧岔开话题，跟张周讲起了妈妈嫁给爸爸的过程。可能联想到自己的爸妈，张周有些羞愧，反应不像平日那么热烈。两个人赶到图书馆，很不巧，人家闭馆装修，下月一号重新开放。杨罗倩建议回她家，她家安静。因为计划来图书馆，爸爸妈妈也都去汽修厂了。

路上，杨罗倩讲了想给张周补习数学的计划，时间定在下午放学后，每天半小时，在教室。张周腆着脸问："半小时多少钱？杨罗倩用拳头打了他一下：有人掏钱我还不一定就给他补呢。"张周问："觉得我还不是朽木？"杨罗倩说："好在我发现得及时。哎，我问你的问题你还没回答呢，谁是米的爸爸啊？"

"这次应该是稻谷吧？"张周挠挠头，"要不，就是稻秧。稻秧长大了才有米。"

"笨猪啊！除了稻谷就稻秧，你就知道吃啊？"杨罗倩故意急他，端着脸不讲谜底。

"到底是谁啊？"反正不是我！张周凑过来。

杨罗倩扑哧一声笑了："告诉你，我们家猫咪也叫咪咪，你愿不愿做它爸爸？"

张周说："你不怕我占便宜啊？"

杨罗倩一愣，旋即明白了张周的意思。她养的猫咪，她不就是咪咪的妈妈？杨罗倩赶紧转移话题，听清了，米的爸爸是蝶！

"蝶？"张周到底不笨，恍然大悟。蝶恋花！恋着米的妈妈的，肯定是米的爸爸了。

张周看到阿姨，以为是杨罗倩的妈，愣在门口。杨罗倩笑："张周，你是怕我妈吧？你站在门口，我们家都被你挡暗了。"张周嗫嚅着，没发出声。杨罗倩笑得更厉害了："快进来呀！这是我们家阿姨，我妈去厂里上班了。"张周这才缓过来，"喊"了一声，"走南闯北的，竟然被你们家这气势给震住了。"杨罗倩知道他要面子，没有揭穿他。本来跟家里说好去图书馆的，这下突然回来了，还带回一个男生，阿姨问："要不要你妈回来？"杨罗倩说不用了，同学家装修，来这儿做作业。

不到下午两点，作业就做完了。张周看到电子秤，一脚踏上去，叫道："杨罗倩，你们家的电子秤有问题，我明明四十三公斤，怎么到你这儿一称就少了三公斤？"杨罗倩把他拉下来，"你们家的秤才有问题！我们这秤，误差上下不会超过零点一公斤。"张周脸红了，见杨罗倩也踩到电子秤上，就问她多重。杨罗倩背对着他："没有报数字。正好！"

"正好？"张周问，"正好是多少啊？"

"笨啊！正好就是我的体重正好。"杨罗倩为自己的机敏洋洋得意，"懂了吧？"

杨罗倩重新翻出那张照片，唉，想不到我还有个亲爸。张周也再次端详了一会儿，说："你亲爸并不帅啊。"杨罗倩马上反对："怎么不帅了？你看他瘦瘦的，国字脸，多帅气！"张周眼睛瞟了杨罗倩一下，"你今天怎么这么爱臭美？"

杨罗倩没再跟张周打嘴仗，没有底气。那个亲爸，真没有她现在的爸爸帅。不光个头矮，还单眼皮，头发蓬着，很憔悴的样子，典型的底层农民工特征。不过，每次看到照片上的那个男人，杨罗倩的心就又软又疼，像是被谁拽了一下。

为了给张周找乐趣，杨罗倩从衣柜顶上取下爸爸妈妈的情书。张周边看边笑，原来这就叫情书啊？上世纪末的爱情，现在也就一场笑料而已。

妈妈回来之前张周就回去了。妈妈的脸色不太好，杨罗倩没注意，她还沉浸在与张周在一起的兴奋状态中。这状态，妈妈越看越忍不下去，说："倩倩，这个时候，你可不要分心啊。"说这话的时候，妈妈并没有拿眼睛看她，像是漫不经心。杨罗倩却敏感得跳了起来："妈，这个时候？这个时候是什么时候？我怎么分心了？"话很急促，像连珠炮，眼睛还狠狠地剜了阿姨一眼。告密者！其实，也谈不上秘密。如果真算秘密，杨罗倩也不会把这个秘密带到家里。妈妈有点后悔了，后悔自己问话的方式。妈妈讨好地上前拍了拍杨罗倩的肩膀："倩倩，妈妈是说你这个年龄，青春期，多愁善感……"妈妈找不到合适的词，关于教育，她其实知道得很少。杨罗倩抱着妈妈的胳膊，语气也缓和下来。"妈，不就是男同学来咱家做作业嘛，别搞得跟多大事似的。"

第二天一大早，张周打来电话："杨罗倩，你赶紧再看看你爸你妈的情书，注意一下落款日期。"杨罗倩说："你有病啊？还看上瘾了？"张周说："我是认真的。你们家出大事了！"杨罗倩又"喊"了一下，学着大人的派头说："拜托了，别老一惊一乍的好不好？你不知道我心脏不好啊？"张周说："必须看。那些情书有问题，人命关天！"杨罗倩笑："我的大侦探，又发现什么线索了？"张周说："杨罗倩，你看了落款日期我再详细跟你说。"

妈妈已经出门了，爸爸也正要出去，回过头问："是昨天来咱家的那个同学吧？"

杨罗倩大大方方地说："是，他叫张周。"

爸爸笑了笑，没有再问。

他们约好到新华书店。一见面，张周便急不可耐地问那些情书的落款日期。杨罗倩从包里取出那个铁盒子，让张周自己看。

张周问："你亲爸出车祸是哪一年？"

"2001年8月。"杨罗倩说，"不会错的，事故责任认定书上写的。"

张周又问，"你爸妈哪年结的婚？"

杨罗倩答，"2002年。"

"出车祸之前你爸妈并不认识吧？"张周再问。

"当然。"

"问题就在这儿。"张周摊开其中一封信，"你自己看看日期。"

2000年。杨罗倩明白了，那时候，爸爸妈妈应该不认识啊？

张周说："你爸你妈为什么刻意隐瞒他们早就认识？活到十四岁你才知道自己还有一个亲爸，你亲爸出车祸死了，肇事车主竟然是你现在的爸，这些事，哪一桩是他们主动告诉你的？接下来，指不定还会有什么可怕的事发生。杨罗倩，你不觉得你亲爸死得蹊跷吗？我不认为那是一起偶然的车祸，我觉得它更像是一起谋杀……"

杨罗倩被张周的话惊出一身冷汗。妈妈结婚后还跟爸爸相好，这跟张周爸包二奶有什么区别？奸夫淫妇，为了在一起，合谋杀人，报纸杂志上这样的案例很多。杨罗倩不敢多想，她浑身发软，只好靠在了书架上。如果真如张周所言，他爸爸就是杀人犯。她竟然同杀了亲爸爸的人一起生活了十多年！

"怎么办？"杨罗倩无助地问。

"去公安局报案！"张周说。

"咱先跟老师说说吧？"杨罗倩没了主意。

"你是说郭班头？告诉他有什么意义？老师能破案？老师能保护你？"张周情绪激动，仿佛杀人犯已经来到他们跟前。我们知道的毕竟有限，指不定你爸你妈还藏着什么阴谋呢。假如不报案，我怀疑他们为了灭口也会……

"别再说了。"杨罗倩打断他，有气无力地说，"你陪我去，好吧？"

7

警察带走了爸爸妈妈。消息是郭班头带来的。他把杨罗倩叫出去，说是警察同时来学校了解情况了。

整个上午，杨罗倩都浑浑噩噩的，上的什么课都不知道。终于熬到上午放学，杨罗倩决定回家。早有人报告给郭班头，郭班头就站在教室门口等她。这个时候，谁送她已经没什么意义了。杨罗倩大脑一片空白，她确信，如果谁敲敲她的脑壳子，肯定也能听到回声。走到小区门口，突然发现路两边的柳树吐出新芽了。那芽，嫩嫩的，绿绿的，透着早春的勃勃生机。杨罗倩在心里暗暗祈祷，爸爸妈妈是无辜的，张周的推测只是臆想。

吃过晚饭，爸爸妈妈居然回来了，后面还跟着一个女警察。杨罗倩见过她，报案的时候就是这个女警察接待的。女警察单独跟杨罗倩谈话，先表扬了她的警惕性。"正如你判断的那样，你爸你妈车祸之前就认识，车祸时他们向交警部门隐瞒了这个事实。但可以肯定的是，车祸纯属意外，而且罗本耀负主要责任。你妈当年先认识的你爸，你姥姥家嫌你爸穷，死活不同意，拆散了他们。你妈跟罗本耀结婚的前一天才发现自己怀了你，她没敢声张，只好将错就错。你出生不久，罗本耀就出了那桩车祸。也是巧，肇事车主正好是你亲爸爸。那时候，你爸还不知道你是他的亲生女儿。车祸事故认定之后，你妈才跟他讲。他当时还没有结婚，还爱着你妈，顺理成章地，他们就结了婚，应了有情人终成眷属这句古话。女警察顿了顿，明白不？"杨罗倩点点头，说来说去她就是爸妈非婚生下的女儿，她明白。女警察怕她不信，"你爸你妈支持你去做DNA检测。他们让我转告你，造成今天这种局面，责任全在他们。他们怕你小，理解不了这么复杂的事。早把真相告诉你，就不会有这么多事了。"

女警察走了，杨罗倩不知道该怎么面对爸爸妈妈。她躺在床上，听凭咪咪在窗外抓挠。今晚她得见爸爸妈妈一面，她突然特别想再听到妈妈的教导，还有爸爸那绵密的眼神，多暖人啊。她在屋里徘徊，爸爸妈妈肯定就在客厅干坐着，开门后的第一句话该跟他们说什么呢？窗外的咪咪动静越来越大，杨罗倩只好放它进来。

咪咪像是知道杨罗倩的心思，趴在门后默默地看着小主人。卧室墙上的时针已经指向十一点了，杨罗倩还是没准备好。她强迫自己走到门后，先做个深呼吸，让自己平静下来……

·

297

·